烏《からす》羽《ば》色《いろ》のふたりシリーズ 1

滅《ほろ》びのカラス

櫻いいよ
イラスト：急行2号

PHP

目次

0 それは、終わりのはじまり

大きななにかに攫《さら》われた。

自分の体を思うように動かせないほどのなにかに、もみくちゃにされていた。息もできなくて、目も開けていられなくて、自分がどんな状態なのかもわからなかった。

ざぶん、と水飛沫《みずしぶき》の音が聞こえた。

本能的に口を開けて空気を吸《す》い込《こ》んだ。

霞《かす》んだ視界は、真っ暗な空と、水に埋《う》め尽《つ》くされていた。

手をばたつかせて掴《つか》めるものを探す。何度か細い糸のようなものに触《ふ》れるが、押《お》し流《なが》されてしっかりと掴《つか》めない。そのたびに手のひらに痛みが走る。

苦しい、痛い、寒い、怖《こわ》い。

力を振《ふ》り絞《しぼ》り、手を伸《の》ばす。ようやく掴《つか》めたなにかを引き寄せるように指先に力を込《こ》める。

そこでやっと、自分が溺《おぼ》れているのだとわかった。

乱れた呼吸で必死に這《は》い上《あ》がる。

全身が痛くて、重くて、息苦しくて、その場に倒《たお》れ込《こ》んだ。草木の匂《にお》いがした。ごろりとうつ伏《ぶ》せから仰向《あおむ》けになって空を仰《あお》ぐ。
空は、暗い。
どうやら夜らしい。
月も星も見えない。
吸《す》い込《こ》まれそうな、暗闇《くらやみ》が広がっている。
それが心地《ここち》いい。
はあーっと息を吐《は》き出《だ》して目を瞑《つぶ》ると、意識が遠のいていく。
「……カラス。カラスだ……！」
誰《だれ》かがそう叫《さけ》んだのが聞こえたけれど、もう目を開けることはできなかった。
頭の中で、梟《ふくろう》の鳴き声が聞こえてきた気がした。
ホーホーと、わたしを呼んでいた。

1

冥《めい》と涅《くり》、カラスと蒼《あお》依《い》

生まれたとき、わたしと涅《くり》は親ですら見分けがつかないほどそっくりだったらしい。違《ちが》ったのは、涅《くり》の右目の下あたりにある痣《あざ》くらいだったとか。

けれど。

「言われっぱなしはダメだって言ったけど、手をあげるのはもっとダメだってことくらいわかるでしょ」

学校からの帰り道で、わたしのとなりを俯《うつむ》いて歩く涅《くり》に言った。

中学生になってまだ一ヶ月にもなっていないのに、涅《くり》の黒い制服はところどころ汚《よご》れている。

わたしの新品のような黒いセーラー服とは大違《おおちが》いだ。

涅《くり》がクラスの男子と掴《つか》み合《あ》いのケンカをしたことが理由だ。

涅《くり》は眉根《まゆね》を寄せて、拗《す》ねたように唇《くちびる》を尖《とが》らせる。長い前髪《まえがみ》の奥《おく》にある目が、わたしを睨《にら》んでいた。

「じゃあどうしたらいいんだよ」

「言い返せばいいんだよ。うるせーって」

「そんなこと言ったって、なにもかわんないよ。冥《めい》ならそれでいいんだろうけど、ぼくなんかが言ったところでまたバカにされるだけなんだから」

「あ、また言った。〝ぼくなんか〟って言うのやめてって言ってんじゃん」

涅《くり》は、すぐに〝ぼくなんか〟と口にする。もう口癖《くちぐせ》になっているのだろう。

いつからか、わたしと涅《くり》は一緒《いっしょ》ではなくなった。双子《ふたご》なので顔は似ているかもしれないが、昔のように瓜二《うりふた》つではなくなったし、性格はもともと、正反対と言ってもいいほど違《ちが》う。

わたしはまったく人見知りをせず、男子とケンカしてしまうくらい気が強い。けれど涅《くり》は、喘息《ぜんそく》持ちで体も弱ければ気も弱い。外に遊びに行くのが好きなわたしと、家の中で本を読むのが好きな涅《くり》。体を動かすのが得意だけど勉強は苦手なわたしと、真逆なのが涅《くり》だ。

まるでわたしたちは、コインの裏表みたいだなと思う。

それでも、昔は仲がよかった。成長するにしたがって、どんどん距離《きょり》が広がるのを感じる。

「冥《めい》が言ったんじゃないか。やられたらやり返せって」

むすっとした表情で涅《くり》が言う。

「殴《なぐ》れ、なんて言ってない」

「殴《なぐ》るな、とも言われてない」

ああ言えばこう言うんだから！

はーっとため息をついて、町を流れる川に架《か》けられている小さな橋を渡《わた》り、川沿いの道に向かう。

川と平行しているこの細い道を、わたしと涅《くり》は小学校から登下校で通る。この川は普段《ふだん》から不思議なほど水の流れがはやく、これまで何度もひとが溺《おぼ》れて行方《ゆくえ》不明になっている。泳ぐのはもちろん、釣《つ》りも禁止だ。大人ですら近づかない。お母さんとお父さんからも、絶対に川で遊ぶなときつく言われている。

だったら柵《さく》でも作ればいいのに、そんなものはない。

昨日の雨の影響《えいきょう》で、いつもよりも流れる水の音がうるさい。だからか、「ねえ涅《くり》」というわたしの呼びかけが聞こえなかったのか、涅《くり》はなんの反応も返してこなかった。

「ねえってば」

「なに」

二度目の呼びかけに、涅《くり》が顔をしかめる。

わたしにはそんな態度を見せるのに、なんで同級生の男子には言われるがままなのか。いや、そうでもないか。事実、今日涅《くり》は、からかってきた男子を突《つ》き飛《と》ばした。

「涅《くり》はなんでそう、口じゃなくて手を出すの」

本来、涅《くり》はおとなしい性格だ。右目の下、頬骨《ほおぼね》あたりにある痣《あざ》をからかわれるようになった小学生くらいからは、ますますおとなしくなった。体が弱く家にいることが多かったこともあり、肌《はだ》が白くて華奢《きゃしゃ》だから、涅《くり》の痣《あざ》はとても目立っていたのだ。だから、前髪《まえがみ》を鼻先ほどまで伸《の》ばし痣《あざ》を隠《かく》して俯《うつむ》いていた。

成長するとともにだいぶ薄《うす》くなってはいるが、今も涅《くり》は前髪《まえがみ》を長く伸《の》ばして顔を隠《かく》している。もう、痣《あざ》が理由でからかわれることはない。代わりに、常に目元を隠《かく》している姿を男子も女子も気味が悪いとか根暗とか言って、涅《くり》を避《さ》けるようになった。

なにを言われても涅《くり》は言い返さない。バカにして笑われても、黙《だま》っていた。ただ、涙《なみだ》を流して耐《た》えていた。そんな涅《くり》を、わたしはいつも助けたり庇《かば》ったりしていた。

言われっぱなしでいいの？　あんなやつら気にせず堂々としていたらいいんだよ。

そう何度も言った。

落《お》ち込《こ》む涅《くり》を、明日はいい日になるから、大丈夫《だいじょうぶ》だよ、と慰《なぐさ》めたこともある。

——でも。

「ぼくは、やり返しただけ」

涅《くり》は淡々《たんたん》と言い返してくる。

小学校高学年になった頃《ころ》から、涅《くり》は、ちょっと怖《こわ》い。

普段《ふだん》は今までとかわらずおとなしくて、ひとにバカにされたら顔を真っ赤にして泣きそうな顔をするだけなのに、ときどき急に、攻撃的《こうげきてき》になる。

今日は、クラスの男子に怪我《けが》を負わせた。

涅《くり》のクラスの子から聞いた話だと、体育の授業が終わってから教室で涅《くり》がクラスの男子に「お前のせいで試合に負けた」と言われていたらしい。バスケで涅《くり》がほとんど動かず、ボールを手にしてもすぐに相手に奪《うば》われたのだとか。

でも途中《とちゅう》から、非難はいかに涅《くり》のドリブルがかっこ悪かったかという話にすりかわり、男子は涅《くり》のモノマネをしてバカにして笑っていたそうだ。

「笑われただけでひとを突《つ》き飛《と》ばして怪我《けが》させるなんて、やりすぎでしょ」

怪我《けが》と言っても、手のひらを擦《す》りむいただけだし、相手の男子もそのあと涅《くり》にやり返したそうなので、どっちもどっちだけれど。

「今回は擦《す》り傷《きず》で済んだけど、去年、同じようなことをして相手を骨折させたこと忘れたの？　あのとき涅《くり》は泣いて謝ってたじゃない。なのにまた同じこと繰《く》り返《かえ》すなんてバカじゃないの」

勉強はできるのに。

なんで後先考えずに行動するんだろう。

「自分が傷つけられたからって、相手を傷つけたら涅《くり》も同じになるんだよ」

「……うるさいな」

面倒《めんどう》くさそうなのを隠《かく》しもしない言い方にムッとする。

最近の涅《くり》は都合が悪くなるとすぐに「うるさい」と言って会話を切り上げようとする。

「今みたいにわたし以外にもうるさいって言えばいいじゃん。笑われて悔《くや》しいなら笑われないようにしたらいいじゃん。髪《かみ》の毛《け》切ればいいじゃん」

「もう、うるさいってば」

「涅《くり》が自分でまわりに壁《かべ》を作ってるから、今日みたいなことになるんだよ。痣《あざ》があったって、堂々としてたら誰《だれ》も文句なんか言わないって。今はもう目立たなくなってるんだから、その前《まえ》髪《がみ》をどうにかしたら、クラスのみんなとも友だちになれるかもしれないよ」

いつまでも気にしすぎなのだ。

背だって今はわたしと同じくらいまで伸《の》びたし、顔立ちだってとても綺麗《きれい》なのをわたしは知っている。体は細いけれど、それもいっぱい食べたらいいだけだ。

「そんなことしても無駄《むだ》だよ。それにぼくはあいつらと友だちになんてなりたくない。もうほっといて」

「ほっとけるわけないでしょ。双子《ふたご》なんだから」

ただのクラスメイトなら放っておくかもしれない。でも涅《くり》はわたしの家族だ。大事な双子《ふたご》の弟だ。涅《くり》が誰《だれ》かに笑われるのもいやだし、同じくらい涅《くり》が誰《だれ》かを傷つけるのもいやだ。

なんでこの気持ちをわかってくれないんだろう。

お母さんやお父さんだって、浬《くり》が誰《だれ》かに怪我《けが》をさせたら傷つくのに。

「浬《くり》は間違《まちが》ってる」

「じゃあ、ぼくを笑ったやつらは間違《まちが》ってないの？」

「そうじゃないよ！　けど、でも、浬《くり》が運動できないのは紛《まぎ》れもない事実でしょ」

正直浬《くり》の走り方は変だし、いまだに逆上がりもできないし、フラフープだって下手《へた》くそだ。キャッチボールもバドミントンも浬《くり》が相手だと全然続かない。クラスの男子が浬《くり》のせいで試合に負けた、と思うのもわからないではない。

だからといって、浬《くり》を笑ってもいいわけじゃない。

そして、それを理由に手を出すのも、ダメなのだ。

わたしが言いたいのは、それだけのことだ。どんな理由があろうとも、暴力はダメだ。

「わたしと一緒《いっしょ》に練習でもして、次に見返してやればいいんだよ。そしたら、笑われたりしない。むしろすげーなって、浬《くり》のこと見直すかもよ」

「あいつらがそんなふうに思うわけないじゃん。冥《めい》の言ってることは綺麗事《きれいごと》だよ」

綺麗事《きれいごと》。

浬《くり》が鼻で笑う。

いつからか、涅《くり》はこの言葉もよく使うようになった。

「そもそも、なんでそんなことしないとだめなんだよ。ぼくなんか練習したって、どうせうまくなるわけないんだから」

「わかんないでしょ。やる前から諦《あきら》めてるからできないんだよ。やってみないとなにも手に入らないんだよ？　涅《くり》はいつもすぐ諦《あきら》める」

「冥《めい》は、欲《ほ》しいものなんでも全部手に入れてこられたから、そう言えるんだよ」

「……なんなの涅《くり》は。どうしたいの。あれはいや、これはいや、無理だ無駄《むだ》だって」

「ぼくはずーっとこのまま、死ぬまでこのままなんだよ。冥《めい》みたいに、あれもこれも手に入れたいって思わない。これでいいんだよ」

「縁起《えんぎ》でもないこと言わないでよ！　明日をいい日にしようと努力くらいしたら？」

涅《くり》の発言にカッとする。

でも、涅《くり》はちっとも表情をかえない。

「冥《めい》には関係ないだろ。ぼくのことだ。ぼくがいいって言ってるんだから」

「涅《くり》はよくてもわたしがいやなの！」

「ほんと、冥《めい》は自分勝手だよね」

涅《くり》はそう言ってスタスタと歩き、橋を越《こ》えた。

涅《くり》は昔からわたしをワガママだと言う。あまり自己主張をしない涅《くり》には、自分の意見を自由に口にするわたしのことがそう見えるのかもしれない。

でも、わたしからしたら涅《くり》のほうがワガママだ。

文句ばかりの涅《くり》にムカムカしながらあとを追いかける。

「ちょっと、涅《くり》！　いつまで子どもみたいなこと言ってるのよ！」

「うるさいって言ってるだろ！　冥《めい》にはぼくの気持ちなんかわかんないんだからほっといてよ！余計なことしないでっていつも言ってるだろ！」

「余計なことって……！　いじめられてる涅《くり》を何度も助けてあげたのに！　今だって涅《くり》のために言ってるのに！」

大股《おおまた》で先に進んでいく涅《くり》の肩《かた》に手を伸《の》ばす。

「ちょっとちゃんと話を――」

「ほっといてってば！」

その手を、涅《くり》が振《ふ》り返《かえ》ってパシリとはたいた。

涅《くり》の拒絶《きょぜつ》に驚《おどろ》いて、体に力が入らなくなる。その瞬間《しゅんかん》、一陣《いちじん》の風が吹《ふ》いて、川の水面が音を立てて揺《ゆ》れた。

わたしの体がぐらりと傾《かたむ》く。

真横に、流れる川が見えた。慌《あわ》てて足に力を入れて踏《ふ》ん張《ば》る。

「……っ冥《めい》！」

目を見開いた涅《くり》が、今度はわたしに手を伸《の》ばす。

運動神経が悪いくせに。反射神経もよくないくせに。

かろうじてわたしは倒《たお》れることなく耐《た》えたのに。

代わりに、涅《くり》がバランスを崩《くず》し、背中から川のほうに倒《たお》れていく。

涅《くり》の手が、わたしの制服のスカーフを掴《つか》む。けれど、結ばれていない、ただ輪っかに通していただけのそれはしゅるりと制服から解《ほど》けてしまう。

「涅《くり》！」

スカーフを手にしたまま、涅《くり》は川に落ちていく。

わたしの目にはそれが、スローモーションのように映った。

地面を蹴《け》り、再び涅《くり》に手を伸《の》ばす。


――そして、わたしたちは一緒《いっしょ》に川の中に落ちた。

+++――――――――+++

ホーホーと梟《ふくろう》が鳴いている。

わたしは、真《ま》っ暗闇《くらやみ》の中に立っていた。

「ここはどこ？」

声を発したつもりだったけれど、頭の中で鳴《な》り響《ひび》いているだけのような、妙《みょう》な感覚がした。

なんでこんなところにいるんだろう。

真っ暗だけれど、自分のまわりだけが見える。仄《ほの》かな光がどこかから――まるでわたしの体から――広がっているかのようだ。でも、それはせいぜい半径三十センチほどで、自分が今どこにいて、まわりになにがあるのかはまったく見えない。

――カラスが来た。

誰《だれ》かの声が聞こえてきた。

「誰《だれ》？　なに？　カラス？」

――とうとう、カラスが流れてきた。

いったいなにを言っているのかさっぱりわからない。

暗闇《くらやみ》に、得体の知れないなにかの声が響《ひび》く。普通《ふつう》なら恐怖《きょうふ》に震《ふる》えそうなのに、なぜかそんなものはちっとも感じなかった。むしろ、相手の姿が見えないことにムカつくくらいだ。

どこから聞こえてくるのかと、ぐるりと見回す。と、ぽっとふたつの灯《あか》りが浮《う》かんだ。それが、何者かの、おそらく梟《ふくろう》のふたつの目だということは、すぐにわかった。

梟《ふくろう》がわたしに語りかけてくるなんて、普通《ふつう》だったらありえないことだ。でも、そのことに驚《おどろ》きはなかった。

「なんなの」

——カラス。今は、思うがまま、進め。

「は？」

——カラス。いつか、答えを語れ。

なにを言っているのかさっぱりわからない。そもそもなんでこの梟《ふくろう》らしきものはわたしのことをカラスと呼ぶのか。

眉根《まゆね》を寄せて訝《いぶか》しんでいると、突風《とっぷう》に襲《おそ》われた。

自分の体を支えきれなくなり、足が地面を離《はな》れる。舞《ま》い上《あ》がったと思った瞬間《しゅんかん》、急降下しはじめた。

ぎゅっと目を閉じる。

すると、瞼《まぶた》の裏に光が広がり、制服姿の涅《くり》が浮《う》かんできた。

――『この色がいいよ。冥《めい》にはこの色が似合う』

涅《くり》は制服のスカーフを指差して言った。

中学校の制服のサイズを合わせに行った日だ。

女子だけが、指定された数色のスカーフからひとつを選ぶことができる。えんじ色だったり、朱色《しゅいろ》だったり、茶色っぽいものもあった。

どれがいいかなと悩《なや》んでいると、一見暗めの赤なのに光にかざすと鮮《あざ》やかな赤色に見えるスカーフを、涅《くり》が選んでくれた。

――『冥《めい》っぽい。しっかりしてて気が強い感じ』

涅《くり》がそう言うなら、とわたしは迷わずそれを選んだ。

スカーフには刺繍《ししゅう》を入れられると言われた。大抵《たいてい》の子は自分の名前を入れるらしいけれど、わたしは、自分の名前と涅《くり》の名前のローマ字の頭文字《かしらもじ》を入れてもらった。

ＭＫのふたつの文字を見ると、性格がまったく違《ちが》っても、最近はすれ違《ちが》うことが多くなっても――涅《くり》がわたしに対して冷たくなってきたのを感じていても――わたしは涅《くり》と双子《ふたご》で、いつも一緒《いっしょ》のような気がしたから。

わたしたちは生まれたときから一緒《いっしょ》だった。

笑うのも泣くのも怒《おこ》るのも、ともに経験してきた。

昔は、風邪《かぜ》を引くのも同じタイミングだった。

並んでベッドに横になって、励《はげ》まし合《あ》い、治ったらあれをしようこれをしようと話して過ごした。ふかふかのベッドの中で、凍《こご》える体を寄せ合って耐《た》えた。

でも。

今はひとりだ。

ベッドは硬《かた》くて痛い。

震《ふる》える体をあたためるぬくもりがない。

と思ったところで、違和感《いわかん》を覚えて視界が開けていく。

霞《かす》んだ視界の先には、薄汚《うすよご》れたグレーの天井《てんじょう》があった。ひび割れていて、そこからぽたぽたとなにかが垂れてきている。

雨漏《あまも》り？　お母さんに言わないと。

いやでも、これは――わたしの部屋の天井《てんじょう》じゃない。

それに薄暗《うすぐら》い。見えないほどじゃないけれど、暗い。今は何時なのだろう。

「……っ、ど、どこ？」

掠《かす》れた声が出た。喉《のど》が痛い。体の節々が痛い。寝返《ねがえ》りを打とうとすると自分がベッドではなく床《ゆか》の上にいるのだとわかった。かろうじてなにか敷《し》かれているが、厚みもなにもない、ただの汚《よご》れた布だ。クリーム色というか、黄ばんでいる。

さっきはもっと暗い場所にいた気がする。あれはどこだったっけ。飛ばされて、落ちていたはずなのに、詳細《しょうさい》を思い出せない。なんだったのだろう。

きっと、夢を見ていたんだろう。

どこからどこまでが、夢だったのだろう。

っていうか、どんな夢を見たんだっけ。記憶《きおく》が溶《と》けて消えていくのを感じる。

いや、そんなことよりも。

「ここ、どこ」

さっきと同じような疑問を口にすると、

「地下室」

涅《くり》の声よりも低い、けれど大人の声よりも高い、男の子の声がした。

声のしたほうに視線を向けると、わたしのすぐそばで膝《ひざ》をついている少年の姿があった。

「だ、れ」

わたしの質問に、彼《かれ》は首を横に振《ふ》る。

それはどういう意味だ。

ぐっと体に力を入れて、上半身を起こした。くらりと頭が揺《ゆ》れて眩暈《めまい》がする。額を押《お》さえようとして、自分が見慣れた制服を着ていることに気づく。でも、重くて湿《しめ》っているし、胸元《むなもと》のスカーフはなくなっていて、スカートはシワだらけだ。そこらじゅうに汚《よご》れがついている。

ああ、お母さんに怒《おこ》られるだろうな。

それにしても、蒸《む》し暑《あつ》い。じめじめしていて空気が重い。体がだるいのはそのせいかな。

まだ五月なのに、真夏の雨の日みたいだ。

「あなたが、助けてくれたの？」

今度はスムーズに声が出た。けれどまだ少し喉《のど》が痛む。

そばにいた少年は再び首を横に振《ふ》った。

薄暗《うすぐら》いこの場所に目が慣れてきたのか、今は彼《かれ》の顔をはっきり見ることができた。

少年は、わたしと同じくらいの年齢《ねんれい》だった。

うしろでひとつに括《くく》られた彼《かれ》の長い髪《かみ》は、グレーのような水色のような不思議で珍《めずら》しい色だ。

顔立ちや、言葉が通じることから、日本人なのだろう。ということは髪《かみ》は染めているのかな。

前髪《まえがみ》は顎《あご》にかかるほど長く、瞳《ひとみ》の色はよく見えない。

そして、一枚の大きな布の真ん中に穴を開けて首を通しただけのような服を着ている。左右は縫《ぬ》われておらず、腰《こし》に紐《ひも》を巻いて脱《ぬ》げないようにしていた。座っているのでよくわからないが、丈《たけ》は膝《ひざ》くらいまであると思う。その布は汚《よご》れているうえに、ところどころ穴が空《あ》いていて、首元はよれまくっていた。

……そうとう苦労している家の子どもなのかな。

たぶん彼《かれ》が溺《おぼ》れていたわたしを助けてくれたんだろう。そして、ここでわたしの様子を見ていてくれたのだと、思う。

地下室っていうのが、よくわかんないけど。

普通《ふつう》の家に、地下室なんてある？

「あ、あの、助けてくれて、ありがとう」

「おれじゃない。おれは、監視《かんし》」

少年はまた首を振《ふ》った。もう三度目だ。

っていうか、監視《かんし》？　わたしを監視《かんし》してるってこと？　なんで？

意味がわからず眉根《まゆね》を寄せる。少年は長い前髪《まえがみ》の隙間《すきま》から、じいっとわたしを見ていた。

彼《かれ》の表情はずっと、かわらない。感情がないみたいに、無表情のままだ。瞬《まばた》きをしていなかったら、よくできた人形だと思えそうなほどに。

なにかが、おかしい。

改めて自分のいる場所を確認する。

地面はコンクリートみたいに硬《かた》い。けれどわたしの知っているコンクリートよりもずっとゴツゴツしている。どうやら石を敷《し》き詰《つ》めているだけのようだ。削《けず》ってなるべく平らにした石を土に混ぜて固めているんだと思う。

太陽の光はまったく入ってこない。ただ真っ暗ではないから、どこかに光源があるのだろう。そう思ってより明るい方向に視線を向けると、小さなランプが鉄格子《てつごうし》の前の小さな棚《たな》の上に置かれていた。テレビでしか見たことのないような、古いランプだ。

いや、それよりも。

「ここ、どこなの？」

なんで、鉄格子《てつごうし》があるの。なんでわたしは、鉄格子《てつごうし》の中にいるの。

声が震《ふる》える。同時に体も。頭の中がぐちゃぐちゃになっていく。

さっきまで涅《くり》と一緒《いっしょ》にいたのに。

そこでハッとする。

「涅《くり》？　涅《くり》はどこにいるの？　そばにいたでしょ？　別の場所にいるの？」

一緒《いっしょ》に川に落ちたはずの涅《くり》の姿が見当たらない。

「いない」

わたしが戸惑《とまど》いパニックになっていても、男の子の表情はぴくりとも動かなかった。

「……な、なに、言ってんの」

わたしひとりだけが助かったってこと？　いや、そんなはずはない。縁起《えんぎ》の悪いことを考えてしまい、ぶんぶんと頭を振《ふ》った。涅《くり》はいる。絶対に。この場所にいないだけだ。

「涅《くり》を、探しに行かなくちゃ」

なにもかもがわからない。でも、細かなことを考えている暇《ひま》はない。だって涅《くり》は、泳げない。

わたしがいないと。わたしが探しに行かないと。

足腰《あしこし》に力を入れて立ち上がろうとすると、少年の手がわたしの肩《かた》を掴《つか》んで引き留めた。

「無理」

「なにが。だいたいここはどこ？　さっさとここから出してよ」

単語しか話さない男の子に苛立《いらだ》ちが募《つの》っていく。なによりも、感情が読めなくて、なんだか不気味だ。気味が悪い。

「無理。あんたはここから、出られない」

一瞬《いっしゅん》だけ、彼《かれ》の瞳《ひとみ》が揺《ゆ》れた。まるでわたしに同情しているみたいに。

「なんで……？」

「あんたは、カラスだから」

「はあ？」

なに言ってんの。誰《だれ》がカラスだ。わたしは人間だ。

そこで、ふとさっき見た奇妙《きみょう》な夢を思い出した。暗闇《くらやみ》で梟《ふくろう》らしきなにかも、わたしのことをカラスと呼んでいた。それに、その前にも誰《だれ》かがそう叫《さけ》んでいたのを聞いた気がする。

「なんなの、カラスって……」

「あんたのこと。あんたは、カラスだろ」

いや、わたしはれっきとした人間だ。たしかに制服はカラスのように黒いけれど、比喩《ひゆ》として呼ぶにはおかしい。

なにか意味や理由があると思うんだけど。

「なんでわたしがカラスなの」

「カラスだから」

会話が成り立たないことにため息をつく。

どう質問すればいいだろうかと悩《なや》んでいると——ばん、と大きな音が響《ひび》いた。

びくりと体を震《ふる》わせて、音のしたほうを見る。

暗闇《くらやみ》の奥《おく》から数人が近づいてくるのが足音でわかった。踏《ふ》みならすような音ではなく、なにかが擦《こす》れるような音だ。

よくない予感がして、体を強張《こわば》らせる。そばにいた男の子はわたしから手を放して、俯《うつむ》く。

彼《かれ》もこれからやってくるであろう誰《だれ》かを警戒《けいかい》しているのかもしれない。指先は小さく震《ふる》え、軽く伏《ふ》せられた目は死んだ魚のように見えた。

「おい！　目が覚めたのか」

がん、と鉄格子《てつごうし》をなにかで叩《たた》く音が鼓膜《こまく》に響《ひび》いて、反射的に目を瞑《つぶ》る。そろりと瞼《まぶた》を持ち上げると、男のひとが五人、鉄格子《てつごうし》の向こう側に立っていた。

全員、体がとても大きい。アクション映画に出てくるような筋肉質でがっしりとした体躯《たいく》をしていて、服から伸《の》びている腕《うで》はわたしの足よりも太かった。

真ん中にいるひとの手には鉄の棒が握《にぎ》られている。服装のつくりはそばにいる男の子と似ているが、彼《かれ》のものよりもずっと綺麗《きれい》で丈夫《じょうぶ》そうだった。上着の裾《すそ》はふくらはぎに届くほど長く、腰《こし》から裾《すそ》にかけて刺繍《ししゅう》も施《ほどこ》されている。それに、首元や手首には紐《ひも》のようなもので編まれたアクセサリーを身につけていた。

他の四人も同じような格好だが、服装やアクセサリーを比較《ひかく》すると見劣《みおと》りするので、おそらく真ん中のひとが一番偉《えら》いひとなんだろう。

変な格好だ。なんでこのひとたちはこんな服装をしているんだろう。おまけに、黒髪《くろかみ》のひとはひとりもいない。みんな赤とか緑だ。

そんなことを考えていると、

「言葉が通じないのか！」

びくっと体が震《ふる》えて、萎縮《いしゅく》する。

——怖《こわ》い。

お父さんと同じくらいの年齢《ねんれい》の大人に、しかもすごく体の大きなひとに、大声で怒鳴《どな》られる経験なんて今まで一度もなかった。

わけがわからなくて、体がガクガクと震《ふる》えはじめる。

涙《なみだ》がじわりと浮《う》かんできて視界が滲《にじ》む。けれど、歯を食いしばって耐《た》えた。

——泣いてちゃわかんないでしょ。

涅《くり》にわたしは何度もそう言った。だから必死に我慢《がまん》する。

涅《くり》に偉《えら》そうに言ったわたしが、泣くわけにはいかない。

とはいえ、涙《なみだ》を堪《こら》えると声を発することができなくなる。

じっと黙《だま》ってまっすぐ見返していると、偉《えら》そうな男のひとのそばにいたひとりが「本当にこの子がカラスなのか？　まだ子どもじゃないか」と眉間《みけん》に皺《しわ》を寄せて呟《つぶや》いた。

また〝カラス〟だ。

「でも黒髪《くろかみ》に黒い服だ。カラスに違《ちが》いない」

「カラスだとしたら、さすがにもう少し丁重《ていちょう》に扱《あつか》ったほうがいいのでは」

「そんなことしてどうなる。どうせこいつは処刑《しょけい》されるんだ」

わたしを無視して話す大人たちの会話に耳を傾《かたむ》けていると、不穏《ふおん》な単語が聞こえてきて目を見開く。

「しょ、けい？」

「なんだ、言葉は通じるのか。いいか、変な気を起こさずおとなしくしてろよ」

「処刑《しょけい》って、なに。死ぬってこと？　なんでわたしが！」

身を乗り出して鉄格子《てつごうし》に手を伸《の》ばす――と、再び、さっきよりも大きな音が響《ひび》く。音に反射して体がぎゅっと縮こまる。

「寄るな！」

偉《えら》そうな男のひとは、なぜか顔に恐怖《きょうふ》を浮《う》かべて叫《さけ》んだ。

なんでそっちがそんな顔をするんだ。

「一刻もはやくこいつを外に、領王さまのところに連れていけ！　これだけ回復してるならもういいだろ！　おい！　蒼依《あおい》！　移送の準備が整うまでちゃんと見張っとけよ！」

後ずさりながら声を荒《あら》らげる男のひとに、わたしのそばにいた男の子は両手を前に突《つ》き出《だ》し、頭を下げる。

おかしい。

なにもかもがおかしい。

「ちょ、ちょっと待ってよ！　処刑《しょけい》だなんて今どき許されると思ってるの？　だいたいなんでわたしが！」

「うるさい！　おとなしくしてろって言っただろ！」

踵《きびす》を返して去っていこうとする男のひとたちに呼びかけるけれど、彼《かれ》らはわたしのほうを振《ふ》り向《む》きもせずに出ていってしまった。

「……な、なんなの」

状況《じょうきょう》が把握《はあく》できない。

わたしは今、どこにいるんだろう。なにに巻《ま》き込《こ》まれているんだろう。

目を覚ましてから見聞きしたすべてが、おかしい。

男のひとや男の子の身なりも、態度も。

大人が子どもにこんな態度で接するなんてありえない。それに、処刑《しょけい》というのもおかしすぎる。処刑《しょけい》だなんて、そんなのはただの人殺しだ。

ドラマや映画でしか見ない闇《やみ》の組織みたいなものなんだろうか。

いや、もしかしたら夢を見ているのかも。

そうだと思いたい。

けれど、夢じゃない。目の前にある自分の手、触《ふ》れたものの感触《かんしょく》や重苦しい湿気《しっけ》、喉《のど》の渇《かわ》き、五感のすべてが自分はここにいるんだと伝えてくる。

「ごはん」

呆然《ぼうぜん》としていると、蒼依《あおい》、と呼ばれていた男の子がわたしに話しかけてきた。

そっと顔を向けると、蒼依《あおい》がわたしに木の皿を差し出す。皿の上には、緑色の大きな葉っぱと黄ばんだご飯らしきものが乗せられている。ご飯には得体の知れない茶色くて黒いなにかが混じっていた。

「……なに、これ」

「ごはん」

……とてもまともな食事には見えない。

頭が混乱しているからか、今は空腹を感じていないけれど、たとえ空腹でもこれを見たら食欲が失《う》せると思う。

「いらない」

首を振《ふ》って断ると、蒼依《あおい》はなにも言わずにそれを地面に置いた。そして、くうっとお腹《なか》の音を鳴らす。彼《かれ》はそれを気にも留めずに、正座したままわたしを見ている。

まるで、空腹に慣れているみたいだ。

そう思って蒼依《あおい》をよく見ると、かなりほっそりしていることに気づく。さっきの男のひとたちとは大違《おおちが》いだ。手首なんか、わたしより細いかもしれない。

「お腹空《なかす》いてるなら、あなたが食べたら？」

「おれが食べたら、怒《おこ》られる」

「告げ口なんかしないし、残したらもったいないでしょ。わたしのために用意してくれたんなら、わたしの代わりに食べて」

でも、と蒼依《あおい》は首を振《ふ》る。ただ空腹には違《ちが》いないらしく、ちらちらとお皿の上を見ていた。

膝《ひざ》の上にある彼《かれ》の手は、必死に我慢《がまん》しているのかぎゅっと強く握《にぎ》られる。

蒼依《あおい》の様子に、気持ちが少し落ち着いてきた。

今、自分がすべきことを考える余裕《よゆう》がうまれる。

しっかりしろ。

わたしにはやらなきゃいけないことがある。

涅《くり》を、大事な弟を、探しに行かなくちゃ。

このまま、わけもわからないまま〝りょうおう〟とかいうひとのところに連れていかれるわけにはいかない。

処刑《しょけい》なんてまさか、と信じられない気持ちもあるけれど、あまりにも不思議なことばかり起きすぎて、もしかしたら本当に処刑《しょけい》されるのでは、という不安と恐怖《きょうふ》がわたしに襲《おそ》ってくる。

だから。

「じゃあこうしよう。わたしはご飯をあなたにあげる。代わりに、あなたはわたしに、教えて」

「……なにを」

蒼依《あおい》は警戒《けいかい》するかのように体を引いた。

「すべてを」

「なんで」

「わからないから。ねえ、ここはどこ？　カラスってなに？　なんでわたしが処刑《しょけい》されるの？　涅《くり》はどこにいるの？」

小刻みに震《ふる》える指先を隠《かく》すようにぎゅっと拳《こぶし》を作って、蒼依《あおい》に訊《たず》ねる。

蒼依《あおい》はわたしの手元を一瞥《いちべつ》してから、しばらく考え、そして、ご飯に手を伸《の》ばした。「おれも、全部わかるわけじゃないけど」と呟《つぶや》いてから、皿の上のものを手で掴《つか》み口の中に入れる。

手掴《てづか》みでご飯を食べるなんて信じられず、ぽかんとしていると、蒼依《あおい》が口の中のものを飲《の》み込《こ》んでから、

「ここは、ダルデールってところの、マルク領の中の、集落のひとつ」

と言った。

だるでーる？　まるく？

そんな地名、聞いたことないんだけど。

川に流されたからって、日本を飛び出しちゃうことなんてあるはずがない。だから、きっとわたしが知らないだけだろう。

「さっき真ん中にいたひとは、この集落の長《おさ》で、おれの主人。まわりのひとは、ここに住んでいるひと。あんたは、昨日、川で溺《おぼ》れてて、マルク領の外れに流れ着いた」

もぐもぐと口を動かしながら、蒼依《あおい》はそう言ってとある方向を指差した。わたしが溺《おぼ》れていたという川を指しているらしい。

顎《あご》に手を当てて、考える。考えたところで、わからないのだけれど。

「あんたはカラスだから、見つけたひとがおれの主人――長《おさ》に報告した。そのあとおれが命じられてここに運んで、あんたが目覚めるまで世話を任された。あんたはカラスだから、ここにいちゃいけない。もうすぐ領王さまのところに連れていかれて、処刑《しょけい》される」

「――っだから、それが！　意味わかんないんだってば！　さっきからカラスカラスってなんなのよいったい！」

処刑《しょけい》という言葉に、感情が弾《はじ》ける。

淡々《たんたん》と死ぬことを告げてくる蒼依《あおい》が、むかつく。いや、むかつくなんて言葉じゃこの気持ちを表現できない。ひとの死をなんだと思ってるんだ。

喋《しゃべ》ったと思ったら意味のわかんないことばっかり！

「あんたはカラスだろう。もしかして、自覚がないのか？」

「だから……なんでわたしがカラスなのよ。カラスって、黒い、あの鳥のことでしょ」

「鳥？　それは知らない。おれらにとってカラスは、あんたのこと。黒い髪《かみ》に黒い服、黒い足。あんたは溺《おぼ》れる黒いカラス、そのもの」

なにも理解できない。

黒い髪《かみ》なんて、珍《めずら》しいものではない。黒い服はただの制服だ。黒い足はおそらく、黒い靴下《くつした》に黒のスニーカーのことだろう。涅《くり》とお揃《そろ》いで、中学入学と同時に買ったものだ。

でも、蒼依《あおい》の髪《かみ》の毛《け》は黒ではない。さっきやってきた男のひとたちも、黒髪《くろかみ》はひとりもいなかった。服も、黒色ではない。

「黒は、身につけてはいけない。あんただけだ」

「なんで、だめなの」

「黒は、神の色だから。烏滸《おこ》がましいから、そんなことをしたら縁起《えんぎ》が悪い。畏怖《いふ》の色」

畏怖《いふ》。口の中で言葉を転がすように呟《つぶや》く。

「伝神師《でんしんし》が昔そう言ったらしい」

でんしんし。首を傾《かし》げるけれど蒼依《あおい》はわたしを無視して言葉を続けた。

「いつか、溺《おぼ》れる黒いカラスがこの国を滅《ほろ》ぼしにやってくる――って」

そう言って、じっとわたしを見つめる。

「……それが、わた、し？」

声を震《ふる》わせると、蒼依《あおい》はこくりと頷《うなず》いた。そして、

「だから、処刑《しょけい》される」

平然と、当たり前のことのように、言った。

視界が揺《ゆ》れる。霞《かす》む。頭がぐらぐらする。

……ちょっと待って。

じゃあ、涅《くり》は？

涅《くり》も、黒い制服を着ている。涅《くり》もわたしと同じ黒髪《くろかみ》だ。一緒《いっしょ》に川に落ちた涅《くり》もこの場所にいるかもしれない。わたしだけが流されたなんて考えにくい。

なら、涅《くり》もわたしのように、どこかに流れ着いて、カラスと呼ばれ、同じような境遇《きょうぐう》にいるのかもしれない。

そして――処刑《しょけい》される、かもしれない。

想像すると血の気が引いた。

「――っ」

声にならない声が漏《も》れる。

「おい！　なに食ってるんだ！」

そのとき、再び男のひとの声が響《ひび》いた。蒼依《あおい》と話《はな》し込《こ》んでいたせいで、足音に気づけなかった。

振《ふ》り向《む》いた瞬間《しゅんかん》、鉄格子《てつごうし》の外にいる男のひとがなにかを投げ入れるのが見えた。

それは、蒼依《あおい》のこめかみに直撃《ちょくげき》する。鈍《にぶ》い音と同時に「っつ……」と蒼依《あおい》が声を漏《も》らした。

「奴隷《どれい》のくせに勝手に食いやがって！　意地汚《いじきた》ねえな！」

「申し訳ありません」

痛みで顔を歪《ゆが》めつつも、蒼依《あおい》は深々と額を地面につけるほど低く頭を下げた。そして「申し訳ありません」と何度も繰《く》り返《かえ》す。

奴隷《どれい》……って、あの、奴隷《どれい》？

このわたしと同い年くらいの男の子が？

唖然《あぜん》としていると、蒼依《あおい》のこめかみにじわりと血が滲《にじ》んでいるのに気がつく。

「ち、血が……」

「お前みたいなもんが主人に隠《かく》れて飯食って、タダで済むと思うなよ！　長《おさ》に報告するからな！

三日間は飯抜《ぬ》きになると思え！」

蒼依《あおい》は頭を下げたまま体を震《ふる》わせる。

三日もご飯が食べられないなんて！

怒鳴《どな》られても黙《だま》ったままの蒼依《あおい》に、涅《くり》を思い出す。

小学生の頃《ころ》、同級生にからかわれても黙《だま》って耐《た》えていた涅《くり》を、わたしはいつも庇《かば》って守っていた。

今にも倒《たお》れてしまいそうだった体に力を込《こ》めて、気持ちを奮い立たせる。

「わ、わたしが食べてって言ったの！」

蒼依《あおい》を庇《かば》うように前に出ると、男のひとはわたしを警戒《けいかい》するかのように一歩下がった。

「わたしがお腹《なか》空《す》いてないから食べてって。だから、彼《かれ》は悪くないの」

「お、お前には、関係ない」

「なんで関係ないの？　わたしのせいなのに！」

「うるさい！　カラスのくせに口出しするな！　おい！　蒼依《あおい》！　こいつを黙《だま》らせろ！」

「カラスのくせにってなによ！」

「領王さまのもとに移送する準備が整ったから、さっさとそいつを拘束《こうそく》して連れてこい！」

男のひとはわたしを無視して蒼依《あおい》に指図をする。そしてそのまま踵《きびす》を返して逃《に》げるように去っていった。さっきと同じだ。

「なんなの、あのおじさん」

ぎりぎりと奥歯《おくば》を噛《か》んでいると、

「手を出して」

と背後にいた蒼依《あおい》がわたしに言った。

振《ふ》り返《かえ》ると、蒼依《あおい》の手元にはロープのついた鎖《くさり》がある。鉄格子《てつごうし》と同じ素材なのか、赤黒く、ずっしりと重みがあるのがわかった。これが顔に当たったのだろう。蒼依《あおい》のこめかみには擦《す》り傷《きず》ができているうえに、赤く腫《は》れている。

「傷の手当てしないと」

「そんなことしたら、おれがまた怒《おこ》られる。余計なことしないで。どうでもいいことだから」

蒼依《あおい》の冷たい口調は、涅《くり》を思い出させる。

川に落ちる前、涅《くり》にも言われたセリフだ。

……なによ、余計なことって。なんで庇《かば》うのが余計なことなのよ。

今だって、きっと涅《くり》はどこかで泣いている。体が弱いから、体調を崩《くず》している可能性もある。

わたしが、そばにいなくちゃ。

「ねえ、わたしを逃《に》がして」

「無理」

「涅《くり》のところに行かないといけないの。涅《くり》も、わたしと同じ黒髪《くろかみ》なの。黒い服を着てる。涅《くり》もカラスだと思われたら、殺されちゃうかもしれないんでしょ。助けないと」

蒼依《あおい》は訝《いぶか》しげに眉《まゆ》をひそめ「無理」と同じ返事をする。けれど、少し間を空けてからもう一度口を開いた。

「その、クリ、ていうのがあんたと同じなら、領王のところにいるかもしれない」

その考えは浮《う》かばなかった。

「そっか……そう、か」

たしかにそのとおりだ。

蒼依《あおい》の言葉を脳内で繰《く》り返《かえ》すと、すうっと気持ちが落ち着いた。

ゆっくりと呼吸をしてから、今自分のいる場所をぐるりと見回す。

これまで見たことのない場所、見たことのないような服装のひとたちと、理解しがたい会話。

目を覚ましてから、ずっと意識的に考えないようにしていた。

——『ダルデールってところの、マルク領』

蒼依《あおい》はそう言っていた。そんな場所、日本にはない。わたしが知らないだけだと思おうとした。けれど、そうじゃない。

——たぶん、ここは日本じゃない。

言葉は通じる。でも、髪《かみ》の色は見慣れない色で、言い伝えや文化がまったく違《ちが》う。

だから、外国とか、そういうのでもない。

きっとここは、今まで生きてきたのとは〝別の世界〟なんだろう。

そんな非現実なこと、信じたくない。ありえない。けれど、信じるしかない。

ここは、わたしの知らない世界だ。

ここで涅《くり》を見つけるにはどうしたらいいかを、考えなくちゃ。

涅《くり》を見つけたとして、そのあとどうすればいいだろう。

一緒《いっしょ》に逃《に》げることは可能だろうか。〝王〟というからには、きっと身分が高いひとだろうし、ここより警備は厳重なはず。そこから逃《に》げ出《だ》すいい方法を、はたして思いつくだろうか。

でもそれは、今も同じだ。わたしは自分が今いるこの場所のことを知らないし、領王がどこにいるのかも、わからないのだから。

わからないなら——行くしかない。

わたしの決意を察したのか、蒼依《あおい》がわたしの手を掴《つか》んだ。そして、手首にぐるりと鎖《くさり》を巻きつける。右手に巻いたら次は左手に。真ん中で鎖《くさり》を交差させて、端《はし》にロープを通した。手を少し動かそうとしたけれど、がっしりと固定されていた。

怖《こわ》くないと言えば、嘘《うそ》になる。

けれど、今のわたしにはこうするしかない。

「待ってて、涅《くり》」

わたしが涅《くり》を、助けるから。これまでのように。

呟《つぶや》いたわたしに、蒼依《あおい》がなにか言いたげな視線を向けてきた。けれど、結局なにも言わず、くいっとロープを引いただけだった。蒼依《あおい》のあとを、わたしもおとなしくついていく。

さっきの男のひとは鍵《かぎ》を開けていたらしい。キイッと錆《さ》びついた音を鳴らして開かれた鉄格《てつごう》子《し》を潜《くぐ》り、土と石の混じった斜面《しゃめん》をのぼっていくと木製のドアが開け放たれていた。

光の下に出る。

わけのわからない世界でも、太陽はかわらず空で輝《かがや》いていた。少し違《ちが》うのは、大きさだろうか。なんとなく、普段《ふだん》見ていたものよりも大きい気がする。

太陽のまわりには月よりも小さな星がみっつ見えた。こんなに明るいのにくっきりと星が見えるなんて不思議だ。

振り返り、さっきまで自分のいた場所をそっと確認すると、地面を掘《ほ》って石で崩《くず》れないように補強されているのがわかった。防空壕《ぼうくうごう》のようなつくりだ。

少し離《はな》れた場所には石と土で作られたらしい家のような建物がぽつぽつと並び立っていた。

家の前にはひとがいて、みんなわたしを不安げな顔で見ている。まるで、自分が凶暴《きょうぼう》な動物にでもなった気分になる。

蒼依《あおい》と同じ汚《きたな》い格好のひともいれば、刺繍《ししゅう》の施《ほどこ》された服を着ているひともいる。女性も基本は男性と同じ格好だが、アクセサリーらしきものを首に巻いていて、頭を布で覆《おお》っている。

社会の教科書で、よく似た格好をしているひとたちの写真を見たことがあった気がする。

高い建物がなにもないからか、空がやけに広く感じる。少し湿気《しっけ》があるけれど、長袖《ながそで》の制服を着ていても問題のない気候だ。

遠くに山が見える。土を踏《ふ》み固《かた》めて作られたような道の脇《わき》には、膝丈《ひざたけ》くらいの草が風に揺《ゆ》れている。草原の奥《おく》では、畑でも耕しているのか、鎌《かま》や鍬《くわ》のようなものを持っている子どもや大人たちがいた。

風が吹《ふ》くと、草木の匂《にお》いがする。

なにも考えずにそれだけを感じることができれば、心地《ここち》よいと思えたかもしれない。

蒼依《あおい》に連れられて歩いていくと、小さな馬車らしきものが見えた。馬のようなポニーのような動物が四頭いて、前方に操縦席、後ろには木でできた大きな四角い箱があった。

……まさか、あの中に入れられるのでは。

そばに髭《ひげ》を生《は》やした男性が立っていて、わたしを睨《にら》んでいる。袖《そで》のある服と足首まであるズボンを穿《は》いていて、これまで見たひとの中でいちばん服を着てるって感じだ。御者《ぎょしゃ》だろうか。

「入れ」

男のひとは、後方の木板を数枚外して蒼依《あおい》にそう言う。

悪い予感が的中する。蒼依《あおい》は躊躇《ちゅうちょ》なくよじ登って中に入るが、どうみてもひとを運ぶためのものではない。家畜《かちく》や肥料を運ぶ用途《ようと》で使われているものだろう。中を覗《のぞ》くと床《ゆか》には藁《わら》が散らばっているし、糞尿《ふんにょう》の匂《にお》いもする。

「はやく入れ！」

戸惑《とまど》うわたしに、髭《ひげ》の男のひとは苛立《いらだ》ったように声を荒《あら》らげた。

こんな汚《きたな》い場所に入るなんて、いやだ。どのくらいこの中で過ごさなければいけないのかわからないし、この先にはわたしを処刑《しょけい》しようと待ち構える領王がいるんだと思うと、なおさら足に力が入らなくなる。

「はやく入れって言ってるだろ！」

男のひとはぴしっと地面をムチで叩《たた》く。恐怖《きょうふ》でますます動けない。

こわい。いやだ。なんでわたしがこんな目に。

お母さん、お父さん——会いたい！　助けて！　誰《だれ》か！

ぎゅうっと目を閉じると、「ほら」とそっけないのにあたたかみを感じる声が聞こえてきた。

そっと瞼《まぶた》を持ち上げると、わたしよりも大きいけれど、大人ではない手が差し出されている。傷だらけで、汚《よご》れた手だ。

「はやく」

蒼依《あおい》が、中で腰《こし》を折り、わたしを見下ろしていた。高さがあるせいで、わたしが荷台に乗れないと思ったらしい。

わたしのために向けられた手のひらに、胸がぎゅうっと締《し》め付《つ》けられる。

おずおずと蒼依《あおい》の手を握《にぎ》ると、男のひとが声にならない声を発したのがわかった。

蒼依《あおい》はわたしの手をしっかりと握《にぎ》りしめて、ぐいと引き上げる。日頃《ひごろ》から重労働をさせられているのだろう、見た目よりも力強くて前のめりになった。

「カラスに触《ふ》れるなんて正気かよ」

男のひとは木板をはめ直しながら独り言のように言う。

わたしは、彼《かれ》らにとって触《ふ》れたくもないほど忌《い》まわしい存在のようだ。

――『陰気《いんき》がうつるー！』

小学校のとき、誰《だれ》かがそう言って涅《くり》のことを笑っていたのを思い出す。

がこっと閂《かんぬき》のようなものを閉める音がして、中は薄暗《うすぐら》くなった。木板同士はぴったり重なっておらずわずかに隙間《すきま》があるため、差《さ》し込《こ》む光が微《かす》かに内部を照らしている。

膝《ひざ》をついた状態で固まっていると、大きく揺《ゆ》れて馬車が動き出した。地面の振動《しんどう》がダイレクトに伝わってきて、倒《たお》れそうになる。

「ここに座ったほうがいい」

壁《かべ》にもたれて座っている蒼依《あおい》が、自分のとなりを視線で指した。いつの間にか藁《わら》を集めてクッション代わりにしている。藁《わら》なんかではほとんど意味がないが、ないよりマシだろう。

「……ありがとう」

四《よ》つん這《ば》いでよろよろと蒼依《あおい》のとなりに移動して、座る。

ちょうど目線の高さに隙間《すきま》があり、外の景色を眺《なが》めることができた。蒼依《あおい》も外が気になるのか、興味深そうに見つめている。

異臭《いしゅう》はひどいが、しばらくすると慣れてきた。

馬車が動き出してからは外の空気が流《なが》れ込《こ》み、空気が循環《じゅんかん》するようになったし、なによりも、となりにいる蒼依《あおい》は平然としているのだ。わたしばかりが文句を言うわけにもいかない。

「ひとりじゃなくて、よかった」

思わず独《ひと》り言《ご》つと、蒼依《あおい》は「長《おさ》の命令だから」と答える。

たぶんだけど、不吉《ふきつ》な存在であるらしいわたしの世話は、誰《だれ》もしたくないのだろう。触《ふ》れるのはもちろん、近づいたり話をしたりするだけでもいやがられているのがわかる。

だから、奴隷《どれい》である蒼依《あおい》が、わたしのそばにいる。

——奴隷《どれい》。

この世界の住人たちは、わたしがもともと生きてきた時代よりもだいぶ古い文化レベルの中で生活しているのかもしれない。少なくとも、現代の日本には〝奴隷《どれい》〟なんていない。世界的にも奴隷《どれい》制度は禁止されていたはずだ。

この世界にはどれくらい奴隷《どれい》がいるのかわからないけれど、とにもかくにも、今となりにいるのが蒼依《あおい》でよかったなと思う。

年齢《ねんれい》が近いのもあるけれど、なによりも、蒼依《あおい》はひとを傷つけるひとじゃないと感じるから。

わたしに対して偉《えら》そうにすることもないし、威嚇《いかく》してくることもない。さっきだって、手を、差《さ》し伸《の》べてくれた。

蒼依《あおい》と触《ふ》れた手を、広げて見つめる。

この場所で、はじめて触《ふ》れた、ひとのぬくもりだった。

それを握《にぎ》りしめるように拳《こぶし》を作り、「ねえ」と蒼依《あおい》に話しかけた。

「……あのさ、あの、信じてもらえないかもしれないけど、わたし、ここじゃない別の世界から来た、みたいなの」

勇気を振《ふ》り絞《しぼ》って蒼依《あおい》に伝える。

どういう反応をするのだろうと緊張《きんちょう》していたけれど、蒼依《あおい》はさっきと表情をかえないまま「そう」と答えただけだった。

「本当なの。嘘《うそ》じゃないの。信じて」

「どっちでもいい。おれには関係ない」

そうかもしれないけど……。そんなまったく興味がないように言われると悲しくなる。嘘《うそ》を吐《つ》いていると信じてもらえないのはいやだけれど、蒼依《あおい》のように無関心なのも、つらい。

返す言葉を失い、唇《くちびる》を噛《か》んで黙《だま》る。

そんなわたしになにかを感じたのか、

「大変そうだな」

と、蒼依《あおい》が呟《つぶや》いた。

弾《はじ》かれたように顔を上げると、蒼依《あおい》はそっぽを向いてぼーっとしている。どこを見ているのかは長い前髪《まえがみ》でわからない。けれど、涙《なみだ》が出そうになってしまった。

蒼依《あおい》の声色《こわいろ》が、これまでと違《ちが》ってどこかあたたかく聞こえたから。

涙《なみだ》をぐっと呑《の》み込《こ》んで「ねえ」と再び蒼依《あおい》に話しかける。

「領王っていうのは、どこにいるの？　そこまでどのくらいかかるの？」

「知らない。おれもそんな偉《えら》いひとには会ったことないから」

「どんなところかも、わからない？」

蒼依《あおい》は「ん」と頷《うなず》く。

もしかしたら、蒼依《あおい》は今までマルク領と呼ばれていたあの集落から出たことがなかったのかもしれない。奴隷《どれい》って、あまり自由がないイメージだし。

っていうかそもそも、なんで蒼依《あおい》は奴隷《どれい》なんだろう。

「あなた……いや、蒼依《あおい》は、いつからその、奴隷《どれい》、なの？」

本人を目の前に〝奴隷《どれい》〟と口にするのは思ったよりも重い気分になる。けれど、当の本人である蒼依《あおい》は平然とした顔で「七周前」と答えた。

「七周って？」

「それも伝わんないのか。えーっと……七回の陽《よう》を過ごしたってこと」

「よう？」

首を傾《かし》げると、蒼依《あおい》は面倒《めんどう》くさそうにため息をついた。

「あたたかくて心地《ここち》のいい季節を陽《よう》。陽《よう》のあとは凡《ぼん》。凡《ぼん》が一番長い。あたたかいのと寒いのの、あいだ。そのあとに波《は》。寒い季節。そのみっつの季節を過ごすと一周」

つまり、一年が一周、ということか。季節はみっつしかなくて、春と秋と冬って感じかなとイメージする。言葉は違《ちが》うけれど、季節で年月を数える方法だったり、「みっつ」といった数字の感覚が同じでよかった。

理解すると同時に、やっぱりこの世界はわたしの住んでいたところとは別なんだな、と思い知らされる。

でも不思議なくらい、落ち着いて話を受け入れている自分もいる。

戸惑《とまど》いや恐怖《きょうふ》はまだ胸の中にある。

それは、ここに涅《くり》もいるはずだと思っているからだ。涅《くり》のためにも、わたしはパニックになるわけにはいかないから。

外から優しい風が吹《ふ》き込《こ》んできた。

「ねえ、今は、陽《よう》？」

「今は凡《ぼん》。昼間は陽《よう》と似てるけど、夜になると寒くなるから。ちなみに今は昼過ぎの二刻」

刻、は時間を指しているのだろう。二時という認識でいいのだろうか。

「時間はなんでわかるの？」

それに、一周を決めるのはどうしているんだろう。一周は何日くらいあるんだろう。

「空。時間によって、見えるものと位置がかわる」

なるほど。太陽の位置や夜に見える星で四季や時刻を見ていた昔のひとと同じ感じなんだろう。それがたぶんだけど、昼でもわかる、みたいな。

まだまだ気になることはたくさんある。訊《き》いたらきっと蒼依《あおい》は答えてくれるだろうけれど、概念《がいねん》の違《ちが》うわたしに説明するのは大変だろうし、すべてを理解できる自信もないので、とりあえずこれ以上質問するのはやめておいた。

代わりに「七年、じゃなくて七周前はどうしてたの？」と蒼依《あおい》のことを訊《き》く。

「知らない。覚えてない」

「なんで？　もしかして七周前って、すごく小さかった、とか？」

一周は一年くらいだろうと思ったけれど、もしかしたら二年や三年くらいの長さがあるかもしれない。なら、今同い年くらいの蒼依《あおい》は赤ちゃんだったのかも。

「七歳《さい》のとき、川で溺《おぼ》れて流されて、ここにたどり着いた。自分の年齢《ねんれい》以外の記憶《きおく》は、なくなってた。だから、知らない」

年齢《ねんれい》の数え方は一緒《いっしょ》らしい。

川で溺《おぼ》れた、というのはわたしと一緒《いっしょ》だ。でも、目が覚めたら記憶《きおく》がないなんて、想像しただけでぞっとしてしまう。

「記憶《きおく》がないおれを、長《おさ》は奴隷《どれい》として住まわせてくれた。長《おさ》に会えなかったら、おれは飢《う》え死《じ》にしていたかもしれない」

カラスの見た目でなければ、蒼依《あおい》のようにわたしも奴隷《どれい》という身分になったんだろうか。

処刑《しょけい》もいやだけど、奴隷《どれい》もいやだ。

生き延びたとはいえ、蒼依《あおい》の待遇《たいぐう》はひどいと思う。

蒼依《あおい》の表情にはなんの感情も浮《う》かんでいない。

なにもかも、諦《あきら》めているような目だ。

……涅《くり》もよく、同じような目をしていた。

「一緒《いっしょ》に、逃《に》げる？」

気がついたら口にしていた。

蒼依《あおい》は目を丸くして「は？」とわたしを見る。

「よくわかんないけど……奴隷《どれい》っていつか解放されるものなの？　このままずっと、あんなふうにひどいことされるなら、逃《に》げたほうがいいでしょ」

「そんなのできるわけない」

「じゃあ、このままでいいの？」

「……とりあえず、衣食住は最低限与《あた》えられてるし。どうでもいい」

一瞬《いっしゅん》の間は、このままでいい、と心の底では思っていないからだろう。

がたがたと揺《ゆ》れる荷台の中で、まるで家畜《かちく》のように運ばれるカラスのわたしと、奴隷《どれい》の蒼依《あおい》。

わたしたちはどちらも、この場所ではその程度の存在なのだ。

処刑《しょけい》されたり、乱暴に扱《あつか》われたり。

「……っ、う」

考えないようにしていたのに、涅《くり》のためだと奮い立たせていたのに、また恐怖《きょうふ》が襲《おそ》ってきて涙腺《るいせん》が緩《ゆる》んでくる。

「だいじょうぶ、だい、じょうぶ」

自分に何度も言い聞かせて歯を食いしばる。

情緒《じょうちょ》不安定だ。でも仕方ないじゃない、だって、意味わかんないんだもん。

重い鎖《くさり》を引き上げながら、顔を両手で覆《おお》った。じゃらじゃらと不快な音がする。鎖《くさり》が擦《こす》れて手首が痛い。

なんで夢じゃないんだ。なんで重いのよ。なんで痛いのよ。

「だいじょうぶ、明日は、笑ってる」

目を閉じて想像する。

小さな頃《ころ》からいやなことがあるたびに、わたしはそうやって前を見てきた。いつからかは思い出せないけれど、涅《くり》とケンカしたときやお父さんお母さんに怒《おこ》られたとき、おばあちゃんがいなくなったとき。わたしはそうやって乗《の》り越《こ》えてきた。

「なんでそんなに、頑張《がんば》ろうと思えるんだ？」

深呼吸を繰《く》り返《かえ》していると、蒼依《あおい》が不思議そうな顔をして言う。

「なんでって……今諦《あきら》めたら殺されちゃうんだよ」

「逃《に》げたってまた捕《つか》まる。ここでカラスを知らないやつなんかいない。どこに行ってもあんたは捕《つか》まって、いつかは処刑《しょけい》される」

「――っ、勝手なこと、言わないで！」

思わず頭に血が上り、大きな声を出してしまった。すると、荷台の前に乗っているであろう男のひとが「うるせえぞ！」と怒鳴《どな》り、荷台をムチで叩《たた》く音が聞こえた。

口を閉じて体を小さくして黙《だま》る。口を開くと感情が溢《あふ》れて止まらなくなりそうだから。膝《ひざ》を抱《かか》える両手が震《ふる》えているのは、悔《くや》しいからだ。それだけだ。

「でもやっぱり、無理だと思う」

しばらくすると、蒼依《あおい》が話を続けた。

「そのクリってやつと会えるとして、無事、領王のもとから逃《に》げて、追っ手にも捕《つか》まらなかったとして……その先はどうすんの」

その、先。

自問すると、脳裏《のうり》に昨日までの当たり前の光景が浮《う》かんだ。

お母さんとお父さん、そして涅《くり》と一緒《いっしょ》にご飯を食べて、一緒《いっしょ》に遊んで、笑って、ケンカして、それでもそばにいる日々。

「ふたりで、元の場所に戻《もど》る」

答えは簡単だ。こんな場所にいつまでもいてたまるか。カラスなんか知ったことではない。

「戻《もど》るってどうやって？」

蒼依《あおい》は首を傾《かし》げる。

「どう……やってって……こっちに来る方法があったなら、戻《もど》る方法だって、あるでしょ」

「その方法ってなに？　そんなのあるのか？　方法があったとしても、それが見つかるまでどうする？　カラスが逃《に》げたとなれば国中総出で探すだろうから、集落では暮らせないし、奴隷《どれい》にももちろんなれない。つまり、食べるものも住む場所もないってこと。運がよければ空き家が見つかるかもしれないし、作物を育てる方法もあるけど収穫《しゅうかく》までには時間がかかる」

「それ、は」

「それに、波の季節は寒いうえに食料も厳しくなる。集落に入ってないやつらのほとんどは、寒さと飢《う》えで、苦しんで死ぬ」

飢《う》えなんて、これまで一度も経験したことがない。お腹《なか》が空《す》くのとはまったく違《ちが》う、ということくらいわかる。だから、想像もできない。

涅《くり》と出会えないままそんなことになったらどうしよう。

いや、涅《くり》と出会ったあとであっても、どのみち蒼依《あおい》の言うように――。

考えたくない。そんな最悪の未来なんか想像したくない。そのとおりになってしまいそうだから。そういう〝もしも〟の話はきらいだ。同じ〝もしも〟なら、いいことを思《おも》い描《えが》きたい。

「ねえ、どうせ想像するなら――」

「どっちにしろ死ぬなら、さっさと処刑《しょけい》されたほうがよくないか？」

わたしの言葉に被《かぶ》せるように、冷たい蒼依《あおい》の声が聞こえた。

「餓死《がし》よりは苦しくない。首を刎《は》ねられるから、一瞬《いっしゅん》だ。痛みを感じる暇《ひま》もない」

至極《しごく》当たり前のことかのように、蒼依《あおい》は話す。

「おれなら、そっちを選ぶ」

「……なんで」

「楽だから」

迷いのない言葉が、頭の中に響《ひび》く。

楽だから。そんな理由で、生きる希望を捨てて死を選ぶなんて。それをこんなふうに微塵《みじん》も恐怖《きょうふ》を滲《にじ》ませずに口にできるなんて。

「……っう」

頭と目がぐるぐると回り出して、吐《は》きそうになる。

なんとか堪《こら》えようと口元を押《お》さえるけれど、我慢《がまん》できなかった。でもわたしの胃の中には吐《は》き出《だ》せるものがなにもなかったらしく、胃液が垂れるだけだ。

気持ちが悪い。理解できなさすぎて気分も悪い。

なにも考えずに目を閉じてじっとしていたいのに、激しく揺《ゆ》れるうえにでこぼこの道を走っている馬車はやたらと大きく揺《ゆ》れ続《つづ》ける。

目を閉じると、このまま意識を取《と》り戻《もど》すことができるのか怖《こわ》くなった。

でも、意識が遠のいていく。

「おい！　降りろ！」

突然《とつぜん》の声に、目が覚める。

「え、え……？」

あたりを見回し、自分が荷台の中にいることを認識する。同時に、寝《ね》て覚めてもこの場所にいることに絶望した。

やっぱりこれは夢ではなく現実なのか。

口元を拭《ぬぐ》う。胃液を吐《は》いたからか、喉《のど》と胃がズキズキと痛む。

どのくらい時間が経ったのだろう。差《さ》し込《こ》む光の弱さから、夕方になっていることがわかる。まさか、丸一日以上経ったなんてことはないと思うのだけど。

体を起こすと、全身に痛みが走った。壁《かべ》にもたれかかったまま気を失っていたからか、腰《こし》が特に痛い。地下室に荷台と、最悪の環境《かんきょう》が続いている。長時間揺《ゆ》られていたせいで、馬車が停止した今も体がゆらゆらと揺《ゆ》れている気がした。

「さっさとしろ！　領王さまがお待ちだ！」

ぐいとロープを引っ張られて、前のめりに倒《たお》れた。両手をついて体を支えようとしたけれど、力が入らずうつ伏《ぶ》せになり、そのまま動けなくなる。

そんなわたしに、手が差し出された。顔を上げると、この馬車に乗るときと同じように、グレー混じりの青い瞳《ひとみ》がわたしに向けられている。

気を失う前の会話が蘇《よみがえ》って、蒼依《あおい》の手を取るのを躊躇《ちゅうちょ》してしまう。けれど、ひとりでは立ち上がれそうにない。むうっと眉間《みけん》に皺《しわ》を寄せつつ、渋々《しぶしぶ》蒼依《あおい》の手を借りて体を起こした。

蒼依《あおい》は、わたしのことをどう思っているんだろう。

カラスと言われる不吉《ふきつ》な存在なのに、まわりのひとのようにわたしを怖《こわ》がったり避《さ》けたりすることがない。訊《き》けばちゃんと教えてくれるし、根は親切なんだと思う。そう感じたから、わたしは自分が別の世界から来たということも正直に話した。すべてを信じてくれたかはわからないが、蒼依《あおい》はその後もわたしを否定することなく会話を続けてくれた。

ただ、終始、発言や態度が淡々《たんたん》としている。

というか、なにもかもがどうでもよさそうだ。

諦《あきら》めて受け入れているって感じが近い。

……こういうのを洗脳というのだろうか。

「蒼依《あおい》は、これまでに一度も逃《に》げようと思ったことないの？」

こちらを睨《にら》みつけている男のひとに聞こえないくらい小さな声で蒼依《あおい》に話しかける。蒼依《あおい》はわたしを一瞥《いちべつ》しただけで、なにも答えなかった。

「進め！」

荷台を降りると、馬車にいた男のひとはわたしの手錠《てじょう》につながったロープを蒼依《あおい》に渡《わた》し、馬車に戻《もど》っていった。それと代わるように、分厚い毛皮のベストを着た男のひとがわたしたちに向かって叫《さけ》ぶ。手に槍《やり》のようなものを持ち、大きな門を守るように立っている。門番の男のひとに追い立てられるようにして、門の近くに向かった。

あたりには、石造りの店や家が立ち並んでいる。通路も広く、道沿いで野菜や果物《くだもの》、肉類を並べて商売をしている人々の姿もあった。わたしの知っている都会には程遠いが、ここではかなり栄えている場所なのだろう。地面も舗装《ほそう》されている。マルク領と呼ばれていたさっきの集落とは雰囲気《ふんいき》がまったく違《ちが》っていた。

ただ、この場所でも〝カラス〟に対して抱いている感情は同じらしく、みんな遠巻きに歪《ゆが》んだ顔でわたしを見ていた。

「う、わ」

わたしの背丈《せたけ》よりも高い石の壁《かべ》には、頑丈《がんじょう》そうな木の扉《とびら》がある。この奥《おく》には立派な建物があるのだろう。

両開きの扉《とびら》を門番が開ける。中には見るからに位の高そうな口髭《くちひげ》を生やしたおじさんが立っていて、わたしを見るなり顔をしかめた。そして舌打ちをすると「ついてこい」と背を向けて歩き出す。蒼依《あおい》はロープを手にしてわたしの一歩前を歩く。先導するおじさんと距離《きょり》が近づきすぎないよう注意しているのか、慎重《しんちょう》な歩き方だ。

広々とした庭には、真っ白なタイル地の通路が敷《し》かれ、奥《おく》までまっすぐ続いていた。左右には細かな彫刻《ちょうこく》が施《ほどこ》された石柱が立ち並び、手入れされた草花が咲《さ》き乱《みだ》れている。

しばらく進むと大きな建物があった。扉《とびら》などはなく、庭から続いた道がそのまま回廊《かいろう》につながっているような作りだ。回廊《かいろう》には天井《てんじょう》があるので日差しが遮《さえぎ》られているが、そのぶん、庭の緑が輝《かがや》いて見える。

領王とは、国を治める王様なのだろうと思っていた。けれど、ここまで神聖な空間に住んでいるなんて。この国のひとにとっては神のような存在なのかもしれない。

一歩進むにつれ、心臓が忙《せわ》しなく動き出す。

この道の先にいる領王は、どんなひとだろう。

友好的な相手だとは思えない。奴隷《どれい》制度を容認しているし、領主たちは「処刑《しょけい》するだろう」と言っていたので、きっと、非情なひとだ。

涅《くり》がいるかもしれないと思ってここまでやってきたが、まわりの空気に圧倒《あっとう》され、足がすくみそうになる。

逃《に》げるタイミングはあるだろうか。そっと視線を走らせると、わたしを警戒《けいかい》しているのかそこらじゅうに門番と同じ格好をしたひとが立っていた。

このまま、処刑《しょけい》されるのでは。

全身が粟立《あわだ》つ。

今すぐにでもこの場から走って逃《に》げ出《だ》したくなる。でも、わたしの両手には鎖《くさり》が巻《ま》き付《つ》けられているし、体の大きな男のひとたちと戦うこともできない。なによりも、今のわたしは歩いているだけでフラフラの状態だ。

「大丈夫《だいじょうぶ》、大丈夫《だいじょうぶ》」

おまじないのように唱える。

悪いことなら、いくらでも想像できる。だからこそ、前向きに考えなくては。ネガティブ思考に陥《おちい》って、今できることをし損《そこ》ねてしまったら、それこそ最悪だ。この建物がどういう形なのかをちゃんと見ておこう。逃《に》げ出《だ》すときのために、城門があった方向だけでも頭に入れておかなくちゃいけない。

気持ちを落ち着かせ、あらためてまわりに目を向ける。

建物や庭は、巨大《きょだい》な壁《かべ》でぐるりと囲まれている。入ってきた城門以外に、外に通じる門があるかはわからない。

回廊《かいろう》を進むと扉《とびら》があり、屋内に入った。屋内は厳《おごそ》かなつくりで、西洋のお城というよりは、エジプトやインドの神殿《しんでん》のような雰囲気《ふんいき》だ。光源は小さな蝋燭《ろうそく》が点々と置かれているのみで、薄暗《うすぐら》い。

壁《かべ》には刺繍《ししゅう》が施《ほどこ》された大きな布がいくつも飾《かざ》られている。天井《てんじょう》はわたしの身長の三倍くらい高かった。こんなに高いってことは、二階はないのかもしれない。

注意して見ると、壁《かべ》を飾《かざ》る布とは別に、部屋を分ける目的で吊《つ》り下《さ》げられているらしい布がある。どうやらこの通路の左右には、部屋のようなスペースがあるようだ。

そういえば、ここにきてからガラスを見ていない。門の外で見かけた町も、建物の窓は石をくり抜《ぬ》いただけの簡素なもので、ガラスははまっていなかった気がする。この世界には、ガラスやそれに似た素材がないのかな。

「おい、奴隷《どれい》。そいつを黙《だま》らせろ。気味が悪い」

前を歩いているおじさんが、振《ふ》り向《む》かずに言った。

どうやらわたしはぶつぶつ独り言を漏《も》らしていたらしい。

蒼依《あおい》はちらっとわたしに視線を向ける。「ごめんね」と小さく告げると、なにも言わずに再び前を向いた。

しばらく進むと、目的地はここか、と一目でわかるほどの大きな飴色《あめいろ》の扉《とびら》の前に到着した。

この奥《おく》に、この国で一番偉《えら》いひと——領王がいるのだろう。

立っていた門番が姿勢を正し、ふたりがかりで重そうな扉《とびら》を押《お》し開《ひら》く。

ごくりと、唾《つば》を呑《の》み込《こ》む。

最悪の場合、ここでわたしは処刑《しょけい》を——……。

いや、考えるな。

頭を振《ふ》っていやな考えを振《ふ》り払《はら》う。両手を握《にぎ》りしめて、前を見る。

ここで弱気になるわけにはいかない。決して、怯《ひる》んではいけない。

涅《くり》をいじめていた上級生の男子に立ち向かったときのように、胸を張るんだ。

弱腰《よわごし》になったら、舐《な》められる。その時点で負けが確定してしまう。

ぎぎぎ、と木が擦《こす》れる音を鳴らしながら扉《とびら》が開かれた。

中は、これまでにわたしが実際に訪《おとず》れた建物の中で、もっとも広々とした空間だった。中学校の体育館よりもさらに広く、草花や神話をモチーフにしたものだろう美しい装飾《そうしょく》が壁《かべ》と床《ゆか》を埋《う》め尽《つ》くしている。左右には立派な柱がいくつも並んでいて、ちょうどわたしの立っている足元から部屋の奥《おく》に向かって、まっすぐ深紅《しんく》の絨毯《じゅうたん》が敷《し》かれていた。

「領王さま、お連れしました」

おじさんが右手を曲げた状態で前に掲《かか》げて目元を隠《かく》し、もう片方の手を背中に隠《かく》した体勢でぺこりと頭を下げる。その姿勢を保ち、視線を地面に落としたまま、しずしずと進んでいく。

蒼依《あおい》も同じ体勢になりおじさんの後ろをついていったので、わたしもそれにならった。どうやら前を見てはいけないらしい。目を合わせてはいけない、のかも。

数十メートルほど進んで、おじさんが足を止める。

「それがカラスか」

鼻で笑うように誰《だれ》かが言った。老人の声のようにも聞こえるし、若々しい声にも聞こえる。男性なのか女性なのかも断定しづらい、不思議な声色《こわいろ》だ。

見るのが、怖《こわ》い。

でもこのまま下を向いている状態で、首を切り落とされてしまったら？　そのほうが、もっと怖《こわ》いし、そんなのいやだ。

「顔を見せろ、カラス」

話しかけられて、体がびくりと震《ふる》える。

怯《おび》えるな、と心の中で自分に言い聞かせてから、深く息を吸《す》い込《こ》んだ。そして、勇気を振《ふ》り絞《しぼ》ってそろそろと言われたとおりに視線を上げ、声の主に顔を向ける。

領王と呼ばれたそのひとは、金髪《きんぱつ》の若い男のひとだった。今年わたしの担任になった、新任の先生と同い年くらいだろう。案内してくれたおじさんよりも年下なのは間違《まちが》いないはずだ。

彼《かれ》は壇上《だんじょう》に置かれた玉座の上で、肘掛《ひじか》けに片肘《かたひじ》をついてわたしを見下ろす。

これまでわたしに向けられてた視線には、畏怖《いふ》だったり、嫌悪《けんお》だったりが込《こ》められていたが、彼《かれ》の視線には侮蔑《ぶべつ》の色が強く滲《にじ》んでいるように感じた。

領王は、ふんっと鼻を鳴らしてから立ち上がる。

彼《かれ》の羽織っているマントは床《ゆか》に擦《す》るくらい長い。服のつくりはこれまで過ごしてきた世界のものに近く、凝《こ》っていた。服全体にびっしり刺繍《ししゅう》が施《ほどこ》され、指先や首元には金銀さまざまな装《そう》飾品《しょくひん》が光る。

華《はな》やかな印象だ。ただ、マントも服装も、頭を覆《おお》っている帽子《ぼうし》のような布も、すべてが重そうに見える。いろんな色が重ねられているから、そう感じるのだろうか。

体を引きずるように、領王が、こちらに向かってくる。

涅《くり》がいるのか探さないといけないのに、彼《かれ》から目が離《はな》せない。

結局わたしは、彼《かれ》がすぐ目の前にやってくるまで、その様子を、ただ、見つめることしかできなかった。

「子どもだな」

目の前に立った領王が言う。

おじさんも、そばにいる蒼依《あおい》も、ひとことも喋《しゃべ》らない。だからか、自分の心臓の音ばかりが聞こえてくる。

威圧《いあつ》される、とは、こういうことか。

額に汗《あせ》が浮《う》かぶ。呼吸も浅くなる。瞬《まばた》きは仕方を忘れてしまったみたいにできない。

「こんなやつが私の国を滅《ほろ》ぼすなんて、ばかばかしい。まともに取り合う気にもならん」

大きな手がにゅっと伸《の》びてきて、わたしの髪《かみ》の毛《け》を掴《つか》んだ。

「っ、いった……!」

「なんだ話せるのか。なあカラスに問おう。お前はなにをする気だ」

ぎりっとさっきよりも手に力を込《こ》められて、頭皮がびりびりと痛む。

「な、なに、も、しない」

必死に言葉を紡《つむ》ぐと、領王は片眉《かたまゆ》を上げてから手を放した。バランスを崩《くず》して尻餅《しりもち》をつく。

痛い、けれど痛みのおかげで、萎縮《いしゅく》していた気持ちが元に戻《もど》っていく。

自分はなんのために、おとなしくここまで来たのか。わたしの目的はなんなのか。

「な、なにもしません……！」

「ほう？」

「わたしは、カラスなんかじゃないです！　ただ、気がついたらここにいただけで！」

床《ゆか》に座《すわ》り込《こ》んだまま、領王を見上げて叫《さけ》ぶ。

「一緒《いっしょ》に川に落ちた双子《ふたご》の弟、涅《くり》を見つけたらそれでいいんです！」

「ふたご？」

領王の動きがぴたりと止まる。

「わたしの双子《ふたご》の弟が、ここに来ていませんか？　わたしも、双子《ふたご》の弟も、ただの中学生だから、国を滅《ほろ》ぼすとかそんなことできません！　するつもりもありません！」

ごんっと床《ゆか》に額を打ちつけるように頭を下げる。

「涅《くり》に会えたらすぐに、この国を出ていきます！　だから、涅《くり》の居場所を知っているなら、教えてください。涅《くり》はここに、来ていませんか？」

わたしを見れば、なんの力もないことはわかるはずだ。

この国を滅《ほろ》ぼそうという気持ちは微塵《みじん》もない。そんなことできるとも思っていないし、やる意味もない。

わたしの願いはただひとつ。

涅《くり》と元の場所に戻《もど》りたい。昨日までの日々に戻《もど》りたい。

当たり前のように周囲から理不尽《りふじん》な悪意を突《つ》きつけられるような場所、うんざりだ。奴隷《どれい》とか領王とか、カラスだとか処刑《しょけい》だとか……こんな狂《くる》った世界からさっさと出ていきたい。

どうやったら帰ることができるのかは、わからない。でも、涅《くり》と合流さえできれば、ふたりで一緒《いっしょ》に方法を探せば、なんとかなるはずだ。なんとかしてみせる。

どんなに大変でも、涅《くり》がいれば大丈夫《だいじょうぶ》だ。

――『どっちにしろ死ぬなら、さっさと処刑《しょけい》されたほうがよくないか？』

蒼依《あおい》の理解できない言葉が蘇《よみがえ》る。

処刑《しょけい》されていいわけがない。そんな未来、わたしは選ばない。

床《ゆか》についた手に力を込《こ》めると、「なるほど」という言葉が落ちてきた。反射的に顔を上げると、領王が顎《あご》に手を当ててふむふむとわたしを観察している。さっきまでは侮蔑《ぶべつ》だったけれど、今は興味を持ってこちらを見ているのがわかった。

「たしかに、なにもできなそうな子どもだ」

目を細める領王に、そばにいたおじさんが「領王……！」と焦《あせ》った様子で口を挟《はさ》んだ。けれど領王はその声を無視して、

「なにより、かように小さな存在に、私の統治する大国《ダルデール》を滅《ほろ》ぼせるとも思えん」

と言葉を付け足す。

そう、そうだ。わたしは子ども。見知らぬ国を滅《ほろ》ぼす力なんてあるわけがない。

だから処刑《しょけい》なんて考えないで、今すぐわたしを解放して。

「まさかカラスが双子《ふたご》だとは知らなかったが……もう片方が本物のカラスだという可能性も考えられる。他にカラスを発見したという知らせはまだ受けていないが」

どうやら涅《くり》はまだ見つかっていないらしい。

人見知りで怖《こわ》がりな涅《くり》のことだから、どこかに隠《かく》れてわたしが助けに来るのを待っているに違《ちが》いない。

「見つけ出さないといかんな」

領王がパンと手を叩《たた》いた。その直後、数人が部屋を出ていく音がする。

涅《くり》を探しにいったのだろう。駒《こま》のように自由に扱《あつか》える兵を持つ領王が協力してくれるなら、きっとすぐに見つかるはずだ。

希望の光に目を輝《かがや》かせて、明るい結末を思《おも》い描《えが》く。

明日には涅《くり》と会えるに違《ちが》いない。元の場所に戻《もど》る方法だってきっとすぐ見つかる。

「じゃあ――」

「カラスを野放しにするわけにはいかん。双子《ふたご》の片割れも見つけしだい、すぐに処刑《しょけい》するぞ」

領王は一瞬《いっしゅん》にして冷たい表情をして「おい」と壁際《かべぎわ》に立っていた男性を呼びつけた。

……すぐに処刑《しょけい》するって、どういうこと？

目を見開いて固まっていると、

「こいつを牢《ろう》に入れておけ。片割れが見つかろうが見つかるまいが、明日の朝に処刑《しょけい》を執行《しっこう》する。民《たみ》にも知らせておけ。カラスがいなくなるのを自身の目で見れば、私が神に勝《まさ》る存在だと思い知るだろ」

そう言ってくるりと背を向け、まるで犬を追《お》い払《はら》うかのように手を振《ふ》った。

「ちょ、ちょっと待って！」

「黙《だま》ってろ！　誰《だれ》の赦《ゆる》しを得て話しかけてるんだ！」

伸《の》ばした手は、ガタイのいい男性の持つ槍《やり》の柄《え》で払《はら》われた。

手のひらに痛みが走る。けれど今は、それ以上に、心臓が痛い。

なんで。どうして。

抱《いだ》いた希望が粉々になって体を刺《さ》す。

「こいつに力はなくとも、カラスの伝承を利用するやつが出るかもしれないからな。私はノーパーヴァのやつらとは違《ちが》う。何事も甘《あま》く見ない。異物は即刻《そっこく》取《と》り払《はら》う」

ふはは、と前を向いたまま領王が言った。

はじめて聞く単語のせいで後半は意味がわからなかった。

わかったのは、このひとはわたしを、そして涅《くり》を、殺すつもりだ、ということ。

ほろほろと、涙《なみだ》が溢《あふ》れてくる。

「私のダルデールにとって、ノーパーヴァは取るに足らない存在だが。頭が悪く貧しい者たちのくだらない思想を、こいつの処刑《しょけい》で一蹴《いっしゅう》してやれ。私に対する服従心も増すだろう」

独り言のように話し続けながら、領王は元いた場所に戻《もど》っていく。

その背中が、ぼやけていく。

涙《なみだ》が、止められないから。


結局、目覚めたときと同じような牢《ろう》に閉《と》じ込《こ》められた。

違《ちが》うのはその大きさと、天井《てんじょう》に近い位置に空気を取《と》り込《こ》む小さな窓があることだけ。

地下室ではないだけマシな待遇《たいぐう》なのかもしれないが、窓は通《とお》り抜《ぬ》けられるはずもない大きさで、鉄格子《てつごうし》までついている。おまけに今はすっかり日が沈《しず》み、窓の外は暗闇《くらやみ》が支配していた。牢《ろう》の中の様子が見えるのは、四隅《よすみ》に置かれた小さな灯《あか》りのおかげだ。それがなければなにも見えなかっただろう。

膝《ひざ》を抱《かか》えてしばらく泣き続けるわたしを、誰《だれ》も気に留めなかった。

門番や警備兵たちはわたしを視界に入れたくないのか、牢《ろう》の近くにはいない。

わたしのそばにいるのは、ずっと蒼依《あおい》だけだ。どうやら蒼依《あおい》はここでも、わたしの世話係を任せられたらしい。

この世界の住人たちは、そんなにもわたしと接したくないのか。

「……むかついてきた」

夜になり、泣《な》き尽《つ》くしたわたしの中には、怒《いか》りだけが残った。

「なんでわたしがこんな目にあわないといけないの。わたしがなにしたっていうの」

「すごいな、あんた」

呆《あき》れたような蒼依《あおい》の声が聞こえてきて「なにがよ」と睨《にら》む。

「さっきまで泣いてたのに、今は目に光があるから。この状況《じょうきょう》で、まだ諦《あきら》めてないの？」

「諦《あきら》めたよ。諦《あきら》めるしかないでしょ。鎖《くさり》は外してもらったけど、鍵《かぎ》のかかった牢屋《ろうや》に閉《と》じ込《こ》められて、見えないけど外にはわたしを見張ってる兵士たちがたくさんいるんでしょ」

ぎりぎりと奥歯《おくば》を噛《か》む。

「涅《くり》とは合流するどころか、わたしが余計なことを言ったせいで、追われる身になっちゃったし。この状況《じょうきょう》で、どうやって涅《くり》を探せばいいの。どうやってこの世界から逃《に》げ出《だ》すの」

どう考えたって打つ手なしだ。武器になりそうなものは、先ほどまでわたしの自由を奪《うば》っていた鎖《くさり》のついたロープしかない。これでどう戦ったらいいのか。

湿《しめ》った地面の土を靴《くつ》の踵《かかと》でごりごりと削《けず》る。

地面に穴を掘《ほ》ろうか。いや、明日の朝までに、ひとひとりが通れるほどの穴を掘《ほ》って脱出《だっしゅつ》することは不可能だろう。

「諦《あきら》めたやつは、そんなに元気にまくしたてないと思う」

「諦《あきら》めたけど、だからってなにもしないまま明日を迎《むか》えるのは絶対いや。なにもせずに受け入れるのはいつでもできるけど、足掻《あが》くのは今しかできないでしょ」

ギリギリまで、足掻《あが》いてやる。

いわゆる〝詰《つ》んでいる状況《じょうきょう》〟なのは理解している。もう涅《くり》に会えないと思うと、不安で体が引《ひ》き裂《さ》かれるような痛みに襲《おそ》われる。

だからこそ、そんな気持ちで何時間も過ごしたくない。

もしかしたら、足掻《あが》いた先には思いもよらない抜《ぬ》け道《みち》があるかもしれない。なにもしなければその可能性はゼロのままだ。マイナスになるわけじゃない。

「すごいな」

今度の蒼依《あおい》のセリフは、感心したように聞こえた。

そこで、はっとあることに気づく。

「ねえ、わたしがなにか問題を起こしたら……蒼依《あおい》にも迷惑《めいわく》がかかる？」

「え？」

「蒼依《あおい》は、わたしの世話をするためにここにいるけど、それは監視《かんし》も兼《か》ねてるんだよね？」

最初に目覚めた地下牢《ちかろう》で、たしかそう言っていたはずだ。

蒼依《あおい》は奴隷《どれい》で、最初にいた場所でもひどい扱《あつか》いをされていた。わたしが逃《に》げたらもちろんのこと、暴れるだけでも監視役《かんしやく》の蒼依《あおい》が罰《ばっ》せられる可能性がある。

蒼依《あおい》は不思議そうに首を傾《かし》げたままわたしを見つめてきた。

「おれは、あんたと一緒《いっしょ》に処刑《しょけい》されるから、どうでもいい」

「――は？」

「カラスに触《ふ》れたひとは、カラスに唆《そそのか》されてなにかするかもしれないし、カラスに触《ふ》れると汚《けが》れるとか呪《のろ》われるとかって考えがこの国にはあるから」

肩《かた》をすくめる蒼依《あおい》は、すでにすべてを受け入れてここにいたのだと、ようやく気づく。

わたしと一緒《いっしょ》に馬車に乗ったとき――いや、川辺で倒《たお》れているわたしを回収しに向かわされたときから、こうなることを覚悟《かくご》していたのだろう。

「なんで……抵抗《ていこう》しないの」

「なんのために抵抗《ていこう》するのかわからない。奴隷《どれい》だから主人に言われたことだけを、なにも考えずにやる。死ぬのもそれと同じ」

「なんで、そんなふうに考えるの。とばっちりじゃん。仕事を押《お》し付《つ》けられて、殺されるなんて。なんでいやだと思わないの？　なんで生きたいと思わないの？」

悔《くや》しさでまた涙《なみだ》が出てきた。

ひとは思ったよりも際限なく泣くことができるんだと、どうでもいいことを思いながら、手の甲《こう》で涙《なみだ》を拭《ぬぐ》う。

「なんであんたが泣く？」

「悔《くや》しいからだよ！　わたしにも蒼依《あおい》にも、力がないのが！」

なにもできない。わたしたちは子どもだから。

それでも、カラスだから、奴隷《どれい》だからと、命が軽く扱《あつか》われることには、納得できない。それを当たり前のように受け入れている蒼依《あおい》にも納得できない。

「逃《に》げようよ、蒼依《あおい》」

「……どうやって？」

「わかんないけど、でも、こんなのは間違《まちが》ってる」

何度涙《なみだ》を拭《ぬぐ》っても、ぼとぼととこぼれ落ちる。

「あんたには、関係ないじゃん。おれはどうでもいいのに、なんであんたが泣いてんの」

「わたしのせいで蒼依《あおい》が死ぬなら、関係なくない。蒼依《あおい》にとってはどうでもよくても、わたしにはどうでもよくない。わたしがいやだから、いや。だから、泣いてるの」

「……なにそれ。勝手だな」

涅《くり》にも、何度も言われたセリフだ。冥《めい》はいつも自分勝手だって。

でも、いやなものはいやなのだ。しかも自分のせいで誰《だれ》かが傷つくならなおさらだ。

蒼依《あおい》は「逃《に》げよう」と言い続けるわたしを、ただ黙《だま》って見ていた。

そしてしばらくしてから、

「いいよ」

さらりと、そう言った。

「え？」

いいよって、なに。

どういうこと。逃《に》げるってこと？

ポカンとしていると、蒼衣《あおい》はぐるりと今いる場所を見回して「どうしようか」と首を捻《ひね》る。

「ほ、本気で言ってるの？」

「あんた——名前なんだっけ？」

「め、冥《めい》、だけど」

「メイが言ったんだろ。逃《に》げようって。本気じゃなかったのか？」

質問に質問を返されて、首を横に振《ふ》る。

本気じゃないわけがない。でも、突然《とつぜん》蒼衣《あおい》が同意するなんて思ってもいなかった。

「でも蒼衣《あおい》は無理って……どうして、急に？」

「諦《あきら》めないメイに興味が出たから、かな」

興味とは。

「メイと一緒《いっしょ》なら、もしかしたら、おれもなにかがかわるのかなって。おれにも、できるのかなって。無理でも処刑《しょけい》されるだけだし。この状況《じょうきょう》より悪いことにはならないだろ」

そう言って、蒼衣《あおい》は立ち上がった。彼《かれ》の口元が微笑《ほほえ》んでいたように見えたけれど、気のせいかもしれない。

「なにかを考えるのは、めんどくさい。なにを思ったって、おれは言われたことをやるしかないから。なら、なにも考えないほうが楽——だと思ってた。今も思ってる」

彼《かれ》がわたしをじっと見るから、わたしもまっすぐ見返した。蒼依《あおい》が、話を続ける。

「もし逃《に》げられたとしても、今後どうなんのかは、わかんないけど」

「なんとかなるよ」

「なんの目的もなくただ生きるだけってのも、めんどうだとも思うけど」

「目的を探せばいいよ。今までしたくてもできなかったことをする、とか」

「おれは、そんなの、ない」

蒼依《あおい》はわずかに口《くち》の端《はし》を引き上げた。さびしそうな笑《え》みに、胸が締《し》めつけられる。

「じゃあ、蒼依《あおい》のしたいことをわたしも一緒《いっしょ》に探すよ。すぐ、見つかるよ」

「そうかな。まあ、どうでもいいな、やっぱり」

投げやりにも聞こえる言葉だった。けれど、蒼依《あおい》の口調はこれまでと違《ちが》っていた。表情は今も乏《とぼ》しいけれど、どことなく感情が滲《にじ》んでいるのがわかる。

「どうでもいいから、メイに付き合ってもいいかな。したいことなんて見つからない可能性が高いから期待はしないけど、メイといたらもしかしたら、なにかが見つかるかもしれない」

「そんなこと」

話を続けようとしたわたしに、

「諦《あきら》めることはいつでもできるから。だから——」

蒼依《あおい》はそう言った。

呆然《ぼうぜん》とするわたしから目を逸《そ》らし、蒼依《あおい》は牢《ろう》の中をすべるように移動して隅《すみ》にあった灯《あか》りを手に取る。電気ではなく、なにか液体を利用して発火しているものだ。アルコールのようなものだろう。

灯《あか》りを眺《なが》めてから、蒼依《あおい》は、服からなにかを取り出した。

枯《か》れ葉《は》――？

いったいなにをするつもりなのかと観察していると、蒼依《あおい》はわたしと目を合わせ、そして、持っていた灯《あか》りを勢いよく床《ゆか》に叩《たた》きつける。

「え？」

土の上に液体が流れ出て、そこに火が引火していく。といってもそれほど大きなものではない。みるみる小さくなっていく火の上に、蒼依《あおい》はさっき取り出した枯《か》れ葉《は》を落とした。

その瞬間《しゅんかん》、ぶわっと火が勢いを増す。

「え、ちょ、ちょっとなにしてるの！」

「助けてくれ！」

わたしの声を無視して蒼依《あおい》が叫《さけ》ぶ。するとすぐに「なんだ」と不機嫌《ふきげん》そうな男のひとの声がした。応答してから姿を見せるまでに数秒かかったので、入り口は少し離《はな》れた場所にあるんだとわかる。

顔を布で隠《かく》した兵士はわたしと蒼依《あおい》のいる牢《ろう》の中に火がついているのを見て「な、なんだ！」と慌《あわ》てた様子でポケットから鍵《かぎ》を取り出し、牢《ろう》を開けて中に入ってくる。

「いったいなにが――」

一瞬《いっしゅん》の出来事だった。

蒼依《あおい》は足を踏《ふ》み出《だ》した兵士の足をひっかけて転ばせると同時に、彼《かれ》が持っていた槍《やり》を素早く奪《うば》い取《と》る。

すごい。なんか、すごい。機敏《きびん》な動きに目を奪《うば》われ、瞬《まばた》きもできなかった。

兵士は運悪く火のそばに倒《たお》れ込《こ》んだ。身につけていた服や、顔を覆《おお》っていた布に火が燃え移る。火の大きさにたじろぐ。

「わ、わわ」

火を消そうと、兵士がばたばたと暴れる。ごろごろ土の上を転がる。

一瞬《いっしゅん》で体中に燃え広がったので驚《おどろ》いたが、火の勢いはすぐに弱まっていく。この調子なら、もうしばらくすれば鎮火《ちんか》するだろう。時間稼《かせ》ぎにはちょうどいい。きっと、蒼依《あおい》はこの隙《すき》に逃《に》げようと考えたはずだ。

「あお……」

顔を上げて蒼依《あおい》を見ると、槍《やり》の刃《やいば》を男のひとに向けた状態で、今まさに振《ふ》り下《お》ろそうとしているところだった。

え、と声にならない声が漏《も》れる。

「──っ！」

兵士は、咳《せ》き込《こ》むような声を出した。

地面にじわりと血が滲《にじ》み出《だ》すのが、視界に映る。

大きく見開かれた兵士の目が、わたしに向けられた。目元に大きなほくろが見えた。うっすらと、涙《なみだ》が浮《う》かんでいるようにも。

「行くぞ」

呆然《ぼうぜん》としているわたしの手を、蒼依《あおい》が掴《つか》む。彼《かれ》の手にはまだ槍《やり》があり、その刃《やいば》は赤く滲《にじ》んでいた。

前を向いている蒼依《あおい》は、唇《くちびる》を噛《か》んでいた。

わたしの手を握《にぎ》るその手が、微《かす》かに震《ふる》えている。

彼《かれ》に引かれるがまま、足を動かす。牢《ろう》の裏手に入り、建物の陰《かげ》に隠《かく》れて進んでいく。空には、月がふたつ、浮《う》かんでいた。

まるで、誰《だれ》かが空からわたしたちを見つめているみたいな感じがした。

他の兵士たちにすぐに見つかってもおかしくなかったけれど、この場所の地図が頭に入っているかのように、蒼依《あおい》はすいすいと人気《ひとけ》のない草木の中を進む。

「さ、さっきの、ひと、死んだの？」

「死ぬわけないだろ。走って追いかけてこないようにふくらはぎを怪我《けが》させただけ」

ふくらはぎなら、死には至らないのか。

でも人間の体には動脈があって、そこまで傷付いたら出血多量で亡《な》くなったりするんじゃなかったっけ？

あのひとはたくさんの血を流していた。服には火も点《つ》いていた。

「ほ、本当に？　本当に死んでない？」

「知らないけど。っていうかなんの心配してんの」

蒼依《あおい》は冷たい声で言う。

倒《たお》れ込《こ》んだ兵士に槍《やり》を振《ふ》り下《お》ろすときも、躊躇《ちゅうちょ》した様子はなかった。

逃《に》げるためなのはわかっている。けれど、あそこまでしなくてはいけなかったのか。

運よく死ななかったとしても、あのひとは元のように歩けるのだろうか。

それに、わたしたちを逃《のが》したことで罰《ばっ》せられたりはしないだろうか。

ついさっきまでそんなの気にせず逃《に》げようとばかり考えていたのに、血を見て動転し、これでよかったのかと不安になる。

「あ、蒼依《あおい》」

「メイにとって今大事なのは、なに？　捕《つか》まってもいいの？」

わたしがなにを考えているのかわかったのか、蒼依《あおい》が言う。

そうだ。

今は逃《に》げることに集中すべきだ。

そう思うのに、目を瞑《つぶ》ると、あの男のひとの目が浮《う》かんでくる。それを必死に追《お》い払《はら》うように足を動かして蒼依《あおい》のあとを走った。

流されるわけではなく、溺《おぼ》れるわけでもなく、自分の足で地面を蹴《け》って駆《か》けていく。

2

カラスと奴《ど》隷《れい》と水の者

どのくらい走り続けたんだろう。足の感覚がなく、呼吸の仕方もわからなくなっていた。うまく息が吸えないし吐《は》けない。

「ここまで来れば、すぐに見つからないと思う」

わたしほどではないが、アオイも呼吸が乱れている。

「ここで一晩過ごして、また明日だな」

そう言ってアオイは立ち止まり、腰《こし》を下ろす。

どうやらもう動かなくてもいいらしい。

ほっとして、足を止めた瞬間《しゅんかん》、ふらふらと膝《ひざ》をついた。

今わたしたちがいるのは、森の中だ。大きな木が空を覆《おお》い隠《かく》すように葉を広げていて、地面にはわたしの胸元《むなもと》まで届くほど背の高い雑草が茂《しげ》っている。道らしい道はなく、背後にはわたしとアオイが歩いたためにかき分けられた草のあとが、かろうじて残っていた。

「おれたちが子どもだからか、思っていたより警備が甘《あま》かったな。あと、夜だったのもよかったと思う」

「……そっか」

この国では、夜はちゃんと真っ暗になるから。月はふたつあるが、足元を照らすくらいの仄《ほの》かな明かりが降り注ぐだけだ。元の世界のような外灯はない。

「もともとこの国は平和ボケしてるってのもある」

平和ボケ。ここでもそんなふうに言うんだな。

「集落なら犯罪者が出ることがあるからもうちょっと警戒《けいかい》してるけど、領王のところではそういうのもないんだろうな。牢《ろう》の出入り口の見張りはひとりしかいなかったし、領宅も警備は思ったより少なかった。だからこそ逃《に》げようかとも思ったんだけど」

なるほど。

アオイはすでに逃《に》げられる見込《みこ》みがあって、わたしに協力してくれたということか。

牢《ろう》を出てから、どうやってあの巨大《きょだい》な壁《かべ》を越《こ》えるのかと心配していたけれど、アオイは裏口の場所をしっかり把握《はあく》していた。いわく、「おれたちが入ってきた側の正門は門番や警備の兵士が交代で立ってるだろうけど、使用人が使う裏口のほうは、日が暮れると施錠《せじょう》されるから見張りも形だけ」だそうだ。

実際、裏口の門番はひとりだけで、それもアオイが投げた小石の音につられて、持ち場を離《はな》れてしまった。そのわずかな隙《すき》をついて、裏口の閂《かんぬき》を押《お》し開《あ》け外に脱出《だっしゅつ》した。

そのあとはひたすら走った。

地理がわからないので、必死にアオイのあとを追いかけた。

途中《とちゅう》でまた彼《かれ》が誰《だれ》かを傷つけるのではないかと怖《こわ》かったが、幸い、城下町では深夜に出歩くような住民はいなかった。わたしたちは、寝静《ねしず》まった町を、素早く、でも静かに駆《か》け抜《ぬ》けた。

アオイが槍《やり》を再び使いはじめたのは、町を抜《ぬ》け森に入ってからだ。それも、邪魔《じゃま》な草木を避《さ》けたり、足元を確認するために地面を突《つ》くためだった。

地面に座っていたアオイは、そばにあった葉を数枚引きちぎり手で揉《も》みはじめる。なにをするのかと見ていると、ほぐした葉を足の裏に当てる。それを固定するために服の裾《すそ》を引《ひ》き裂《さ》いて、包帯のように巻きつけた。

アオイはずっと裸足《はだし》だった。

そのことにわたしは今まで気づかなかった。自分は靴《くつ》を履《は》いているから、無意識にアオイも履《は》いていると思《おも》い込《こ》んでいた。出会ったときからずっと、アオイはぼろぼろの服だけを身につけていたのに。その服すら、一層ぼろぼろになっている。

馬車の荷台でアオイが説明してくれたように、〝凡《ぼん》〟だという今の季節は、日が沈《しず》むとかなり肌寒《はださむ》い。流れ出た汗《あせ》が外気で冷やされ、どんどん体温を奪《うば》っていく。

わたしよりも薄着《うすぎ》のアオイになにか着せてあげられるものはないだろうかと考えたけれど、

セーラー服を脱《ぬ》ぐわけにもいかない。

「メイ、ここで待ってて」

アオイは自分の足を動かしなにかを確かめてから、すっくと立ち上がった。

「ど、どこ行くの？」

「なにか食べられるものを探してくる」

「あ、じゃあ、わたしも――」

「……なにが食べられるか知ってる？　おれだってすべてを知ってるわけじゃないけど、少なくとも毒の入ったものを持ってくることはない。メイはここで待ってて」

返す言葉がない。

たしかにそのとおりだ。元いた場所でも、わたしは山菜なんか知らないし、毒キノコと食べられるキノコの違《ちが》いもわかっていない。昔同級生の誰《だれ》かが鮮《あざ》やかな色のキノコに触《ふ》れて手がかぶれたことがあったのを思い出す。そういう危険性もある。

一緒《いっしょ》に行って、アオイがなにを探すのかを学ぶという手もあるが、追っ手が近くにいるかもしれないこの状況《じょうきょう》では足手まといになるだろう。なにより、アオイの目が「ついてくるな」と言っている。

今はアオイの指示に従おうと、こくんと頷《うなず》き、アオイを見送った。

「……役立たずだな、わたし」

膝《ひざ》を抱《かか》えてじっと待つことしかできない自分が情けない。

逃《に》げたいと、逃《に》げたらどうにかなるはずだと、そう思っていた。けれど、アオイがいなければわたしはなにもできなかった。

右も左もわからないわたしなんかは、ここでは邪魔《じゃま》でしかない。

だから、おとなしくするしかない。

あたりは真っ暗で、アオイの姿はすでに見えない。じっと座ってアオイを待っていると、カサカサと、草木が揺《ゆ》れる音がした。

ここに来て、はじめての夜だ。

涅《くり》は、今どこにいるだろう。

どこかで月を見上げながら泣いているんじゃないだろうか。なにを食べているのだろう。どこで眠《ねむ》っているのだろう。ひとりきりでなにを思っているだろう。パニックになって、誰《だれ》かを傷つけてはいないだろうか。

暗くて静かな場所にいると、不安がわたしを呑《の》み込《こ》んでいく。

「……涅《くり》」

名前を呼ぶ。それが涅《くり》に届くとは思っていない。でも、呼ばずにはいられなかった。

その瞬間《しゅんかん》、ガサッとどこかでなにかが動いた音が闇《やみ》に響《ひび》く。

警戒心《けいかいしん》が瞬時《しゅんじ》に働き、すぐに逃《に》げ出《だ》せる体勢を作った。

また、ガサガサッとなにかが動く。

「あお、い？」

もしかしたら彼《かれ》が戻《もど》ってきたのかもしれない。

目を凝《こ》らして、音のしたほうをじっと睨《にら》みつけるように見る。すると、少し場所を移動したのか、今度は違《ちが》う方向から、ずるずると、なにかが地面を擦《す》るような音が聞こえた。

近づいてきている。

アオイならこんなふうには寄ってこないはずだ。

涅《くり》かもしれない、とも思った。涅《くり》なら誰《だれ》かがいた場合、自分から動くようなことはしないだろうが、さっきのわたしの声を聞いて、確認《かくにん》しようとしているのかも。

「だ、だれ？　涅《くり》？　涅《くり》なの？」

声を発すると、思った以上に震《ふる》えて弱々しいものになった。

手探りで、もしもの際《さい》に投げつけられるなにかを探す。指先に硬《かた》いものがあった。どうやら拳大《こぶしだい》の石らしく、それを握《にぎ》りしめる。

ゆっくりと中腰《ちゅうごし》になって、視線を彷徨《さまよ》わせる。

どこから来るだろうか。

またなにかが移動する音が聞こえてきて、体を震《ふる》わせる。心臓の音が大きくなってきて、それしか聞こえなくなってくる。じわりと手のひらに汗《あせ》が滲《にじ》んでいく。

「カラス、か？」

涅《くり》じゃない！

逃《に》げないと！

はじめて聞くかすれた声に、急いで立ち上がり駆《か》け出《だ》す——と、木の根っこに足が引っかかり、びたんと顔から転《こ》けてしまう。すぐさま起き上がろうとしたけれど、さっきまで走り続けたことに恐怖《きょうふ》も相まって、体に力が入らない。

ずるずると、またなにかが近づいてくる。

恐怖《きょうふ》で涙《なみだ》が浮《う》かぶ。

——いやだ！　来ないで！　こわい！　助けて！

ぎゅっと目を瞑《つぶ》り心の中で叫《さけ》ぶ。

「落ち着けよ」

聞こえてきた声色《こわいろ》は、意外にも、穏《おだ》やかな、優しいものだった。

恐《おそ》る恐《おそ》る瞼《まぶた》を持ち上げると、木の陰《かげ》からこちらを見ている何者かの姿があった。

「だ、だれ」

「べつに取って食おうなんて思ってないからさ」

　そろそろと近づいてきたのは、小さな人影《ひとかげ》だった。わたしの背丈《せたけ》よりも、低い。

　子どもかと、目を細めて相手をまじまじ見ようとしたけれど、ちょうど月がふたつとも薄雲《うすぐも》に隠《かく》れてしまい、シルエットしかわからない。

　両手を広げて、武器を持っていないことをわたしに伝えようとしてくれているようだ。

　その手は、妙《みょう》な形だった。

「むしろ、ボクのほうが取って食われそうだなあ」

　軽い口調に、少しだけ警戒心《けいかいしん》を解く。

　背丈《せたけ》も声も、大人には思えない。

　雲間を抜《ぬ》けた月明りに照らされたその姿は――まるで、河童《かっぱ》のようだった。

　小さな顔にまぶたのない、大きなツルンとした瞳《ひとみ》、高さのない鼻に、横に大きな口。広げられた手の五本の指のあいだには、水かきのようなものがついていた。

　羽織ったマントは裾《すそ》が長く、動くと地面をずるずると擦《す》る音がする。肌《はだ》には滑《ぬめ》りけがあるのか、テラテラと光っている。

　なに、これ。

気持ちが悪い。

そんな〝なにか〟がわたしと同じ言葉を喋《しゃべ》っていることが、より不気味に感じた。

ここはわたしがいた場所とは違《ちが》う。

でも、これまで会ったのはみんな、普通《ふつう》のひとだった。

こんなのは、見たことがない。

「こ、来ないで。なん、なんなの、なに」

近づいてくる正体不明の存在に、後ずさる。

「待て待て、落ち着けってば」

「や、やめて！」

広げられた手がこちらに迫《せま》ってきて、思わず叫《さけ》んだ。

「やだ――！」

「なんだ、お前」

突然《とつぜん》、相手の背後からなにかが飛び出してきた。

それはすぐさま河童《かっぱ》のようなものを引《ひ》き倒《たお》し、その背に馬乗りになる。

「っ、ア、アオイ」

彼《かれ》の姿に安堵《あんど》の息が漏《も》れる。

アオイはわたしを一瞥《いちべつ》してから、河童《かっぱ》のようなものの首元に槍《やり》を突《つ》きつけた。

「なにもしてないって！」

うつ伏《ぶ》せに倒《たお》れた状態で相手は必死に訴《うった》える。

背中に腕《うで》をまわそうとしているようだが、体格差なのか、そういう体の構造なのか、わたわたと手を上下させるだけで、アオイには届かない。

「こいつ……河童《かっぱ》？」

アオイが眉《まゆ》をひそめて呟《つぶや》いたのがわかった。

河童《かっぱ》という言葉は、ここでも共通らしい。空想上の生き物ではなく、目の前に存在している――という点は、元の世界と決定的に異なるところだけど。っていうか、本当に河童《かっぱ》だったのか。

「かっぱ？」と河童《かっぱ》は首を傾《かし》げる。

「いや、水の者か」とアオイが訂正《ていせい》する。

ふたりの会話に疑問を覚えていると、「そうだよ」と河童《かっぱ》が話を続けた。

みずのもの。口の中で単語を繰《く》り返《かえ》し、水の者、と脳内で漢字を組み立てた。

「噂《うわさ》には聞いたことがあるけど、こんなんなのか」

こんなんとは失礼だな、と河童《かっぱ》はため息をつく。

体は小さいけれど、言い方や振《ふ》る舞《ま》いは大人のようだ。アオイに組《く》み敷《し》かれている状況《じょうきょう》にもかかわらず、どこかとぼけた空気をまとっているせいで、かえって落ち着いた印象を受けるからかもしれない。

「水の者であるボクが、ひとになにか危害を与《あた》えられるはずがないだろ」

「そんなのわかんないだろ」

アオイに一蹴《いっしゅう》されて、河童《かっぱ》は「えー」と不満そうに言った。

「でもさ、あんたその身なり――それに、ボクの姿を見ることもはじめてだって言うなら、奴《ど》隷《れい》だろ。そっちの子はカラスだと思うんだけど？」

くいと顎《あご》で差されて、警戒《けいかい》する。

どうやら、わたしの見た目はこちらの世界では目立ちすぎるらしい。

会って間もないのに「カラスだ」と断定してくるのだから、髪色《かみいろ》や瞳《ひとみ》の色はもちろん、この黒い制服も判断材料になっているのかもしれない。

この先、制服では動かないほうがよさそうだ。ここで馴染《なじ》めるような服を仕入れなければ。

そんなことを考えていると、

「つまり、ボクらは大なり小なり違《ちが》いはあれど、下層者にはかわりない。一緒《いっしょ》ってこと」

と河童《かっぱ》が言った。

下層者、という、不快な単語に眉根《まゆね》が寄る。

「でも、お前がおれらを売り飛ばす可能性はある。おれらが水の者を一匹《ぴき》売ったところでなんの利益もないが、お前がおれらを売り飛ばせば、多少の褒美《ほうび》はもらえるだろう」

そう言いながら体を起こしたアオイは、地面にうつ伏《ぶ》せのままだった河童《かっぱ》の背中に素早く右足を載《の》せて体重をかける。

そして、槍《やり》を首から離《はな》して——振《ふ》り上《あ》げた。

「えー！　野蛮《やばん》すぎるだろ！」

「うるさい」

「そんなことしないって！　売ったりなんて絶対しないから！」

「水の者は口がうまいし、噂《うわさ》好きであることないこと言いふらすって聞いたことがある。だから、あいつらの言うことは信じるなって」

「それはボクらじゃないって！　それは沈《しず》む者！　違《ちが》うから、微妙《びみょう》に違《ちが》う！　見たことないから知らないんだろうけど！　違《ちが》うんだって！」

河童《かっぱ》はなんとか振《ふ》り返《かえ》って説得しようともがくが、アオイの右足がそれを許さない。

「ちょ、ちょっと待って！　殺さないで！」

「——ま、待ってアオイ！」

気がつけばアオイを止めていた。

地面を蹴《け》って、アオイの振《ふ》り上《あ》げた槍《やり》を両手で掴《つか》む。

「違《ちが》うって言ってる。だから、やめて」

槍《やり》を掴《つか》む両手に力を籠《こ》めると、アオイは小さく舌打ちをして腕《うで》を下ろした。

「こいつを放置したら、おれらの情報を追っ手に伝えるかもしれない」

「……それは、いやだけど、でも」

ちらりと地面に組《く》み敷《し》かれている河童《かっぱ》を見る。河童《かっぱ》は「誓《ちか》ってなにもしません」とでも言いたげに首を左右に振《ふ》っていた。頬《ほお》の部分には肌《はだ》が濡《ぬ》れているからか、べっとりと土がついている。

わたしには、彼《かれ》――と呼んでいいのかわからないけれど――が嘘《うそ》を吐《つ》いているようには見えない。

「悪いひとじゃ、ないかもしれない」

「そんなのわからない。悪いやつだったら？　そのときに殺せばいいってこと？　手遅《ておく》れになるかもしれないのに」

「でも……殺す必要は、ないでしょう。怪我《けが》をさせる必要も、ないと、思う」

ふと、さっきふくらはぎから血を流していた見張りの兵士の姿が脳裏《のうり》に蘇《よみがえ》る。

あのひとは今、どうしているだろう。火はすぐ消えただろうか。ちゃんと治療《ちりょう》をしてもらえただろうか。

わたしたちが逃《に》げ出《だ》したことに、誰《だれ》も気づいた様子はなかった。だとしたら今もあの薄暗《うすぐら》い牢《ろう》の中で倒《たお》れているのかもしれない。

想像すると、ぎゅっと胸が締《し》めつけられて苦しくなる。

そっとアオイを見上げる。その目には、なんの迷いも浮《う》かんでいなかった。

「この先、涅《くり》を探して元の場所に戻《もど》るまで……わたしは誰《だれ》も傷つけたくない。誰《だれ》かが傷つくのを見たくない。アオイにも傷ついてほしくないし、傷つけてほしくない」

アオイの手は、微《かす》かに震《ふる》えている。兵士を傷つけたときも、アオイの手は震《ふる》えていた。まるで自分が傷つけられたみたいに、痛みに耐《た》えるように唇《くちびる》を噛《か》んでいた。

「アオイだって、やりたいわけじゃないでしょ？」

「……やりたいとかやりたくないとかの、話じゃない。やらなきゃいけない」

「やりたくないなら、別の方法を探そうよ。じゃないと、慣れちゃうよ。慣れなくていいんだよ、そんなこと。わたしも、慣れたくない」

首を横に振《ふ》って答える。

アオイは、ひとを傷つけたくないと思っている。

見張りの兵士に槍《やり》を向けたとき、アオイはなんの躊躇《ちゅうちょ》もしなかった。でもそれは、感情を殺していたからだ。なにも感じていなかったわけじゃない。

ひとを傷つけることに、なにも感じないひとはいる。

涅《くり》をいじめる男子や涅《くり》を避《さ》ける女子、ここで出会った大人たち。

でも、アオイはそうじゃない。

涅《くり》だって、何度も男子に手を上げたけれど、そのあといつもつらそうな顔をしていたのを、わたしは知っている。

優しいひとは、誰《だれ》かを傷つけると同時に、自分も傷つくんだ。

アオイも優しいひとだ。

「お願い、アオイ」

懇願《こんがん》するように言うと、アオイは呆《あき》れたように肩《かた》をすくめた。

「別の方法なんて――そんなのあるとは思えない」

「……この状況《じょうきょう》でボクが発言するのもおかしいけど、それは綺麗事《きれいごと》というか――かなり甘《あま》い考えだと思うよ。きみたちをどうこうするつもりはないから、殺されないのは助かるけどさ」

河童《かっぱ》にまで言われるとは。

裏切られた気分だ。

ただ、その発言でアオイは河童《かっぱ》のことを多少認めたらしく踏《ふ》みつけていた右足をどかした。

河童《かっぱ》は安堵《あんど》の息をついて、よっこいしょと体を起こす。

地面に座《すわ》り込《こ》んだまま、服の土を払《はら》う仕草は、人間と同じだった。二足歩行だし、空気を吸っているみたいだし、この世界の河童《かっぱ》は人間に近い存在なのかもしれない。

観察されていることに気づいているのかいないのか、河童《かっぱ》は「ああびっくりした」とのほほんとした声で言った。

「メイはいつまで、そんなふうに考えられるだろうな」

アオイは独り言のようにそう呟《つぶや》いてから、なにかを拾いはじめる。

「……できたらいつまでも、そう考えていたい」

わたしが小さく言い返すと、アオイは深いため息をついた。

「メイのそれは、前向きというより……無謀《むぼう》だな」

「ワガママって言ったほうがいいかもね」

「たしかに」

ついさっき河童《かっぱ》を殺そうとしていたアオイと、殺されかけていた河童《かっぱ》が、意見を合わせてわたしを見る。

ひどい。

むうっと頬《ほお》を膨《ふく》らませると、河童《かっぱ》は「流れ者特有の考え方なんだろうけど、この状況《じょうきょう》でボクを庇《かば》えるのはすごいと思うよ。カラスだからかな？」とまじまじとわたしを眺《なが》め見る。

「さあな」と答えたのはアオイだった。

「ボクに言わせると、カラスの言葉に耳を貸すきみも、ひとなのにちょっと変わってるよね。まあ、そのおかげでボクは助かったんだけど」

「……よく喋《しゃべ》るな、お前」

なにかを拾い終えたらしいアオイは、大きな葉を抱《かか》えて河童《かっぱ》の横を通り過ぎ、木のそばに腰《こし》を下ろす。

そういえば、流れ者ってなんだろう。

アオイに訊《き》こうと視線を向けると、彼《かれ》は葉っぱの中のいろんなものを選別するように地面に広げ出した。色も大きさもまちまちな木の実で、どれもはじめて見るものばかりだった。

アオイに近づき触《さわ》っていいかと訊《き》く。頷《うなず》いたのを確認してから、どんぐりのようなものに手を伸《の》ばした。指でつつくとぐんにゃりと柔《やわ》らかくて、元の世界の植物とは違《ちが》うのだとわかる。

これが食べ物なのかな。どうやって食べるのだろう。ここには火も水もない。生でかぶりつくのだろうか。それはちょっと……抵抗《ていこう》あるなあ。おいしいのかなあ。

じいっと見つめていたわたしの視線に気づいたアオイは、「なに」と眉間《みけん》に皺《しわ》を寄せた。

「おいしくなくても文句は言うなよ」

未知のご飯なので不安もある。この国でまだなにも食べてないし。

でも、だからって。

「食べ物探してきてくれたのに、そんなこと言わないよ。ありがとう。あ、あと……わたしを守ろうとしてくれたのも、ありがとう。アオイに頼《たよ》りっぱなしで、ごめんね」

「そんなの……べつに、たいしたことじゃない」

ぷいっとそっぽを向いたアオイは、なんとなく照れているように思えた。

もしかしたらアオイは、ツンデレなのかもしれない。はじめは感情がない人形みたいに思えたのに、よく喋《しゃべ》ってくれるようにもなった。単語しか話さなかったのが、すでに懐《なつ》かしい。

きっと、これまでは奴隷《どれい》の日々にいろんなことを諦《あきら》めていたからだろう。

それでもずっと、アオイは優しかった。

この場所に来て、出会ったのがアオイでよかった、と心から思う。

「ジロジロ見るな」

そっけない物言いは今もかわらないけれど。

「なあ、質問していいか？」

地面に座っていた河童《かっぱ》が立ち上がり、わたしたちの正面にやってきて腰《こし》を下ろした。

「なに？」

「改めて訊《き》くけど、きみはカラスで、そっちの彼《かれ》は奴隷《どれい》だよな？」

わたしとアオイを順番に指差して言われた。そこで河童《かっぱ》には爪《つめ》がないんだなとどうでもいいことに気づく。

「それが、なんだ」

「睨《にら》むなよ。確認しただけじゃないか。ボク、実は商人なんだ。だから、ひとの噂《うわさ》にはそれなりに詳《くわ》しい。沈《しず》む者や潜《もぐ》る者ほどではないけどね。で、ボクは——カラスは明日処刑《しょけい》されるって話を聞いた」

体がびくりと震《ふる》える。

警戒心《けいかいしん》をあらわにして河童《かっぱ》を見ると、彼《かれ》は「まあまあ落ち着いて」と水かきのついた手のひらをわたしたちに向けて落ち着かせようとする。

「ということは、きみは自分の運命を知ったうえで逃《に》げ出《だ》したんだよな。いやあ、すごい」

河童《かっぱ》はわざとらしく拍手《はくしゅ》をする。そして、わたしの目を覗《のぞ》き込《こ》んできた。大きな目だ。それは、眼球が飛び出しているみたいで奇妙《きみょう》だった。

数秒わたしを見つめてから、河童《かっぱ》は「きみは？」とアオイに視線を移した。

「きみは、なんでカラスと一緒《いっしょ》にいるの？」

「おれがカラスの世話を任されたから」

その言葉だけで河童《かっぱ》は理解したらしく「なるほど、きみも一緒《いっしょ》に処刑《しょけい》されることになってたんだな」と納得するかのように目を瞑《つぶ》った。

「あの領王は小心者だから、そりゃあそうか。下手《へた》したらきみのいた集落も襲《おそ》われるかもね。小心者のくせにプライドが高くて権力も武力もあるから、やっかいだ」

河童《かっぱ》はバカにしたような笑《え》みを浮《う》かべる。

「で、ふたりはこれからどうするつもり？　正直、カラスの見た目はかなり目立つよ。夜にだけ移動するつもり？」

右隣《みぎどなり》のアオイを見ると、静かに首を横に振《ふ》った。

「夜目が利《き》く種族がいるのを聞いたことがある。そしてそいつらは凶暴《きょうぼう》だってことも。他にもひとを襲《おそ》う生き物がいるかもしれない。夜は、動けない」

「だろうね。でも日の光の下では、誰《だれ》もが〝カラスだ〟って気づく」

河童《かっぱ》は自分のフードを指差して、わたしの黒髪《くろかみ》がかなり珍《めずら》しいことを示唆《しさ》した。視線はわたしの制服にも向けられている。

　これまで、自分以外に黒髪《くろかみ》のひとも、黒色の服を着ているひともいなかった。黒色がない、と言っていたアオイの言葉はそのとおりだった。

返す言葉に困っていると、河童《かっぱ》はアオイを見る。

「それに、きみが奴隷《どれい》だってことも、身なりでみんな気づくよ。この国では見た目で誰《だれ》がどんな立場か、すぐ見極められるようになってるからね」

「そのくらい知ってる」

むっとしたようにアオイが呟《つぶや》く。

「今ごろ、領王もきみたちがいなくなったことに気づいているだろうから、夜が明ければ国中にお触《ふ》れを出すだろう。そんな中で、きみたちはどうするつもりなの？」

「クリってやつを、探しに行くんだと」

アオイがそう言って、わたしを見た。

「クリ？」

「わたしの双子《ふたご》の弟で、一緒《いっしょ》に川に流されたの。川辺で発見されたのはわたしだけだったけど……きっと涅《くり》もこの国のどこかにいる。ひとりで逃《に》げているのか、どこかの集落で保護されているのかはわからないけど。だから、涅《くり》を探して、そして、一緒《いっしょ》に元の場所に戻《もど》るつもり」

たぶん、涅《くり》もカラスだと思われているだろうから。そう言葉を付け足すと、河童《かっぱ》は頭を九十度ほど倒《たお》して不思議そうな顔をした。

「カラスがふたり？　伝神師《でんしんし》の言い伝えと違《ちが》う。そんな話は聞いたことがない。ふたりだったらそう言ったはずだ。クリってやつは、本当にいるのか？」

「いる」

「きみだけがここに流れてきたって考えもできるんじゃないか。なんで言い切れるの？」

そこでふと、違和感《いわかん》を覚える。

「あなたは、わたしが、この国の、この世界の住人じゃないって、知ってるの？」

「え？　ああ、うん。なんとなくそうだろうなって思っただけで、確証があったわけじゃないけどね。ボクは自慢《じまん》じゃないけど頭がいいんだよ」

わたしの質問に、河童《かっぱ》がふふんと偉《えら》そうに胸を張った。アオイも驚《おどろ》いた顔をしている。

「だから、頭のいいボクはこう考えるんだよ」

「……なに？」

「ここにそのクリとやらは、いない」

たしかに、河童《かっぱ》の言うように、涅《くり》はこの世界に来ていないのだと考えることもできる。

でも、

「涅《くり》はいる。絶対わたしを待ってる。だから涅《くり》を探して、一緒《いっしょ》に戻《もど》る」

力強く言い切る。

河童《かっぱ》から目を逸《そ》らさず、自分の意思をはっきりと伝える。

唇《くちびる》をきゅっと噛《か》んで、兎《と》にも角《かく》にも涅《くり》を見つけて戻《もど》るんだと、改めて決意を固める。

河童《かっぱ》はじっとわたしの顔を見つめてから、「ふうん」と呟《つぶや》き、考《かんが》え込《こ》むように首を傾《かたむ》けたまましばらく黙《だま》っていた。そして「なるほど」と独《ひと》り言《ご》つ。なにに納得《なっとく》したのかはわからないが、顔を上げた河童《かっぱ》はアオイに視線を向けた。

「奴隷《どれい》のきみは？　それに付き合う気なの？」

「……べつにしたいこともないし、ここでメイを放置したらすぐ死ぬだろうし」

河童《かっぱ》に問われたアオイは、しばらく考えてから答えた。

言葉のあとに〝どうでもいい〟と心の中で付け加えたのが聞こえた気がする。

わたしと一緒《いっしょ》に逃《に》げ出《だ》したことも、今一緒《いっしょ》にいることも、アオイにとっては流れに身を任せただけで、基本的にはどうでもいいことなのだろう。

アオイがいなければ、わたしはあの牢《ろう》から逃《に》げ出《だ》すことすらできなかった。そしてこの先も、わたしはアオイに頼《たよ》らざるを得ない。どうでもいい、と思っているからこそ、そばにいてくれるアオイはきっと力を貸してくれるだろう。

いつかアオイが、生きることを〝どうでもいい〟と思わないようになってくれたらいいな、と思う。けれど、そうなったとき、アオイはどこかに行ってしまうかもしれない。想像すると、さびしさはないが、不安で心細くなった。

まだもう少し、そばにいてほしい。

そんなふうに思ってしまうことに、後ろめたさを抱《いだ》く。

「なるほど、ふたりの考えはわかった」

ふむ、と河童《かっぱ》は頷《うなず》いた。そして、

「そこまで言うなら、今後どうするか、具体的に決めてるんだよね？」

とまたわたしに質問をする。

今後どうするか。

……涅《くり》を探して、元の世界へ戻《もど》る。それだけなんだけど。

質問の意味がわからず黙《だま》っていると、河童《かっぱ》は驚《おどろ》いたように目を見開いた。もともと大きな目が、ぼろんとこぼれ落ちそうなほどだ。こわい。

「なにかあるだろ？　クリがいるだろう場所の目星とか、そこに向かうための作戦とか、合流したあと、きみたちが暮らしていたっていう元の場所まで戻《もど》る方法とか」

河童《かっぱ》が顔をずいと近づけてくる。

アオイと目を合わせるが、返す言葉はなにも出てこなかった。

「……まさか、なんも考えてないの？　無謀《むぼう》すぎる！　無謀《むぼう》すぎるよ！　自分たちがカラスと奴隷《どれい》だってわかってなさすぎる！　そんなの明日には捕《つか》まって処刑場《しょけいじょう》に逆戻《ぎゃくもど》りだ！」

「捕《つか》まってもまた逃《に》げればいいでしょ！　っていうか捕《つか》まるって決めつけないでよ。なんとかなるかもしれないじゃない！　いやなんとかなるし！　なんとかするし！」

「ならないよ。無理だよ」

きっぱりはっきり否定された。けれど負けじと「できる」と断言した。自信満々に答えたのが意外だったのか、河童《かっぱ》はぱちぱちと瞬《まばた》きをして言葉を失っていた。代わりに、アオイが「ぶは」と噴《ふ》き出《だ》す。

……アオイも笑えたんだなあ。いや、なんで笑ってるの。

「すごいよな。無謀《むぼう》だよな。なにも知らないくせに、なんの力もないくせに。いやなことはいやで、したいことをしようとして、そこに絶対的な自信を持つって、なかなかできないよな」

「え？　バカにしてる……？」

アオイは答えずに目を逸《そ》らす。その肩《かた》はふるふると震《ふる》えたままだ。河童《かっぱ》も「まあすごいね」と感心したように頷《うなず》いているが、その言い方もバカにしているように感じる。

「無謀《むぼう》なほど前向きで、ワガママだ」

完全にバカにしてる。

「なんなのよ！」

「でもまあ、ちょうどいいや」

文句を言おうとしたわたしを無視して河童《かっぱ》は続ける。

「ボクなら、きみたちを助けてあげられるよ」

にいっと横に広い口をもっと広げて、河童《かっぱ》が笑った。

木々のあいだから差《さ》し込《こ》む太陽の光が、チカチカと眩《まぶ》しくて目が覚めた。

「……いた、いたた」

昨日までのことが夢ならいいのに、と思う前に体の痛みがわたしに「すべて現実に起きていることだ」と訴《うった》えてくる。

「地面で寝《ね》るってこんなに最悪なんだ……」

いちおう葉っぱを敷《し》いて眠《ねむ》ったが、石の交じった土はでこぼこしていて、どれだけ体の向きをかえても、どこかしらがゴリゴリと痛んだ。疲《つか》れが溜《た》まっていたからか、まどろむことはできたけれど、途中《とちゅう》何度も目が覚めた。そのせいで頭がぼーっとしている。

痛みを感じながらゆっくりと体を起こして、まわりを見回す。そして、その光景に見とれた。

逃《に》げてきたときはすでに夜だったのでよく見えていなかったが、太い幹をもつ木々が枝を伸《の》ばし風を受けてさわさわと葉を揺《ゆ》らす、美しい森が広がっている。

ここは、わたしの知っている場所じゃない。言葉は通じるが、単語の意味が少しずつ違《ちが》っているし、食べ物だって見たことがない色をしたものが多い。

でも、同じだ、とも思う。青い空に向かって枝を伸《の》ばす木々に、瑞々《みずみず》しい緑色の葉っぱ。土や石、水や灯《あか》り。

わたしはここにいる。

不思議と、自分の輪郭《りんかく》がはっきりした気がした。

昨日までのような戸惑《とまど》いは、もうない。なにが起きたのかわからないことだらけだけど、今起きていることを事実として、受け入れる。

「起きたか」

ぼーっとしていたわたしに、少し離《はな》れた場所からアオイが声をかけてくる。

「あ、おはよう。アオイ」

返事をすると、アオイのそばには河童《かっぱ》――名前はグレドと言うらしい――がちょこんと座っていた。フードのついた黄土色の大きな羽織を着ている。座っていることもあり裾《すそ》は地面に広がっていた。

遠目に見たら、人間の子どもが河童《かっぱ》の仮装をしているだけのようにも見える。

服から露出《ろしゅつ》した肌《はだ》は、くすんだ薄《うす》い緑色をしていた。大きな目は猫《ねこ》のように瞳孔《どうこう》が細長く、黒ではなく黄緑色だ。

「もう起きてたんだね」

「おれは、いつも朝早かったから」

「そっか」

奴隷《どれい》だから、だろうか。今はもうそんなことに縛《しば》られる必要はないと思うのだけど、簡単には習慣が抜《ぬ》けないのも理解できる。

　のそのそとふたりに近づくと、グレドがわたしに「はい」と手のひらサイズの木のカップを差し出してきた。中には白濁《はくだく》色のあたたかな液体が入っている。口に含《ふく》むとほんのりと甘《あま》みを感じた。甘《あま》い白湯《さゆ》って感じだ。

　グレドは昨夜もこれをわたしにくれた。あたたかい飲み物に心底ほっとしたのを覚えている。こちらの世界に来てから、まともになにかを口にしたのはそれがはじめてだった。

　他にも、グレドは「非常食しかないけど」とわたしとアオイに食べ物を分けてくれた。固い棒状のもので、なにかの肉を乾燥《かんそう》させたものだった。かじりつくとサラミに近い味がしたけれど、サラミとは比べ物にならないほど硬《かた》くて獣臭《けものくさ》かった。ふたりはなんでもない顔で食べていたから、こっちの世界ではポピュラーな味なのかもしれない。アオイが取ってきてくれた木の実は酸味があったから、それを一緒《いっしょ》に口に含《ふく》んでなんとか臭《くさ》みを誤魔化《ごまか》し、無理やりに完食した。体力をつけるためにも、食事は必須《ひっす》だから。

でも……この世界の食事は、みんなあんな感じなのかな。そのうち慣れるかな。

グレドは、昨日作った二十センチほどの即席《そくせき》の窯《かま》に網《あみ》を敷《し》いて、緑の葉っぱで包まれたなにかを蒸《む》し焼《や》きしていた。どうやらご飯を作ってくれているらしい。観察していると、グレドは数枚の枯《か》れ葉《は》を窯《かま》の中に入れる。

「ねえ、それなに？」

窯《かま》の下側には、たき火をするときにくべるような木の枝は一本もなく、代わりに数枚の枯《か》れ葉《は》が火の中で舞《ま》っていた。不思議な光景だ。

グレドは「本当になにも知らないんだなぁ」と呟《つぶや》いたあと、

「小さな火を大きくしてくれるうえに長持ちするやつ」

と、教えてくれた。火をおこすのは特殊《とくしゅ》な液体がいるらしい。液体が充分《じゅうぶん》になければすぐに消えてしまうのだという。代わりに使うのが、この乾燥《かんそう》させた葉のようだ。

「へえ……」

そんなものがあるのか。

そこで、昨日アオイが牢《ろう》から逃《に》げ出《だ》すときに取り出した枯《か》れ葉《は》を思い出す。ハッとしてアオイを見ると、わたしがなにを思ったのか気づいたらしく「同じ」と言われた。奴隷《どれい》は火の番をさせられるので、常に数枚は持っているのだとか。

「はい。もう食べられるよ」

「あ、ありがとう」

グレドがわたしに葉包みの料理を差し出してきた。素手《すで》で渡《わた》されたのでそのまま受け取ると、思った以上に熱くてびっくりする。グレドはなにも感じていないようだけど、手のひらの皮が厚いのだろうか。たしか、水の者とか言っていたけど。名前からは熱いものや火が苦手そうなのに。

スカートのすそをできるだけ伸《の》ばしその上に載《の》せて、指先でそろそろと葉を剥《は》がす。中には色とりどりの木の実と、昨日食べた肉が入っていた。蒸《む》したことで、昨夜よりも柔《やわ》らかくなっているように見える。それに、不思議なことに臭《くさ》みも感じない。食材を包《くる》んでいるこの葉にも、なにか特別な作用があるのだろうか。

そういえば、地下牢《ちかろう》に入れられていたときも、こんな料理だったっけ。

ここはこんなふうに葉に包《くる》んで蒸《む》す料理が多いのかな。

スプーンやフォークはないらしく、アオイは手掴《てづか》みで食べはじめる。一瞬躊躇《いっしゅんちゅうちょ》するけれど、食べないわけにはいかないのでわたしも勇気を出して同じようにした。衛生面が気になるので、指先を念入りに制服に擦《こす》りつけて。効果があるのかは微妙《びみょう》だけど。

葉っぱは熱かったけれど、中はそれほどでもない。

米のようなものは手で掴《つか》みにくいので、肉ですくい口に入れる。ほんのりあたたかいだけの米もどきの正体は豆らしく、なんだかパサパサしていた。香辛料《こうしんりょう》が入っているのかパクチーのような、セロリのような、妙《みょう》な香りがほんのりとする。肉も、同じだ。

今まで食べたことのない味だ。おいしいとまでは言わないけれど、充分《じゅうぶん》食べられる。ご飯を食べてるって感じで、ほっとする。

煮炊《にた》きできる環境《かんきょう》も、味付けも、グレドのおかげだろう。

グレドは商人ということで、さまざまなものを持っていた。昨晩姿を現したときには手にしていなかったけれど、そばに大きな——グレドの体くらいはあった——カバンが転がっていて、その中にグレドの商売道具がぎっしり詰《つ》まっていたのだ。

グレドは昨日、「ボクなら助けてあげられる」と言った。

悪いひとではないとは思うものの、さすがにわたしもアオイもその言葉を素直に受け取ることはできなかった。だって、グレドに、わたしたちを助けるメリットがあるとは思えない。それに、わたし自身、涅《くり》を見つける方法がわかっていないのに、「助けてあげられる」と自信満々に言えるのはどうしてなんだろう、という疑問もあった。

だから、なにか思惑《おもわく》があるんじゃないかと、訝《いぶか》しんでしまった。

そんなわたしたちに、グレドは簡単に説明してくれた。

八歳《さい》のときからから十二周、この国では珍《めずら》しい〝水の者の商人〟として過ごしてきたから自分は、顔が広いし、実績もあり、情報を集めるのにも長《た》けていること。お金はもちろん食料もあり、なおかつ国内をあちこち移動しながら商売をしているので、旅の経験も知識も豊富であること。

「だからこそ」とグレドは前置きして。

――自分は、カラスの行く末を見たい。

と言った。

古くから伝わるカラスが、何者で、本当に国を滅《ほろ》ぼす存在なのか、事実ならどうやって国を滅《ほろ》ぼすのか、知りたいらしい。気になることがあると調べなければ気が済まない性格で、商人になったのもそれが理由だとグレドは笑った。

それから、「危害を加えるつもりもないし、そばで観察をさせてくれるなら、協力を惜《お》しまない」と締《し》めくくった。

理由としてはわからないでもない。でも、納得できるかと言われれば微妙《びみょう》だ。

わたしよりもまだこの国について知っているアオイは、「おれはそもそも、水の者が商人をしていることが信じられない。水の者なんかにできるのか？」と疑った。

それに対してグレドは「それはボクが天才だからだよ」と胸を張って答えた。

証明してあげるよ、とグレドはカバンからいろんな商売道具を取り出した。実演販売《はんばい》さながらにそれらを披露《ひろう》しながら食事を作ってくれたことで嘘《うそ》は吐《つ》いていないだろうと、その後わたしたちはとりあえず就寝《しゅうしん》することにした。

わたしたちが眠《ねむ》っているあいだに誰《だれ》かに密告したような素振《そぶ》りもないし、食事も自分が持っていたものを気前よく分けて、振《ふ》る舞《ま》ってくれる。

でも、わたしにはどうしても、グレドが並べた言葉は表面上のものでしかないような……他に真意があるような気がして、今もまだ不安がある。

「……メイ、まだボクを信じてないだろ？」

黙《だま》ってご飯を食べているわたしに、グレドが言った。思わず、体がびくりと反応してしまう。

「大丈夫《だいじょうぶ》だって、心配しないでいいから。なにも知らないカラスのメイと記憶《きおく》がないまま奴隷《どれい》になってたアオイには、絶対ボクが必要だって！　なあ？」

グレドがアオイに同意を求めると、アオイは「まあ、そうだな」と頷《うなず》く。わたしが目を覚ます前にふたりで話をして、随分《ずいぶん》打ち解けたようだ。アオイの記憶《きおく》のことも、知っている。

「うん。グレドが協力してくれるなら、すごく、助かる。ありがとう」

出会ったばかりだけれど、今のわたしにとって、アオイだけが唯一《ゆいいつ》信じられる、仲間だ。アオイがグレドを信じるなら、わたしも、グレドを信じてみよう。

でも。

「ただ、わたしはカラスじゃない、と思ってる」

だから、わたしの行く末を見ても、期待外れになるのではないだろうか。

「それを言われると返事に困るなあ。だってカラスだし。ねえ？」

「疑う余地はないよな」

アオイもこくりと頷《うなず》いた。

「で、でも」

「メイの言いたいことはわかる。でも、メイじゃなかったら説明つかないくらいに、メイはカラスだ」

今度はアオイの言葉にグレドがこくこくと頷《うなず》いた。

黒い髪《かみ》に黒い瞳《ひとみ》に黒い服。それが溺《おぼ》れて川岸に流れ着いたのだ。伝神師《でんしんし》とやらの言い伝えとここまで条件が揃《そろ》った人物が目の前に現れたら、カラスだと思うのが自然だろう。
でも今のわたしには、この国を滅《ほろ》ぼす気持ちも、力も、一ミリもない。アオイたちがカラスだと思うのと同じくらい強く、わたしはカラスじゃないと思ってしまう。

「ま、実際メイがカラスでなかったらそれはそれで。どっちにしてもカラスの言い伝えになにかしらの関わりがあるだろうしね」

「メイが探してるクリってやつが本物のカラスっていう可能性もあるかもな」

「たしかに。ならやっぱり、ボクはメイのしたいことに協力するよ」

ね、とグレドは目を細めた。

そう言ってくれたことで、ほっとする。わたしとアオイだけでは、追っ手から逃《に》げながらどこにいるかもわからない涅《くり》を見つけるのは、実際とても難しいだろう。

「ありがとう」

グレドにお礼を言うと、「ボクはボクのしたいことをするだけさ」と笑って言った。

「でもグレド。ひとつ、訊《き》いていいか？」

アオイの言葉にグレドは「なに？」と、首を傾《かし》げた。

「グレドはなんで、この国が滅《ほろ》ぶのを見たいんだ？」

グレドは口元に笑《え》みを浮《う》かべたまま、固まる。ゆっくりと視線を動かし、「そうだなあ」としばらくしてから歯切れ悪く返事をした。

「きらいだからかな。簡単に言えば」

肩《かた》をすくめて答えたグレドに、アオイは「そうか」とだけ言った。どうやらグレドの回答にアオイは満足したようだ。

「なん――」

「では、旅立つ前に、最低限必要な知識をふたりに教えないとね」

なんで、という疑問の言葉はグレドの明るい声にかき消されてしまった。

ごそごそとカバンの中を探《さぐ》りはじめるグレドの様子に、まあまた今後改めて訊《き》けばいいかと、言葉を呑《の》み込《こ》む。

今はまだ、グレドと、そしてアオイもきらいなこの国のことを、なにも知らないから。

グレドは取り出した紙を地面に広げた。

「これが、この国」

それは、歪《いびつ》な形が描《えが》かれた地図だった。

大きな島と小さな島がくっつくかくっつかないか、という感じで斜《なな》めに並んでいる。南側にある大きな島が、わたしたちの今いる国、ダルデールらしい。そして北側は、ノーパーヴァという別の国だとか。

ふたつの国のあいだには、どうやら川が流れているようだ。

「もともとはひとつの国だったんだけど、かなり昔にふたつに分かれたんだってさ。詳《くわ》しいことは知らないけど、伝承によると神がこの島を作り、そしてひとにこの島を託《たく》した。にもかかわらず、そのひとに対して反乱を起こした者たちがいたんだとか」

4

「者、ってことは、ひとじゃないってことか」

そういうこと、とアオイの言葉にグレドは頷《うなず》いた。

「その謀反《むほん》を起こした者たちは、当時の慈悲深《じひぶか》い領王によって、北の厳しい土地に追いやられたんだとか。そして、その者たちが二度と南側に足を踏《ふ》み入《い》れないよう、あいだに川を引いた、と言われている。ま、ここに森があるけどね」

ふたつの国の境界線には、それをまたぐように大きくて深い森があった。そこは、決して足を踏《ふ》み入《い》れることができない険しい場所なんだそうだ。

「へえ。そうなんだ」

「で、その犯罪を犯《おか》した者たちが自分たちだけの国を作った。それがノーパーヴァだ。当時は書き記す術《すべ》がなかったからか、詳《くわ》しくはわからない」

いったいいつ、どうやって国ができたのかはさっぱりわからないが、まあ、長い年月をかけてこの状態に至ったのだろう。各地で語《かた》り継《つ》がれている内容をざっくりまとめると、こんな感じ、とグレドが言った。

「だから、このふたつの国はほとんど交流がない。ダルデールからすればノーパーヴァは犯罪を犯《おか》した者たちの集まりだからね。ノーパーヴァ側はどうか知らないけど……まあ、お互《たが》いいい印象はないってことだね」

だからなのか、ふたつの国は自由に行き来することが難しいようだ。

商人であるグレドも、ノーパーヴァには足を踏《ふ》み入《い》れることができないらしい。

ふたつの国をつなぐ唯一《ゆいいつ》の橋を使用して、一年――ここでは一周と呼ぶが――で数回、物資の交換《こうかん》を行う日はある。けれど、商人が国を移動するのではなく、兵士たちが物資を運んでくる。商人はそれらを橋のそばで選んで仕入れ、各々《おのおの》が自国に流通させる、という方法のようだ。国境付近まで行くことのできる商人はごくごく限られていて、グレドはその限られた商人のひとりなんだとか。

そこからグレドは自分がいかに優れた商人かという説明をはじめたが、アオイが「それは今はいいだろ」と遮《さえぎ》った。

グレドは拗《す》ねながらも、ダルデールの左下のほうを指でさした。今、わたしたちがいる森の位置だ。そして昨日連れていかれた領王のところ――ダル領と言うらしい――はこの森の少し上に位置していた。

地図で見るとすぐ近くだとわかる。グレドによれば、ひとの足でたった三刻くらいの距離《きょり》らしい。三刻がどれほどの時間かはわからないが、たった、と言うからにはそれほど離《はな》れていないのだろう。

森には、ひとが立ち入ることがほとんどないそうだ。立ち入る理由があまりないことと、夜どころか昼間まで、この国のひとたちが嫌悪《けんお》している〝黒〟、つまり闇《やみ》に覆《おお》われる部分が多いからだという。

「とはいえ、日が昇《のぼ》ったことで、そろそろ追っ手がやってきてもおかしくないから、まずは移動しないといけないよねえ」

たしかに、このままここでじっとしているのは危険だ。すぐにでも出発すべきだ、けど。

「涅《くり》、どこにいるんだろ……」

地図を見れば当たりがつくかもしれないと思ったが、甘《あま》かった。川沿いのどこかの集落にいる可能性が高いが、それにしたって、探す範囲《はんい》が広大すぎる。

「グレドの考えは？」

アオイの質問に、グレドはそうだなあ、と顎《あご》に手を当てて少し考えてから、

「まずは、沈《しず》む者か潜《もぐ》る者を見つけるのがいいかな。彼《かれ》らは噂《うわさ》に詳《くわ》しいからね」

と言った。

「彼《かれ》らは水辺を移動しながら暮らしているから、すぐに会えるかはわかんないんだけど。ボクも今までで数回しか見かけたことがないからさ」

「数回って……！　それって、何年も会えない可能性もあるってこと、だよね」

しかも、会えたとしても、涅《くり》のことを知っているかまではわからない。そのときは別の方法

を探すのだろう。想像するだけでも、かなりの時間がかかるとわかる。そうしているあいだ涅《くり》がひどい目に遭《あ》うかもしれないし、最悪の場合——……。

焦《あせ》るわたしに、グレドは「まあね」とのんきな様子で答えた。ますます不安になる。

「メイの気持ちはわかるけど、この森を抜《ぬ》けるだけで数日かかるし、森を抜《ぬ》けたあとどこに行くか決まっていなければ、人目につく場所を無闇《むやみ》にうろつく羽目になる。それなら、少しでも情報が集められそうな場所を目指して動いたほうがいい」

この国に詳《くわ》しいグレドの言葉だ。

不安を呑《の》み込《こ》み、今できることをしようと、こくりと頷《うなず》いた。

「その種族はどっちも水辺に近いところにいるのか？」

アオイの疑問に、グレドは「そうだね、彼《かれ》らは移動しやすい川を好むよ」と頷《うなず》く。

「あ……そっか。そうだよね。〝水〟だもんね」

涅《くり》を探すためには、川沿いを探す必要があるとは思っていた。

つまり、目的地は同じだ。

「メイが流れ着いたのは、マルク領の外れにある、アオイのいた集落の近くだったんだっけ。なら、この川だと思う」

グレドは地図にある、ダルデールでいちばん大きな川を指した。

「ただ、ここからマルク領に向かうと領宅のあるダル領の近くを通らないといけなくなるし、クリってやつはメイよりも下流に流された可能性もあるから、川下のサリ領の方向がいいかな」

なるほど。川は細かく分岐《ぶんき》しているからこそ、この大きな川に沿って探すべきなのだろう。

グレドの話にわたしとアオイは「わかった」と頷《うなず》いた。

「じゃ、方向が決まったところで」

グレドはそう言って、再び大きなカバンの中を漁《あさ》りはじめる。

「これに着替《きが》えて」

「おれも？」

差し出された布を見て、アオイは首を傾《かし》げた。

わたしは制服なので目立つのはわかる。でもアオイの服装はこの国のものなのに。

「昨日も言っただろ。メイは論外だけど、アオイも大人が見れば奴隷《どれい》だってわかる。雑草のひとつであるククラっていう植物を裂《さ》いて織られたその安物の生地《きじ》は、奴隷《どれい》しか着ない」

アオイも素材までは知らなかったようで、驚《おどろ》いたように自分の服を触《さわ》った。

たしかにゴワゴワしているけれど、まさかこれが植物でできていたとは。

「着心地《きごこち》は最悪だけど安くて丈夫《じょうぶ》だから、奴隷《どれい》や家無しが着る服っていう認識だよ」

身につけるもので立場がわかるなんて……江戸《えど》時代かなんかの身分制度みたいだ。社会の授業を受けていたときは、遠い世界の話として聞いていたけど、まさか自分がそういう国を旅することになるなんて。

裕福《ゆうふく》かそうでないかで、多少持っているものや身につけるものに差ができるのはわかるけれど、それで区別されて、見下されるのはすごくいやだな。

「ほら、はやく着替《きが》えてよ。のんびりしてたら追っ手が来るかもよ」

そう言われて、アオイと顔を見合わせてから、それぞれ体が隠《かく》れるくらいの背丈《せたけ》の高い草むらの奥《おく》へと移動した。

わたしがグレドから渡《わた》されたのは、頭からすっぽり被《かぶ》る、丈《たけ》がふくらはぎくらいまでの水色のワンピースだった。裾《すそ》には白い、幾何学的《きかがくてき》な柄《がら》の刺繍《ししゅう》がある。その下にゆったりとしたズボンを穿《は》き、足元はなにかの革《かわ》でできたスリッポンのようなものを履《は》いた。

身なりを整えてグレドのもとに戻《もど》ると、アオイはすでに着替《きが》え終わっていた。わたしと似た服装だけれど、上着の丈《たけ》とか刺繍《ししゅう》の色とか柄《がら》とか、細かなところに違《ちが》いがある。

「メイは、頭にこれを巻くから、ちょっと座って」

制服のように脱《ぬ》ぐことのできない黒い髪《かみ》は、ターバンのようなものを頭に巻きつけて隠《かく》すらしい。言われたとおりに膝《ひざ》をつくと、グレドがぐるぐると額からてっぺんまでを覆《おお》い隠《かく》すように巻きつけてきて、ちょっとやそっとでは解《ほど》けないようにしっかりと留めてくれた。

その上にフードのついたポンチョを着てフードを被《かぶ》る。

「これでいいかな。できるだけ目元まで、深く被《かぶ》ってね。たまーに黒に近い、暗い色の目のひとはいるけど、やっぱり目立つからさ」

「うん、わかった」

「アオイの髪《かみ》の毛《け》の色もくすみが強めでちょっと珍《めずら》しいけど……三人とも顔を隠《かく》してたら逆に怪《あや》しまれるかな。頭を覆《おお》う領もあるし、このくらいならいいかな」

そう言って、グレドはわたしの頭に巻いた布よりも幅《はば》の狭《せま》いカラフルなものを取り出し、アオイの額にくるりと巻いた。そして「うん」と腕《うで》を組んで満足そうに頷《うなず》く。

どうやら見た目はそれっぽくなったようだ。

「はちまきみたいだよな」

アオイの独り言に、「たしかに」とわたしも同意する。と、グレドは「え？」と首を傾《かし》げた。

「いや、なんでもない。メイが着てた黒い服はどうする？　燃やすか？」

「そのほうがいいだろうねえ」

ふたりの会話にぎょっとして「ダメ！」とすぐに制服を抱《だ》きしめる。

「見つかるとややこしいから捨てたほうがいいと思うよ。荷物になるし」

困ったように目尻《めじり》を下げて言うグレドに、首をぶんぶんと横に振《ふ》る。

制服を手放すのは、いやだ。いやだし、だめだ、とも思う。涅《くり》とわたし、そしてわたしと元の場所のつながりがなくなってしまう気がするから。

——わたしは再び制服を着て、涅《くり》と元の場所に戻《もど》るんだ。

わたしの頑《かたく》なな態度に、グレドは「仕方ないなあ」とため息をついて、ふちに赤いラインの刺繍《ししゅう》が入った大きな布を取り出してくれた。包み方を教えてくれて、それを肩《かた》にたすき掛《が》けのように背負う。制服だけではなく靴《くつ》も入れたからちょっと重いけれど、このくらいどうってことない。

むしろ重いほうがいい。

この重みが、見失ってはいけない目的を、いつでも思い出させてくれる。

だから、気持ちを、前に前に向かわせることができる。

この先、なにがあっても。

「それじゃあ、さっさとここを離《はな》れようか」

よっこいしょ、とグレドは大きなカバンを背負って歩き出した。

アオイはなにかを考えているのかぼーっとしていて、そばにいるわたしの視線に気づくと、なにも言わずに頷《うなず》く。

道らしい道はなにもないのに進むべきルートが頭に入っているらしく、ずんずんと歩くグレドに、わたしとアオイがついていく。

追っ手の兵士たちが森まで捜索範囲《そうさくはんい》を広げているだろうから、という判断で、より険しい、けれど最速で森を抜《ぬ》けられるルートをグレドは選んだ。

目指すのは領王のいた場所とは森を挟《はさ》んで真逆の方向にある、この国で二番目に栄えている地区だ。ひとが多いのでなんらかの情報を得ることができるだろう、という考えらしい。そこに着くまではこのルートでも三日ほどかかるとのことだ。

「ひとなら、こっちに進んで森を抜《ぬ》けて、そこから馬車にでも乗るだろうね」

「馬車だとどのくらいかかるの？」

「大きく森を迂回《うかい》して進むことになるから……四日かな」

かえって時間がかかるんだな。

足元の悪い森の中をバランスを崩《くず》さないように慎重《しんちょう》に歩きながら思う。そんな考えがグレドには透《す》けて見えていたのか、

「馬車は荷物が積めて便利だけど、通れるほど広い道は少ないし、あまり速度が出せないから」

と説明してくれた。

「馬なのに？」

「馬は力持ちなだけだからなあ」

そういえば、昨日の馬車を引いていた馬は、わたしの知っている馬よりも小柄《こがら》で、どちらかというとポニーやロバに似た見た目をしていた。言われてみれば、速度もそんなに出てなかった、気もしないでもない。

急いでいるときは、体が大きい足馬《あしうま》というものに乗るらしい。ただひとをひとり乗せて走るのが限界で、持久力もあまりないから、何頭も乗《の》り継《つ》いでいくんだそうだ。

この国に住んでいるひとたちは大変そうだな。

元の場所と同じ名前で呼ばれている動物でも、違《ちが》う種類と考えたほうがいいだろう。

昼に近づいているのか、朝よりも気温が高くなってきたように感じる。

となりにいるアオイは、ときどきわたしの様子を確認するように振《ふ》り返《かえ》る。これまで二回休《きゅう》憩《けい》をしたが、それもアオイがわたしを気遣《きづか》ってくれたからだ。とはいえ、アオイの顔にも疲労《ひろう》が浮《う》かんでいる。

グレドは、ちっとも疲《つか》れた様子を見せない。大きな荷物を背負いながらも、軽い足取りで進んでいく。

「グレドはいつもこうして歩いてるの？　馬車には乗らないの？」

「……グレドは〝じゃない者〟だから、馬車には乗れない」

わたしの質問に、答えたのはアオイだった。

グレドは振《ふ》り返《かえ》り「そういうこと」と言ってにやりと笑う。

「この国は〝ひと〟しか暮らしてはいけないからね」

河童《かっぱ》のような見た目のグレドは〝ひと〟ではない、だから〝じゃない者〟ということか。

あまりにひどい呼び方だ。嫌《けん》悪《お》感に顔をしかめてしまう。

「おまけにボクは〝水の者〟でもあるからなおさら」

「……どういうこと？」

「神にこの島を託《たく》された〝ひと〟がいるのは地上だからだよ。この国では〝ひと〟と〝地〟が重要なんだ。だから〝じゃない者〟は身分が低い。加えて地よりも下の者はもっと低く、逆に地よりも上の者は、神に近い者、ていう考えなんだよ」

そういう基準なのか。

理解はできないけれど、理屈《りくつ》はわかった、気がする。

「どんなに高い山の頂から流れる川も、水は低いほう低いほうへと流れる。常に地の下へと流れるんだ。だから、水の者は〝じゃない者〟の中でも下ってことさ。ボクらがこれから会う沈《しず》む者と潜《もぐ》る者も、だね」

「水に関係ない、地上とか木の上とかにも、ひとではない者がいるってこと、だよね」

グレドは「そうだよ」と答える。

「じゃあ、神に近い者ってことだよね。その者たちも差別されるの？」

「もちろん。ひとじゃないからね。神に近い者って言われているだけで、そもそもひとは神を敬ってないから。ただ、さすがに手を出すことはしないけどね」

グレドはその説明の最中、特に不満そうな顔はせず、明るい口調だった。

「あ、同じひとでも、アオイのような奴隷《どれい》はひととはみなされてないよ」

「は？　なんで？」

「奴隷《どれい》だからだよ。そういう種族って感じかな。孤児《こじ》はほぼ奴隷《どれい》にしかなれないし、奴隷《どれい》が子どもを産んだら、その子どもも死ぬまで奴隷《どれい》だ。奴隷《どれい》は奴隷《どれい》以外になれない」

グレドは平然と口にする。

「え、じゃ、じゃあ、アオイも奴隷《どれい》以外になれないって言うの？　そんなことないでしょ。服装もかえたんだから。もう奴隷《どれい》には見えないんでしょ」

グレドはきょとんとした顔で首を傾《かたむ》けた。

「でも奴隷《どれい》でしょ？　見た目をいくらかえても奴隷《どれい》は奴隷《どれい》だよ。それ以外に生きていく方法がないんだから。それに、ボクみたいに国を見て回ってるやつなら、アオイの髪色《かみいろ》でも奴隷《どれい》だってわかると思うし」

「奴隷《どれい》はみんなアオイと同じ髪色《かみいろ》ってこと？」

「そういうわけじゃないんだけど……まあ、なんとなく、かな」

グレドは曖昧《あいまい》な返事をする。

なにそれ、と言おうとすると、そばにいたアオイが「そうかもな」と呟《つぶや》いた。

「もしかしたら、おれは記憶《きおく》をなくす前から奴隷《どれい》だったのかも」

「……だとしても、違《ちが》う。アオイは逃《に》げたから、違《ちが》う。もう奴隷《どれい》じゃない」

グレドに悪意がないことはわかっている。もしかしたら本当に、奴隷《どれい》にはなにか共通点があるのかもしれない。

でも、なんだかすごくいやだ。

グレドの言葉をアオイが素直に受け入れることも。

「メイ。カラスの君にはわからないかもしれないけれど、ボクが水の者以外になれないように、アオイも奴隷《どれい》以外にはなれないよ」

その言葉に、胸がひりつく。

「なんで……グレドはそんな当たり前みたいに言うの？」

声を絞《しぼ》り出《だ》すと、グレドは目を丸くして不思議そうな顔をした。

「なんでって、当たり前だからだよ」

「なんでそんなふうに、受け入れられるの？　アオイのことだけじゃなくて……自分のことも、なんでそんなふうに話せるの？　いやじゃないの？　悔《くや》しくないの？　こんなのおかしいって、思わないの？」

グレドが森の中をすいすいと進むことができるのは、何度もここを通っているからなのだろう。馬車に乗れないから。だから、うっそうと茂《しげ》った森の中でも、グレドは迷わない。

グレドはうーんと考《かんが》え込《こ》んでから、口を開いた。

「生きにくいときはあるけど、でも、そういうものだから。当たり前のことを話してるだけだし、それに対して〝おかしい〟なんて思うわけないじゃん」

嘘偽《うそいつわ》りなく、彼《かれ》は水の者として理不尽《りふじん》な扱《あつか》いをされることを受け入れている。いや、そもそも理不尽《りふじん》だとすら思っていないのかもしれない。

元いた場所でも男尊女卑《だんそんじょひ》という言葉を聞いたことがあるし、肌《はだ》の色で差別されることもあるという。でも、それはいけないことだと教えられてきた。

なのに、ここではそれが当然のように行われていて、「おかしい」って声を上げる者すら、いや、思う者すら、いないだなんて。

言葉を失っていると、

「やっぱり流れ者は変わってるなあ」

心底珍《めずら》しいものを見るように、グレドがわたしの顔を覗《のぞ》き込《こ》んできた。

これ以上話をしても、きっとお互《たが》い、わかり合えないんだろうなと感じる。

そのことに、さびしさを覚える。

「なあ、その、流れ者ってメイのことだよな？　なにそれ」

「ああ、アオイも知らないのか。流れ者は、メイと同じで、別のところからここに流れ着いた者のことだよ」

「……っ！　え！　わたしの他にもいるの？」

想像もしていなかった言葉に目を丸くする。

っていうかじゃあ、わたしだけがカラスじゃないってことじゃないの、それ。つまり、これまで何度もカラスがこの国に来てるってこと？

「多くはないけどね。どこからどうやって来たのかわからないけど、ずーっと昔からちょくちょくいるよ。まわりは気づいてないけど、流れ者だろうなってひとをたまに見かけるね。実は共通点があるから」

「共通点って、黒髪《くろかみ》に黒目ってこと？」

「いや、それはないよ。知り合いの流れ者は緑混じりの灰色の髪《かみ》だった。前いた場所では違《ちが》う色だったって言ってたから、もしかしたら、こちらに来るときになにかしらの理由で色が抜《ぬ》けるのかもね」

なんだ、そうなのか。

そのひとたちは、どこにいるのだろう。

そう考えているのがわかったのか、グレドは「ちなみに流れ者のほとんどは奴隷《どれい》として生きてるから、会うのは難しいと思うよ」と言葉を付け加えた。

「奴隷《どれい》は人前に出てこないし、誰《だれ》かと話なんかする自由もないからね」

「なんで流れ者も奴隷《どれい》なの？」

「そりゃあ、流れ者はここではなにも持ってないから、生きていくにはその方法しかない。だからか、ひとにとっては流れ者ってだけで、すでに奴隷《どれい》と同じ存在なんだよ。稀《まれ》に奴隷《どれい》にならない流れ者もいるけど、ボクが知ってるのはひとりだけで、そのひとは病気で死んだ」

「元の世界に戻《もど》ったひとは？」

「ボクの知る限りでは、ひとりもいない」

がっくりと肩《かた》を落とす。そして、そのひとたちのことを想像して気分が沈《しず》む。

わけのわからない世界に迷《まよ》い込《こ》んだうえに、一生奴隷《どれい》として暮らすしかないなんて。

いや、わたしも、危《あや》うく処刑《しょけい》されかけたのだけれど。

「ここではみんな、この国の地に立った瞬間《しゅんかん》、立場が決められているんだよ」

グレドの言葉に、「そんなの変だよ」と心の中で文句を返した。

この国のことを知れば知るほど、この国がきらいになる。

見た目だとか、生まれた環境《かんきょう》だとか、現れる場所でひとを区別するなんて。

――『なにその痣《あざ》。気持ち悪い』

小学生のとき、涅《くり》にそう言って笑った女の子がいた。幼稚園《ようちえん》のときから涅《くり》は痣《あざ》のことを何度も笑われて、ときに避《さ》けられていた。涅《くり》はそのたびになにも言い返すことなく俯《うつむ》くだけだった。

わたしが代わりに言い返そうとしたら止められたこともある。

いいよもう、仕方ないんだ、痣《あざ》があるのは本当のことだろ、と。

わたしはいつもそれを歯痒《はがゆ》く思っていた。

痣《あざ》があるから、笑われたり、意地悪されたりしても仕方ないなんて、納得できない。

でも、涅《くり》はそれを受け入れて、ひとと目が合わないよう、気配を消すようにして過ごしていた。話しかけられても、沈黙《ちんもく》を貫《つらぬ》いた。

そしていつしか、痣《あざ》を気にしていなかったひとまで、涅《くり》は避《さ》けるようになっていった。

「すべてを拒絶《きょぜつ》して、殻《から》に引きこもって、なにになるの？」「普通《ふつう》に話しかけてくれてたひとまで避《さ》けて、なにがしたいの？」と問うても、涅《くり》は「なにをしても無駄《むだ》なんだから、これでいい」としか言わなかった。

「流れ者はボクらとは違《ちが》うとは知ってたけど、こういう感じかあ」

むすっとした顔で黙《だま》り込《こ》んでいると、グレドが苦笑《くしょう》する。

「メイがどういう場所からここに来たのかは知らないけど、ここはそういう国なんだよ。ま、今はなにを言っても難しいかな」

グレドの口調はずっと穏《おだ》やかだ。でも、その瞳《ひとみ》には妙《みょう》な威圧《いあつ》感があった。

「そのうち、いやでも思い知るよ。ボクもアオイも、そして特にメイ——カラスのきみも、ここでどんな扱《あつか》いをされるのか、をね」

グレドの暗い目を見つめていると吸《す》い込《こ》まれそうになる。自分がなにか大きなミスをしたかのような不安に襲《おそ》われる。扱《あつか》い、という言い方に、恐《おそ》れを覚える。

「もういいだろ。のんびり歩いているとすぐに日が沈《しず》む」

アオイが一歩前に出て、グレドに言った。

「そうだね。とりあえず、進もうか」

さっきまでの仄暗《ほのぐら》い空気が嘘《うそ》だったみたいにグレドは明るい笑《え》みを浮《う》かべて、すたすたと歩き出した。

流れ者は、髪《かみ》の毛《け》の色が抜《ぬ》けるのかも、とグレドは言った。じゃあどうしてわたしは、黒髪《くろかみ》のままなんだろう。髪《かみ》の毛《け》を隠《かく》している布の上から頭に手を添《そ》える。わたしがどれだけ否定しても、アオイやグレドのように、みんなはわたしをカラスだと思うのだろう。

カラスのわたしを、まわりがどう扱《あつか》うのか。

なんの躊躇《ちゅうちょ》もなく処刑《しょけい》だと言い放った領王や、声を荒《あら》らげる大人。冷たい視線を向けてくるひとたち。それらを思い出すと、体が震《ふる》えた。

「大丈夫《だいじょうぶ》」

小さく呟《つぶや》き、唇《くちびる》を噛《か》んで足を踏《ふ》み出《だ》す。

なにが待っていようと、大丈夫《だいじょうぶ》だ。そう信じる。

それから、わたしたちはただひたすら森の中を歩き続けた。

木でできた水筒《すいとう》でこまめに水分補給しながら、休憩《きゅうけい》を何度か挟《はさ》みつつ、とにかく森を歩く。

頭上にあった太陽が随分《ずいぶん》と傾《かたむ》きはじめるまで、グレドは速度を落とすことなく進んだ。わたしとアオイは必死に後ろをついていく。喋《しゃべ》る余裕《よゆう》もない。

このまま三日間、目的地に着くまで寝《ね》る間もなく歩き続けるつもりなのでは、と恐怖《きょうふ》を抱《いだ》きはじめたところ、やっとグレドが足を止めた。

「今日はここで夜を明かそうか。ひとは夜目が利《き》かないだろうし、灯《あか》りをつけてうろつくのも危険だし」

賛成、と声に出すこともできなかった。

へろへろと地面に膝《ひざ》をつく。グレドはまったく疲《つか》れた様子を見せず「お腹《なか》空《す》いたよねえ」と言って、アオイになにかを渡《わた》した。そして、

「すぐ戻《もど》るから、きみたちは野宿の準備しておいて」

と言い残して暗い森の中に消えていった。

アオイはすぐそばにあった木に、グレドから受け取った小刀を突《つ》き立《た》てる。刃《は》のすぐ上に中が空洞《くうどう》になっている枝——ストローのようなものを挿《さ》すと、先から水分がこぼれ落ちてきた。

何度見ても不思議な光景だ。

この国の飲み水は、ほとんどが植物から採取されるものらしい。

川や海の水は地よりも下のものなので、ひとは決して口に入れないのだという。空から降ってくる雨水を溜《た》めて濾過《ろか》して飲むか、枝や葉から出てくるものを利用しているそうだ。そんな植物があるなんて。蜜《みつ》ならわかるけれど。

もちろん、この知識はアオイも知っていたことだ。

もしや水は結構貴重なのでは、と不安に思ったけれど、森はもちろん、集落にも水の出てくる植物がそこら中にあり、この国のひとは水に困ることがないそうだ。

「川とか海の水はいっさい使わないの？」

「体を洗うとか、そういうときだけだな。でも、それも避《さ》けるひとのが多い」

ご飯の準備をしながらアオイが答えた。グレドが持っていた鍋《なべ》の中には、さっきアオイが植物から摂《と》った水といくつかの実が入っている。

「洗う場合だけ、か」

つまり、汚《きたな》いものを流すときだけ。

ということは、おそらくだけれど魚とか海藻《かいそう》なんかも食べることはないんだろう。

川や海の底は地なのでは、と口にしたとき、アオイにもグレドにも意味がわからないと言いたげな怪訝《けげん》な顔をされたことを思い出す。

「お待たせ」

戻《もど》ってきたグレドは、ぐったりとしている茶色のなにかを手にしていた。うさぎよりも少し大きいくらいの生き物だ。

「……もしかして、それを、食べるの？」

「え、もしかしてメイは肉を食べないのか？　でも干し肉は食べてたよね」

いや、食べるけど。そうじゃなくて。

わたしに呆《あき》れたような顔をしてから、グレドは板を取り出してその上に茶色のなにかを載《の》せる。呆然《ぼうぜん》とその様子を見ていると、グレドは躊躇《ちゅうちょ》なくナイフでお腹《なか》を切《き》り裂《さ》いた。

思わず目を瞑《つぶ》る。自分のお腹《なか》にナイフが突《つ》き立《た》てられたように苦しくなる。

でも、これは元の場所でも行われていたことだ。

スーパーに並ぶ肉は、誰《だれ》かが同じようなことをしていた。けれど、その様子を見たことは一度もなかった。まさかこんなに、残酷《ざんこく》で痛々しい光景だったなんて。

知っているつもりになっていただけで、わたしはなにも知らなかった。

今はじめて、〝食べる〟という行為《こうい》が〝相手の命を奪《うば》う〟ことだと気づく。

つい昨日、自分が命の危険に晒《さら》されていたこともあって、今目の前で捌《さば》かれている生き物に感情移入してしまう。

これを、食べ物が当たり前にある場所で見ていたら、わたしは食欲をなくしていただろう。

でも、一日歩き通しだったわたしのお腹《なか》は、くうっと小さく鳴る。

目を逸《そ》らしているあいだにグレドは手早く肉を捌《さば》き終えて調理をはじめていて、ふわりとおいしそうな匂《にお》いが鼻腔《びこう》を擽《くすぐ》った。ますますお腹《なか》が空《す》いてくる。

先ほどから、視界の端《はし》でアオイが木の実を拾い集める姿が見えている。

……なにもしていないのは、わたしだけだ。

今だけじゃない。ずっと、わたしはアオイとグレドに任せっきりだ。

働かざる者、食うべからず。この世界にも同じ言葉があるかはわからない。けれど、このまま目を背《そむ》けて、ふたりに頼《たよ》ってばかりじゃだめだ。

わたしは意を決して調理するグレドに近づく。

「ねえ、それ、なんて生き物なの？」

「ウーっていう、草食動物。臭《くさ》みが少なくて食べやすいんだよ」

うさぎに似てる生き物は、ウーというのか。

ウーは大きい割に食べられる箇所《かしょ》が少なく、臭《くさ》みはないが火を通さなければお腹《なか》を壊《こわ》すことがあるそうだ。毛皮はちゃんと処理をしたら服や装飾《そうしょく》に使用できるため売ることもあるけれど、今日は時間がないので土の中に埋《う》めると言った。

わたしは、それを引き受けた。

恐《おそ》る恐《おそ》る手にした毛皮は、妙《みょう》に重く感じた。グレドに貸してもらったスコップのようなもので土を掘《ほ》り、中にそっと置いて丁寧《ていねい》に土を被《かぶ》せて、埋《う》めた。

ウーの肉は、とてもおいしかった。

グレドの言ったように臭《くさ》みはない。煮《に》込《こ》んだからか、ほろほろと口の中で崩《くず》れるほど柔《やわ》らかい。香辛料《こうしんりょう》の味が強めなので、肉そのものの味は淡白《たんぱく》なのだろう。

昨日のサラミのような肉は家畜《かちく》として育てられている大型の動物のもので、一般的《いっぱんてき》によく食べられているのはそちらのようだ。森の中にはいないらしい。

「この森にいるのは、だいたいがウーみたいな小型の草食動物だな。稀《まれ》にひとを襲《おそ》う肉食動物もいるけど」

普段《ふだん》もこうして狩《か》りをしているのかと訊《き》くと、危険もあるし、効率も悪いから滅多《めった》にしないのだとグレドは言った。アオイも肉を捌《さば》くことはあるが狩《か》りの経験はないと首を横に振《ふ》る。

どうやら、この国は家畜《かちく》の飼育が当たり前になっていて、集落に入っていれば充分《じゅうぶん》な食料があるようだ。そもそも、珍《めずら》しい生き物の毛皮や、家畜《かちく》からはとれないような丈夫《じょうぶ》な革《かわ》を手に入れることを職業にしているひとくらいしか山に入ることはないらしい。

そんな話をしていると、バサバサ、となにかが羽ばたく音が響《ひび》いた。

「ここにも鳥はいるんだね。ねえ、ああいうのも、食べるの？」

ふと疑問が浮《う》かぶ。

「鳥を食べたりなんてしないよ！」

グレドはぎょっとした顔をした。目が飛び出るんじゃないかと思うほど目を見開いていて、それにわたしがぎょっとする。

「空を飛ぶ者は、神のものだ。そんなこと外で言っちゃだめだからね！」

わたしの肩《かた》を掴《つか》んでグレドは必死に言う。

かなりおかしな発言だったようだ。宗教によって決して食べてはならない食材があるのと同じ感じなのかな。鳥は、地よりも上にいる者だから。

「この国では、鳥を崇《あが》めてるってこと？」

「……うーん……崇《あが》めてるっていうか、神のものだから、だよ。流れ者がどこまで理解できるかわかんないけど……地はひとのもので、天は神のものって考えなんだよ。そして天と地は決して交わらない。だから、関わってはいけないんだ。鳥は神に近い天にいるから、手を出してはいけない」

なるほど。そこでふと、グレドの話を思い出した。

「上の者には、ああいう、鳥みたいな種族もいるの？」

「神の使いって言われる、羽の者だね。本当に実在するのかは不明だけど」

その理由は「決して姿を見せない種族」だからだと、グレドが言葉をつけ足した。

グレドもこれまで一度も見かけたことがないそうだ。どこにいて、どんな見た目なのかを知る者はいないようで、実は架空《かくう》の種族ではないかと言われているらしい。

「グレドも、いないと思ってるってこと？」

「いや……ボクは、いると思ってるよ。これはボクの想像だけど、伝神師《でんしんし》ってのは彼《かれ》らのことで、カラスの言い伝えをひとに伝えたのは羽の者たちなんじゃないかって思ってる」

言い伝えはこの国ができた当時からあるものらしく、いったいいつ、誰《だれ》が、誰《だれ》に、それを伝えたのかはわからないそうだ。だから、伝神師《でんしんし》の姿は、誰《だれ》も知らない。

「言い伝え自体が嘘《うそ》なんじゃないの？」

「ないとは言い切れないな」

ふはは、とグレドが笑った。

なんか、すごく曖昧《あいまい》な話だなあ。そんなもののせいで処刑《しょけい》されそうになったのかと思うと、ムカついてくる。

だいたいカラスだって鳥じゃん。ここにはカラスという鳥はいないみたいだけど。

とにかく、そんな都市伝説みたいな信憑性《しんぴょうせい》のない話にこれ以上巻《ま》き込《こ》まれたくない。さっさと涅《くり》を探して帰る方法を探そう。

それ以外のことはどうでもいい。理解できる気がしないし、しなくてもいいことだ。

目を瞑《つぶ》ると、夢を見た。

梟《ふくろう》の鳴き声がする夢だ。
真っ暗なのに、自分が立っているのは広々とした場所だということがわかる。
でも、どこにも行けないと感じるほど暗い。
ホーホーという鳴き声は、わたしを呼んでいるように聞こえた。
わたしは、一歩も動けずその鳴き声を聞いていた。

ひたすら歩き続ける日々だった。上がったり下がったり、不安定な場所を足腰《あしこし》に力を入れて何時間も歩いて進む。それだけしかすべきことがないうえに、代わり映えのしない景色の中で長い時間を過ごすのは、体力的にも精神的にもキツい。

ご飯はグレドのおかげで食べることができている。でも、植物から取ったという水はこれまでに飲んでいた水とは違《ちが》い少し独特な味と匂《にお》いがして喉《のど》がすっきりしないし、この森で二泊《はく》したが、寝心地《ねごこち》が悪いせいで眠《ねむ》りが浅く何度も目が覚めて、寝不足《ねぶそく》気味だ。

足も限界に近い。アオイとグレドが教えてくれた薬草でなんとか疲《つか》れを取ろうとしているけれど、正直あまり効果は感じられなかった。なにかの革《かわ》を巻いただけの靴《くつ》では、クッション性がなさすぎる。

足が疲《つか》れてまっすぐ歩けなくなると、上半身もぐらつき、無理やりバランスを取るために変な筋肉を使う羽目になる。

つまり、全身がへろへろだ。

涅《くり》だったらきっと昨日の時点で「もう一歩も動けない」とへたり込《こ》んでいただろう。

正直わたしももういやだと何度も立ち止まりたくなった。そうしなかったのは、今この世界のどこかで涅《くり》が泣いているかもしれない、という思いから来る意地でしかない。

顔を上げると、となりを歩くアオイも、疲《つか》れた顔をしている。

「メイ、大丈夫《だいじょうぶ》か？」

「アオイこそ」

なのに、アオイは必ずわたしを心配する。

「あいつの体力どうなってるんだろうな」

グレドは大きな荷物を背負っているにもかかわらず、よく喋《しゃべ》るし、わたしたちが足を止めたら「どうしたの？」と心底不思議そうな顔をする。

と、思った瞬間《しゅんかん》、目の前がふっと明るくなったのを感じた。

うっそうとした森の中では陰《かげ》が多く、昼間でもほんのりと薄暗《うすぐら》い。

それがなくなった、ということは。

「森を抜《ぬ》けたよ」

前にいたグレドが「お疲《つか》れ様《さま》」と言って笑った。

グレドに続いて森の外に出ると、そこは馬車が走れるほどの広さがある道だった。まわりに人影《ひとかげ》はなく、家もなにもない。

コンクリートの道のように舗装《ほそう》されてはいないものの、森に比べたらはるかに歩きやすい平らな地面に懐《なつ》かしさを感じた。が、これまで踏《ふ》ん張《ば》ってきた反動か、足ががくがくと震《ふる》える。

「ここはリンスン領の外れだよ」

この国の〝領〟というのは場所の名前で、それぞれの領には、領王の部下が領主という立場で取《と》り締《し》まっているのだとか。そのひとたちの仕事内容はグレドがちゃんと説明してくれたけれど、知事みたいな感じかな、くらいしか理解できなかった。

「この先に集落があるから、そこでちょっと商売でもしておこうかな」

「こんなところで売れるのか？」

アオイの疑問に、グレドは「どうだろうねえ」と軽く答える。なんとなく、あまり期待していないように聞こえた。

「こうして国中を歩き回ってるけど、ボクの取引先は市場の商店が多いからね。基本的に水の者は嫌悪《けんお》されるから、個人相手の商売はあまりしない、っていうかできない」

水の者がひとを襲《おそ》うわけじゃないのに。森の中で一緒《いっしょ》に過ごしてきたわたしには、グレドは物知りな商人としか見えなかった。

この国の思考のせいか、ちょっと変わってはいるが、訊《き》けばなんでも教えてくれた。口調が軽くてバカにされているのでは、と感じることもあるけれど、相手を傷つけようとしているわけじゃないことくらいわかる。

わたしにとってはアオイに暴力を振《ふ》るった最初の集落の大人や、乱暴な言動をしていた領王のほうが、最低な生き物だと思う。

「そうだ、アオイが商人のふりをしたらいいかもしれないな。ボクはアオイに雇《やと》われて、商品を運ぶ仕事をしている者ってことで」

わかった、とアオイが頷《うなず》いた。

「メイの場合はカラスだってバレるとまずいから、できるだけ顔は見せないで、ボクたちの後ろにいてね」

「……うん」

たしかに差別はあるんだろうけど、みんながみんな同じような考えをするんだろうか。

学校でも、見た目を揶揄《やゆ》するひとはいたけれど、そんなことをしないひともいた。涅《くり》にはそれが伝わらなかったけれど。

「メイ、本当に気をつけてよね」

わたしの返事に不安を覚えたのか、グレドが念を押《お》してくる。

「大丈夫《だいじょうぶ》、わかってるよ」

釈然《しゃくぜん》としないけれど、グレドが言うならそれに従うしかない。

もしバレて、また領王のところに連れていかれたら、今度は逃《に》げられないだろう。わたしだけではなく、アオイとグレドも危険な目に遭《あ》うのは間違《まちが》いない。

だから今は、口を閉ざして静かにしておくべきだ。

納得できなくても、不満があっても、ムカついても。

そんなふうに思う自分は、なんだか、自分じゃないように感じる。

「どんな集落なんだろな」

「どうなんだろうね。いいひとたちだといいね」

アオイの呟《つぶや》きに返事をしたけれど、アオイはなにも返さなかった。前を歩くグレドが物言いたげな視線を向けてきたけれど、わたしは気づかないふりをした。

集落までは森のそばにある道を歩いた。誰《だれ》かとすれ違《ちが》うこともないし、馬車も通らない。あまりに人気《ひとけ》がないのでグレドに「これが普通《ふつう》なの？」と不安になって訊《き》くと「普通《ふつう》だね」と返事があった。

集落のひとたちはあまり外に出ないらしい。数日に一回、集落から数名が代表で市場に出かけるくらいだという。郵便物なども市場までしか届かないので、そのときに自分たちで持ち帰る、という仕組みのようだ。

「ただ、ちょっと奇妙《きみょう》ではあるかな」

「たしかに」

グレドが後ろを振《ふ》り返《かえ》って言うと、アオイも同意する。

「森を歩いているときから気にはなってたんだけど……あまりに静かすぎる。ひとを集めて処《しょ》刑《けい》する予定だったカラスが逃《に》げたんだよ？　それなのに兵士どころか、捜索《そうさく》を手伝うひとの姿も見当たらない」

言われてみるとたしかにそのとおりだ。ひとはほとんど立ち入らないという森の中はまだしも、集落に続く道では、カラスを探すひとと出くわしたって不思議ではない。

「別の方角を探しているのか……あるいは、おれたちが森を進んでいるあいだに、もっと捜索《そうさく》範囲《はんい》を広げていて、結果的に今ここが手薄《てうす》になったのか」

「ありえなくはないけど……それにしてもなあ」

グレドは不思議そうに考《かんが》え込《こ》む。

元の場所でも「極悪人《ごくあくにん》が脱獄《だつごく》して、近くに潜伏《せんぷく》しているかも」みたいなニュースが流れれば、住人は戦々恐々《せんせんきょうきょう》とするし、警察は徹底的《てっていてき》に周辺を捜査《そうさ》するだろう。

「ま、集落でちょっと情報収集しようか。もしかしたらなにかわかるかも」

考えても仕方ない、とグレドはさっきよりも歩く速度をはやめた。

しばらくすると建物が見えてきた。アオイのいた集落と同じような雰囲気《ふんいき》で、石を積み上げて造られた家がいくつか並んでいる。まわりには、羊に似た動物が数匹《すうひき》飼われていた。

「あれは食べるの？」

「毛を刈《か》り取《と》って布にしたり、乳を搾《しぼ》ったりするための家畜《かちく》。食べることがないわけじゃないけど、もう少し標高のある場所で育てているのが主に食用の家畜《かちく》かな」

グレドがすらすらと説明してくれる。

離《はな》れた場所には畑のようなものも見えた。

集落ごとに育てている食べ物は微妙《びみょう》に違《ちが》っていて、家畜《かちく》は定期的に個体を入《い》れ替《か》え、繁殖《はんしょく》させているらしい。集落の大きさはまちまちで、ここは大きい部類だそうだ。アオイのいた集落はここの半分ほどの規模だったそうで、物珍《ものめずら》しそうに周囲を見渡《みわた》していた。

家が立ち並んでいるところに近づくと、ぽつぽつとひとの姿が目に入ってくる。ちらちらとこちらを見ているけれど、決して近づいてこようとはしない。

これで商売なんてできるんだろうか。

「あの家かな」

疑問に思っていると、グレドは大きな家を指差した。

「たぶんあの家が、この集落の長《おさ》の家だろう。こういうところは、なにをするにもまず長《おさ》を通さないとだめなんだよ」

なるほど、そういうものなのか。

目が覚めた地下牢《ちかろう》で最初に現れた偉《えら》そうなひとも、あの集落の長《おさ》だったのだろう。思い返せば、屈強《くっきょう》な男たちもみな、あの偉《えら》そうなひとの指示を待ってから動いているようだった。

「おれはどうすればいい？」

「ちゃんと挨拶《あいさつ》をして、自分は旅をしている商人で、なにか必要なものはないか、って訊《き》けばいいよ。反応が悪くなければ、一泊《ぱく》泊《と》めてくれないか相談するのもいいね。カラスの話はまだしちゃだめだよ。警戒《けいかい》される」

グレドの説明に、アオイは「わかった」と頷《うなず》く。少し緊張《きんちょう》しているのか、いつもより表情が硬《かた》く見える。

「メイはくれぐれも、喋《しゃべ》らないように」

グレドは突拍《とっぴょう》子《し》もないことを言うわたしをそうとう警戒《けいかい》しているようだ。

普《ふ》通《つう》のことしか言ってないつもりなんだけどなあ。

目的の家に近づいていくと、中からひとりの男性が出てきた。「誰《だれ》かがボクらのことを知らせたみたいだね」とグレドが呟《つぶや》く。

男性は特別痩《や》せているわけではないが、背が高いせいか華奢《きゃしゃ》に見えた。服装は華《はな》やかで、刺《し》繍《しゅう》の入った膝丈《ひざたけ》のワンピースのようなものの下にズボンを穿《は》いていた。真っ白な靴《くつ》が、重労働とは無縁《むえん》な生活を送っていることをうかがわせる。アオイと同じようなはちまきは、青い髪《かみ》の毛《け》を隠《かく》すほど幅《はば》が広いもので、そこにも刺繍《ししゅう》が施《ほどこ》されていた。

長《おさ》の前で立ち止まり、アオイは以前領王に見せたように片腕《かたうで》を上げた。あのときは顔を地面に向けていたけれど、今は会釈《えしゃく》くらいの角度だ。相手によってどの程度頭を下げるのかが違《ちが》うんだろう。

「なんの用かな」

アオイを見下ろし、長《おさ》が口を開く。

目元は微笑《ほほえ》むように細められているけれど、どこか冷たい印象を受けた。目尻《めじり》や口元には皺《しわ》がたくさんある。五十代にも見えるし、四十代、いや三十代くらいにも見える。

「旅をしながら商売をしている者です。なにか入り用はないかと」

「昨日ちょうど市場に仕入れに行ったところだ。悪いがなにもないよ」

アオイの言葉にすぐさま長《おさ》が首を振《ふ》った。悪いが、なんて口にしているけれど、そんなこと微塵《みじん》も感じていないに違《ちが》いない。

長《おさ》の視線が、アオイではなくグレドにちろりと向けられる。

その瞬間《しゅんかん》、彼《かれ》の眉間《みけん》がぎゅっと寄せられたのがわかった。

──まるで、汚《きたな》いものを見たときみたいに。

「……そうでしたか。あ、でも、ご覧になるだけでも、どうですか？」

このまま引き下がるわけにはいかないと思ったようで、アオイが言葉を続ける。それに対してグレドが助《たす》け舟《ぶね》を出すかのように「国境付近で取れる、ちょっと珍《めずら》しい染織《せんしょく》があるんだけど」とカバンを下ろすと、

「商売がしたいなら、変なものを引き連れるのはやめておくべきだな」

まるで吐《は》き捨《す》てるように、長《おさ》が言った。その瞬間《しゅんかん》、グレドは動きを止める。

変なものってなんだ。

引き連れるってどういう意味だ。

なんでグレドをそんな目で見るのか。

なんでグレドは、怒《おこ》らないのか。

なんとか言葉を呑《の》み込《こ》み耐《た》える。口の中に鉄の味が広がる。手のひらに、爪《つめ》が食《く》い込《こ》む。

「失礼しました。それでは──」

「ちょっと待て」

背を向けようとしたアオイを、長《おさ》が引き止める。まだなにか言うつもりかとフードの下から睨《にら》みつけると、男性はグレドのカバンを指差した。

「それ、ちょっと見せてくれ」

グレドに話しかけるのがよっぽどいやなのか、男性の眉間《みけん》には深い皺《しわ》が寄っている。グレドはそんなことなど気にせず、黙《だま》ってカバンの中から取り出したものをアオイに渡《わた》した。

「え、と。こちらでしょうか？」

「こんなものがあるのか。なかなかいい仕入れ先があるようだな」

アオイが手にしているのは、手のひらサイズの置物のようなものだった。細やかな彫刻《ちょうこく》が入っていて、素材は木のようにも見えるし、陶器《とうき》のようにも見える。民芸品っぽい。

「ノーパーヴァのものだな。いい品だ」

「あ、ありがとうございます」

たしか北側の国の名前だ。

「ちょうど娘《むすめ》の誕生日が近い。それだけいただこうか」

そう言うものの、男性は渋々《しぶしぶ》、といった様子だった。わたしたちのような商人から購入《こうにゅう》することがいやなのだろう。それでも買わずにはいられないほど、グレドの仕入れた商品が魅力的《みりょくてき》だったということでもある。

思っていた以上にグレドはすごい商人なのかもしれない。

値段は、と長《おさ》に聞かれたアオイに、グレドが耳打ちする。

「二千三十倫《りん》」

「そんなにするわけがない。騙《だま》そうとしてるんじゃないのか。千だ。それ以上は払《はら》わない」

「――は？」

鼻で笑う男性に思わず声を漏《も》らしてしまった。

「なんだ、お前は」

じろりと睨《にら》まれる。どうやらわたしは〝ひと〟には見えるようだ。じゃなければ視線をこちらに向けることすらしなかっただろう。

「いえ、なんでもない、です」

目を逸《そ》らしてもごもごと誤魔化《ごまか》すと、はん、と鼻で笑われた。

ヒヤヒヤした顔でアオイとグレドがこちらを見ているのが、気配でわかる。

「お前たちみたいな怪しげなやつらに金を払《はら》って買ってやろうと言っているのに、金額をふっかけてくるなんて、本当にロクでもないな」

「……この商品の価値も知らないくせに」

わたしも知らないけど。でもこのひとだって絶対知らないはずだ。いやそもそもわたしはこの国のお金の価値もわかってないけど。

誰《だれ》にも聞こえないだろうくらいの音量で呟《つぶや》いたつもりだったけれど、

「なんだと」

聞こえてしまった。

「フードを被《かぶ》っているってことはお前は奴隷《どれい》だろう。おれに話しかけるなんて――」

ぐっと男性が身を乗り出してきて、わたしに向けて手を伸《の》ばした。

「千！　千でいい！」

慌《あわ》ててフードをしっかりと握《にぎ》りしめる。と、わたしと男性のあいだにアオイが入ってきた。

「まだ、子どもなんで、すみません」

「ったく、なんだお前らは」

「商売をさせてくれてありがとうございます。言い値で売るので、ここはどうか」

頭を下げるアオイの背中に胸が苦しくなる。わたしのせいなのはわかっているけれど。

悔《くや》しさに顔をしかめていると、グレドがわたしの服を引っ張り、小声で「メイも」と言った。

わたしにも、謝《あやま》れ、ということか。

こんな男に頭を下げるなんて屈辱《くつじょく》でしかない。

間違《まちが》っている相手になんでわたしが謝《あやま》らなければいけないのか。

……でも、今この場でわたしがすべき行動は、ひとつだけだ。

「す、すみません、でした」

俯《うつむ》けていた顔をそのままに、さらに深く頭を下げる。フードの中に、怒《いか》りを隠《かく》す。

わたしたちに蔑《さげす》んだ目を向けているだろう長《おさ》は「気持ちが悪い」と言い捨てて、地面に数枚の硬貨《こうか》を投げてよこした。五百円玉よりも少し小さな、茶色のお金だ。

数は数枚。そのうちのひとつが、わたしの足先まで転がってくる。

「五百だ」

「――っ」

さっき言っていたのよりもさらに半分の値段だ。

「金を払《はら》ってやるだけありがたいと思え」

アオイもグレドも、横暴な態度の男性に文句ひとつ言わず、素直に膝《ひざ》をついて硬貨《こうか》を拾い集めた。

なんで、それを受け入れるのか。どうしてなにも言い返さないのか。

そう言いたいけれど、口は動かない。それどころか、指先ひとつ動かせない。

どうしてなのか。

怒《いか》りのせいではない。驚《おどろ》きのせいでもない。

――これは、現実を目《ま》の当《あ》たりにしたことによる、恐怖《きょうふ》のせいだ。

これが、この国なんだ。

「お前も拾え」

「っ、わ」

男性がわたしに再び手を伸《の》ばし、肩《かた》を押《お》した。

バランスを崩《くず》す。踏《ふ》ん張《ば》る力もなく、そのまま地面に尻餅《しりもち》をつく。

その拍子《ひょうし》に、深く被《かぶ》っていたフードがふわりと浮《う》いて、ずれた。

「……なんだ、その瞳《め》は」

呆然《ぼうぜん》としているわたしに、男性の驚《おどろ》いた声が聞こえた。視線を持ち上げると、さっきよりも広い視界に、目を丸くした男性がわたしを見下ろしている。

「縁起《えんぎ》の悪い……まるで噂《うわさ》のカラスみたいじゃないか」

カラス、という言葉に体がびくりと跳《は》ねる。なんで、と思った瞬間《しゅんかん》、そばにいたグレドにフードを思い切り被《かぶ》せられた。そこでやっと、自分の顔が顕《あらわ》になっていたことに気づく。

見られてしまった。

髪《かみ》の毛《け》は布でしっかり隠《かく》してあるけれど、黒い瞳《ひとみ》を見られたに違《ちが》いない。

「これは、こいつは、その」

しどろもどろになりながら、アオイが誤魔化《ごまか》そうとする。

「本当に気味の悪いやつらだな。カラスが処刑《しょけい》されていなかったら、お前をカラスとして捕《とら》えて領王に突《つ》き出《だ》すところだ」

じり、と男性がわたしから一歩離《はな》れた。わたしを突《つ》き飛《と》ばしたほうの手を、ぶんぶんと払《はら》う。まるで、汚《きたな》いものに触《ふ》れてしまったかのような動作だ。

「カラスが処刑《しょけい》って？」

「話しかけるな！　おい！　こいつらを追い出せ！　手荒《てあら》くしてもかまわん！」

呼び止めるわたしに目も向けず、男性は大声で叫《さけ》んだ。それが合図だったかのように、数人の男のひとたちが慌《あわ》てた様子で駆《か》け寄《よ》ってくる。

呆然《ぼうぜん》としていると、アオイにぐいと腕《うで》を引き上げられた。

「メイ、行くぞ！」

「え？」

アオイがわたしの手を引いて走り出す。グレドはすでに荷物を背負ってわたしとアオイの前を走っていた。体力はあるけれど走るスピードはそれほど速くないらしく、すぐに追いつく。

あの集落のひとたちはわたしたちを追い出したいだけのはずだ。それなのに、なぜアオイも、グレドも、必死の形相で走っているのか。

――まるで、命が危険にさらされているかのように。

「危ない！」

え、と声を出す間もなく、足元になにかが飛んできた。

「な……なに」

一本の、矢だ。それはそうとう勢いがあったのか、地面に突《つ》き刺《さ》さったあともぐわんぐわんと揺《ゆ》れている。なんで矢が。と思ったら今度は数本の矢が一斉《いっせい》に飛んできた。

「なっ、なに！　なんで！」

「いいから、とにかく走れ！」

ひゅんひゅんと飛んでくる矢を見切って避《よ》ける――なんてこと、できるわけがない。ただ、当たらないよう祈《いの》りながら、前を見て走るしかできない。

顔を風が掠《かす》ったのを感じた。

アオイがわたしの手を引いてくれていたから、足を前に動かすことができている。じゃなければ、わたしは間違《まちが》いなくしゃがみ込《こ》み、そして矢に射られていただろう。

それがわかるからこそ、頭の中がぐちゃぐちゃだった。

「ったくもう。ひやひやしたよ」

集落から充分《じゅうぶん》に離《はな》れて立ち止まると、グレドがため息交じりに言った。

「あ、あれは……なに。わたしたちのこと、殺そうとしたよ、ね」

乱れた呼吸のまま途切《とぎ》れ途切《とぎ》れにアオイに訊《き》くと、「そんなことはしてない」と、およそわたしには信じることができないようなことを言う。

「矢で狙《ねら》われてたんだよ！　殺されると思ったから、ふたりも逃《に》げたんでしょ？」

「あいつらが殺そうとしてたらもうおれらは死んでる。集落の警備の担当者は、日ごろから弓矢や剣《けん》の稽古《けいこ》をしている。あれだけ撃《う》ったのにすべて外れたのは、殺すことが目的じゃなく、追い出すことが目的だったからだ」

「そうそう。ボクなんて走るの遅《おそ》いから、矢を当てるのなんて簡単さ」

「じゃ、じゃぁ、なんで逃《に》げたの……？」

わたしが問うと、ふたりは顔を見合わせてから「そりゃ運が悪ければ当たることもあるからな」「そうだね」とあっけらかんと言った。

「長《おさ》は集落を守る義務があるからね。盗賊《とうぞく》や獣《けもの》が現れたらああやって威嚇《いかく》して追《お》い払《はら》うんだよ。殺してしまうと処理がめんどくさいから、殺しはしない」

処理って……。

「疫病《えきびょう》が発生する場合もあるし、よりやっかいな獣《けもの》が降りてくる場合もあるからな。腐《くさ》れば臭《くさ》いし、埋《う》めるにしろ、燃やすにしろ、人手がいる。つまりそのあいだ、他の作業が滞《とどこお》る」

なんて軽々しく口にするのか。

相手の命を奪《うば》うことがいいとか悪いとかではなく、そのあとが面倒《めんどう》だから殺さない、なんて。

「でも、あの長《おさ》はそんなにひどいひとじゃなかったな」

「あ、うん。よかったよね」

またもや信じられないことを言ったアオイに、グレドが同意する。

このふたりの会話が、まったくわからない。

「ボクがいる時点で追い出されてもおかしくなかったのに対応してくれたし、商品を見て、なんだかんだお金も払《はら》ってくれたし」

半分以下の金額だし、しかもそのお金は地面に放り投げられたんだけど。

「手を上げることもなかったしね」

矢を放たれたけど。わたしは突《つ》き飛《と》ばされたけれど。

なんでふたりは「よかった」と笑えるのか。

「言っただろ、メイ」

唖然《あぜん》としているわたしをグレドは振《ふ》り返《かえ》る。

「ボクらがどんな扱《あつか》いを受けるのか、そのうちわかるって」

……そんなのわかりたくなかった。

後ろ指を差されたり、避《さ》けられるくらいだと思った。それに、全員がそんなことはしないとも思っていた。

なのに。

「アオイの集落も、ああいう感じだったの？」

「おれのいた集落には〝じゃない者〟が来たことがないから知らない。奴隷《どれい》のおれに話しかけるひとなんていなかったから、知らされてなかっただけかもしれないけど。長《おさ》に関して言えば、さっきの長《おさ》より感情的で暴力的だった」

「そっちのが普通《ふつう》だよね。ボクのこれまでの経験だと、あのひとならもしかしたら一晩泊《と》めてくれたかもしれないな。もう無理な話だけど」

グレドは、あの置物の値段をかなりふっかけていたらしい。絶対に「高い」と言うはずなので、値下げする交換《こうかん》条件として一晩泊《と》めてもらおうと考えていたそうだ。グレドがアオイに耳打ちしていたのがそのことだったなんて。

ちなみに、二千倫《りん》はこの国でおおよそ家族四人の五日間の食費くらいの金額なんだとか。わたしたちが着ている服も同じくらいするそうだ。

結構、いやかなり、高い。あのひととの感覚は正しかった。

でもさすがに千が五百になったのは、グレドにとって痛手だろう。

「ま、ボクはどっちにしても野宿だからいいけどさ」

そう笑うグレドを見て、敵《かな》わないなと思った。

同時に、悔《くや》しくてたまらなくなった。

「にしても、カラスが処刑《しょけい》ってどういうことだ？」

「どうやら領王は、カラスに逃《に》げられたことを公表してないみたいだね。問題が発生したから処刑《しょけい》前に処理したとか、替《か》え玉《だま》を用意して処刑《しょけい》したように見せたとかじゃないかな」

グレドは、あの偉《えら》そうな領王のしそうなことだ、とケラケラと愉快《ゆかい》そうに笑った。

「カラスを逃《に》がしたとなれば国民は不安になるし、不安な心は不満を生む。そりゃぁ秘密にしたくもなるよね」

まるでスキップをしそうなほど軽い足取りで喋《しゃべ》り続《つづ》ける。

「おかげでちょっと楽になったな」

「だね。でも、信頼《しんらい》できる直属の兵士たちには探させているだろうから、油断は禁物だよ。もう、誰《だれ》にも見つからないように気をつけてよね、メイ」

「……わかった」

こくんと頷《うなず》き、フードを深く被《かぶ》る。

手が頰《ほお》に触《ふ》れて、その瞬間《しゅんかん》ちりっと痛みが走る。指先を見ると、赤い血がついていた。どうやら、矢が掠《かす》ったところが傷になってしまっていたらしい。幸い小さな傷で、血も乾《かわ》きつつある。他にも怪我《けが》をしているかも、と自分の体を確認する。数箇所《すうかしょ》服に穴が空いているだけで、他に怪我《けが》をしたところはなさそうだ。

となりを見ると、アオイも腕《うで》や足の数か所に怪我《けが》をしていた。大丈夫《だいじょうぶ》かと訊《き》くと、「どれも掠《かす》り傷だから、平気」と事もなげに言う。

グレドは後ろから見た限り、怪我《けが》はなさそうだ。でも、ひらひらと背になびくマントには、黒ずんだ汚《よご》れや破れがいくつもある。

逃《に》げたときにできたものなのだろうか。

山を歩いているときに草木に引《ひ》っ掛《か》けてしまったのかもしれない。

もしくは――これまで何度も、危険な目に遭《あ》っていたのかも。

「痛っ！」

前にいるグレドが突然《とつぜん》頭を押《お》さえて声を上げた。なにがあったのかと声をかけようとすると、わたしの肩《かた》にもなにかが当たる。アオイの足元にも、なにかが飛んでくる。

「さっさと出てけよ！」

声がして振《ふ》り返《かえ》ると、道に面した森の手前で、数人の子どもたちがこちらを見ていた。

「ああいうのは追い出さないといけないって、父さんが言ってた」

「出てけ！　出てけ！」

子どもたちは興奮したように叫《さけ》びながら、わたしたちになにかを投げ続けた。どうやら大きい木の実のようなもので、それほど硬《かた》くはないが、いくつも当たると地味に痛い。

「なにするのよ！」

小学生低学年くらいの子どもたちに叫《さけ》ぶ。

「なんでこんなことするの！　誰《だれ》かに向かって物を投げるなんて！」

「うわ、こいつ喋《しゃべ》った」

「痛がってるのがわからないの？」

「痛いって、〝じゃない者〟が？　そんなの知るか。〝じゃない者〟なんだから。なにしたっていいんだよ。いるだけで臭《くさ》いし、気持ち悪いもん」

足を止めて話しかけるけれど、子どもたちには通じない。

「なんてこと言うの！　あんたたちそんな考え方のままだと、ロクな大人にならないよ！　誰《だれ》だって物が当たれば痛いに決まってんでしょ！　見た目が違《ちが》うだけで、なにをしてもいいなんて、そんなわけないじゃない」

「メイ、無駄《むだ》だから」

睨《にら》むわたしを、グレドが止める。

「わたしも、きみたちも、同じように生きてるんだよ」

「同じなわけないだろ。なんだこいつ！」

本気でわたしを気持ち悪いと思ったのか、さっきよりも強い力で木の実を投げつけられる。

グレドやアオイではなく、わたしだけに。

なんで話が通じないんだろう。

なんで、わかろうとしてくれないんだろう。

「神さまに認められたひとと、〝じゃない者〟を一緒《いっしょ》にするなよ」

「やっぱ〝じゃない者〟は頭も悪いんだよ」

そう言って、ひとりの少年がわたしにひと際《きわ》大きなものを投げつける。

それは目と額のあいだに当たり、ご、という鈍《にぶ》い音とともに、さっきまでとは比べ物にならないほどの激痛が走った。そのままバランスを崩《くず》して、地面に膝《ひざ》をつく。

「メイ！」

「……い、た」

手で押《お》さえると、ぬるっとしたものが手のひらに触《ふ》れる。どうやら目の上を切ってしまったらしく、べっとりと赤い血が滲《にじ》んでいた。足元には、子どもの拳《こぶし》ほどもある石が転がっている。

「ったく、無駄《むだ》なことするから」

グレドが呆《あき》れながらわたしに少し黄ばんだ布を差し出してきた。それを受け取り、額に当てる。血が垂れて目の中に入ってくる。痛みに顔をしかめながら少年たちのほうを見ると、もうすでにその姿はなくなっていた。

わたしが怪我《けが》をしたことで、満足したのだろうか。

「たしかひとつだけ使いかけがあったはず。あ、あったあった」

そう言って、グレドはカバンの中から葉で包まれたなにかを取り出し、葉の中にあった白濁《はくだく》色のなにかを、惜《お》しみなくすべて指ですくい取る。

「そんなにひどくないから、この薬ですぐに治るよ」

「……ありがと」

わたしの額の傷を確認して、グレドは薬だと言うそれを傷口に塗《ぬ》ってくれた。

目の前に、わたしを心配してくれるグレドがいる。

「……なんで、あの子たちはこんなことができるの」

ひとに限らず、たとえ相手が動物であれ、生きものに対して石を投げることはひどい行為《こうい》だ。

そんな当たり前のことが、なんであの子たちにはわからないのだろう。

わたしの言葉がいっさい届いていない様子は、不思議で、不気味だった。

怪我《けが》をさせることにも躊躇《ちゅうちょ》がない。

それが目的であるかのように、思い切り投げてくる。

楽しんでいるわけでもない。それが当然だと、そうしなければいけないと、思っている。

「ひとじゃないから、なんなの？　ひとはなにをしてもいいの？　そんなのおかしいよ」

「おかしくないよ。仕方ないんだよ。抵抗《ていこう》すれば余計にひどくなるから、言われるがまま静かに、できるだけ視界に入らないように、やり過ごせばいいんだよ」

グレドは肩《かた》をすくめて言う。

なにが仕方ないのか。なんで仕方がないのか。

今ここに、さっきの少年たちがいたら、わたしはこの石を投げていただろう。言葉でわからないなら、当たった痛みを思い知らせてやるしかない。

そこまで考えて、

――『自分が傷つけられたからって、相手を傷つけたら涅《くり》も同じになるんだよ』

涅《くり》に言ったことのある自分のセリフが蘇《よみがえ》った。

――『今みたいにわたし以外にもうるさいって言えばいいじゃん』

――『言ったって無駄《むだ》だよ』

アオイがわたしの目の前にやってきた。

「ねえ、無駄《むだ》なことなの？　彼《かれ》らにわたしたちの気持ちを、痛みを理解してもらうことは。どんなに〝おかしい〟って伝えても、伝わらないことなの？」

俯《うつむ》きながら、アオイに話しかける。

「そんなの考えること自体が、無駄《むだ》なことだ」

アオイは、間髪《かんはつ》を容《い》れずにそう言った。

「なんでよ……。なんで。わたしたちは同じなのに？」

「同じじゃない。互《たが》いに命があって意思疎通《そつう》ができるから同じだと思ってるの？　なら、それは違《ちが》う。そんなふうには思わない。ボクらも、ひとも。メイの言ってることは綺麗事《きれいごと》だよ」

アオイもグレドも、涅《くり》と同じようなことを言う。

「でも……」

「じゃあメイは、これから髪《かみ》の毛《け》を隠《かく》さず過ごせるのか？　石を投げられても、丁寧《ていねい》に説明して、理解してもらえるまで諦《あきら》めずに――」

アオイがわたしのフードに手を伸《の》ばした。反射的に、それを避《よ》けてフードの上から頭を押《お》さえてずれないようにする。

石を投げられたとき、わたしは子どもたちを叱《しか》り止めようとすることはできた。けれど、少年たちに目が見えないだろう距離《きょり》から、一歩も動かなかった。

近づくとカラスだとバレるかもしれないから、バレたらもっとひどいことをされるかもしれないから、だからわたしはフードを被《かぶ》ったまま、その場から動かなかったのだ。

――『髪《かみ》の毛《け》切ればいいじゃん』

――『痣《あざ》があったって、堂々としてたら誰《だれ》も文句なんか言わないって』

あの言葉に、涅《くり》は無駄《むだ》だと言った。

今のわたしは、話を聞いてもらえず、突《つ》き飛《と》ばされ、集落から矢を放って追い出され、石を投げられる存在だ。

でも、この髪《かみ》や瞳《ひとみ》を隠《かく》さず歩くよりは、マシに違《ちが》いない。

わたしがこの見た目である限り、わたしはこれを気にせず堂々となんか、できない。これ以上、痛い思いも怖《こわ》い思いも、したくないから。どれだけ悔《くや》しくても。

今、わたしはあのときの涅《くり》と同じように思っているんだ。

ぽたりと、地面にわたしの血が落ちた。黒い土の上に落ちた赤い血は、まったく目立たないまま染《し》みて消えていく。

痣《あざ》をからかわれ、隠《かく》し、俯《うつむ》いていた涅《くり》の姿を思い出す。

わたしの言葉に無駄《むだ》だ綺麗事《きれいごと》だと、涅《くり》は何度も言っていた。それでもわたしは諦《あきら》めずに涅《くり》に言い続けた。涅《くり》がかわれば涅《くり》の世界はかわるはずだと信じていたから。


でも、今ならわかる。

たぶん、かわらないこともあるんだ。

言葉で説明しても、態度で説明しても、聞いてもらえない。見てもらえない。

そういうことは、あるのだ。

かわらないから、諦《あきら》め受け入れるしかない。

わたしは、今この瞬間《しゅんかん》まで、そんなことがあるなんて、微塵《みじん》も想像していなかった。

そんなものあってたまるかと、話せばわかり合えるのだと、信じていた。

自分が言葉ではなく、力で、痛みで、相手になにかを訴《うった》えようと思ったことはなかった。


今、この状況《じょうきょう》になってわたしはそのことを知った。思い知らされた。

わたしはなにも知らずに、偉《えら》そうなことを涅《くり》に言い続けていたんだ。

地面にいくつもの雫《しずく》が落ちて吸《す》い込《こ》まれていく。それは血ではなく、涙《なみだ》だった。わたしの黒い両目から、涙《なみだ》がぼとぼとこぼれていくのを、止められない。

「どうしたの？　傷が痛むのか？　ひとは痛みに弱いからなぁ」

グレドがおろおろしながら、涙《なみだ》を流す顔を覗《のぞ》き込《こ》んできた。

アオイは、フードの上からわたしの頭に手を乗せた。

「涅《くり》に、会いたい」

今までごめんね、わたしは涅《くり》のことが大好きなんだ、と涅《くり》に伝えたい。

そう言ったわたしに、涅《くり》はなんて返事をするだろう。

まったく想像ができなかった。

泣きじゃくるわたしの体を、アオイはなにも言わずにそっと抱《だ》き寄《よ》せた。

3 カラスと〝ひと〟と〝じゃない者〟

夜は道から外れて森の中で野宿をし、太陽が昇《のぼ》ると道に沿って進む。それを二日繰《く》り返《かえ》した。

途中《とちゅう》、いくつかの集落があり、そのたびにグレドは情報収集と商品を売るために立ち寄った。どの集落も来訪者の対応は長《おさ》がした。年老いた長《おさ》は、グレドの姿を見るなり「去れ」と背を向けた。なにも言わずに手で追《お》い払《はら》った長《おさ》もいたし、すぐに矢を構えた長《おさ》もいた。つまりすべての集落で、門前払《もんぜんばら》いされた。

これまでわたしの信じていたものがガラガラと音を立てて崩《くず》れていくのを感じた。喪失《そうしつ》感に胸が張《は》り裂《さ》けそうになり、相変わらず悔《くや》しく感じる。けれど、もうアオイやグレドに、なんで、どうして、とは口にしなかった。

脳裏《のうり》にちらちらと涅《くり》の姿が蘇《よみがえ》る。

集落をひとつ、またひとつと立ち去るにつれ、口数が減って、わたしたちのあいだにほとんど会話はなくなっていた。

憂鬱《ゆううつ》な気持ちで、ただ足を前に動かす。

この先になにかがあるはずだと、かろうじて灯《とも》る希望に必死に縋《すが》りついて手を伸《の》ばすように歩き続けた。

涅《くり》に会いたい。

そのためにすべきこと、わたしにできることは、前に進むことだけだから。

大丈夫《だいじょうぶ》。明日には、明後日には、いつか絶対、大丈夫《だいじょうぶ》になる。

数え切れないくらい何度も自分に言い聞かせた。

そうしていないと心が折れそうになるから。

「……なんか、ひとが増えてきたな」

ぽつりとアオイが呟《つぶや》いた。

ぼやけていた視界が、その声をきっかけに焦点《しょうてん》を合わせてくっきりと色づいていく。

気づけば道幅《みちはば》が広くなっていて、ちょうどわたしたちのそばを馬車が通り過ぎていくところだった。

「もうすぐ市場だよ。チューリン領の中心にある、ノイジ市場」

グレドがそう言って指を差す。そこには、建物が立ち並ぶ風景が広がっていた。

市場というか、都市という感じだ。範囲《はんい》はかなり狭《せま》いけれど、石造りの建物がぎゅうぎゅうと並んでいて、小さな人影《ひとかげ》が行《ゆ》き交《か》っているのが見える。

「ダル領の領宅前にあるワサト市場の次に、この国では栄えているのがノイジ市場なんだよ。

ひとの往来が多いから治安が悪いのが難点だけど……そのぶん〝じゃない者〟も多いから〝沈《しず》む者〟や〝カラス〟の情報を集めるにはいいと思う」

　さらにグレドは続ける。

「まぁ、人目に付くところで〝じゃない者〟同士で語らってたら、商売に差《さ》し障《さわ》るから……もっぱら話を聞くのは、ひとからになるかな」

　なるほど、とアオイとふたり頷《うなず》く。

　わたしたちはちょうど丘《おか》のような場所にいて、市場の全体像がよく見える。市場を中心に数キロほど建物が密集していて、そこから数キロ離《はな》れたところにいくつかの集落があった。

　市場では当然、商売をしているひとが多いが、外れの集落では農業をしているひともいるようだ。もしかしたら、この市場も、もともとは農業が主体の集落だったのかもしれない。

「市場にはどんな店があるんだ？」

「いろいろだよ。食料品はもちろん、衣類とか装飾品《そうしょくひん》を売っている店もあるね。近くの領の集落からやってきて、そこで収穫《しゅうかく》したものを並べて道で売っているひとも多い」

　ここはこの国の北側にある領や集落を行き来する場合必ず通る主要な場所で、市場が発展したのはそういった理由があるらしい。ひとが集まる場所では、物の売り買いも盛んになる。そうすると、ここで商売しようと、より一層ひとと物が集まる、という仕組みか。

市場の敷地内《しきちない》に足を踏《ふ》み入《い》れると、わっとひとの声と活気に包まれる。

集落ではないからか、ここでは誰《だれ》か――長《おさ》のような立場のひとに挨拶《あいさつ》をする必要はないらしい。そして、〝じゃない者〟がそれほど珍《めずら》しい存在ではないようで、通りゆくひとは一瞬《いっしゅん》グレドに視線を向け、わたしとアオイに対してなんとも言えない表情を見せるけれど、それだけだ。

視線を感じるたび一瞬《いっしゅん》体が強張《こわば》ってしまうが、石を投げつけられたり、弓矢で追《お》い払《はら》われたりといった心配がないことにほっとする。

「ここから先はボクが対応するから」

グレドはよいしょとカバンを背負い直した。

「ボクが商品を卸《おろ》してる馴染《なじ》みの店がいくつかあるんだ。そこで情報収集もできると思う」

アオイは自分がひとに話しかけなくて済むことに安堵《あんど》しているようだった。気持ちはわかる。この国のひとたちと接するのは疲《つか》れるし、いい気がしない。

「大通り沿いはひとも店も多いから安全だけど、脇道《わきみち》に入ると危険な場所もあるから気をつけてね。ボクのそばを離《はな》れないで」

ちらりとわたしを見てグレドが言う。

「わかった」

フードの端《はし》を握《にぎ》って頷《うなず》くと、グレドは「じゃ、行こう」とわたしたちの前を歩いていく。

子どもたちに石を投げつけられたときにできた傷が、わずかに痛む。グレドの塗《ぬ》り薬《ぐすり》のおかげで、痕《あと》は残っているものの傷口は塞《ふさ》がったのに。

奥《おく》に進めば進むほど、市場は賑《にぎ》やかになっていく。

黒い瞳《ひとみ》を見られないようにフードをより一層深く被《かぶ》って、足元に視線を落とす。地面の近くをひらひらと動くグレドのマントの裾《すそ》だけを見て、黙々《もくもく》と歩く。けれど、ついつい匂《にお》いや声につられて顔を上げてしまう。

見ていってー、おいしいよー、と声をかけているひとがいる。左右にはいくつもの食べ物の屋台があって、いい匂《にお》いが立《た》ち込《こ》めていた。濃厚《のうこう》なタレの匂《にお》いに似ている。香辛料《こうしんりょう》の匂《にお》いが強く香るので、味はあまり想像ができない。

この国ではたくさんの香辛料《こうしんりょう》を使って料理をするのが一般的《いっぱんてき》なんだろう。これまでグレドが作ってくれた食べ物も独特な香りに包まれていた。米はないようで、豆類が主食のようだ。

ちらりと匂《にお》いのもとを視線で辿《たど》ると、もくもくと白い煙《けむり》が立ち上っていた。どうやら串焼《くしや》きを売る屋台らしい。

「あれはなんの肉？」

となりを歩くアオイにこそっと訊《たず》ねると、

「おれらが森で食べてた乾燥《かんそう》肉の、乾燥《かんそう》させる前のやつだな」

とアオイも興味深そうに見つめている。

わたしと同じように味を想像したのか、アオイがゴクリと生唾《なまつば》を飲《の》み込《こ》むのがわかる。それに気づいたグレドが足を止めて、わたしにずいと数枚の硬貨《こうか》を差し出してきた。

「これで買っておいで。ボクはいらないから自分たちの分だけ買ってね」

「え」

「さっさと受け取って。店のひとにボクと知り合いだとバレたら、売ってもらえなくなるよ」

ほら、と硬貨《こうか》を押《お》し付《つ》けられて受け取ると、グレドはぷいっとそっぽを向く。申し訳ないと思いつつも、アオイと一緒《いっしょ》に屋台に向かい、店主に金を差し出すと串焼《くしや》きを二本もらえた。

いい匂《にお》いについ、すぐにかぶりついてしまう。

香辛料《こうしんりょう》がたっぷり振《ふ》り掛《か》けられているからか、肉の臭《くさ》みはほとんど感じなかった。外はパリッとしていて、中はジューシーで柔《やわ》らかく、口にしたアオイも「うわ、すご」と声を漏《も》らす。

肉と肉のあいだにはレタスのような葉物を巻いたものが刺《さ》さっていた。香りはネギに近く、香《こう》ばしさがある。食べてみるとシャキシャキと思った以上に歯応えがありおいしかった。中にすりつぶした豆も入っている。

「おいしいよ、グレド。ありがと」

おいしいものを食べると、幸せな気持ちになる。アオイと感動を分かち合い、グレドにお礼を言う。グレドは振《ふ》り返《かえ》り、小さく頷《うなず》いた。

そのとき、通り過ぎたお店の看板が目に留まった。書かれている文字は、わたしには読めない。話している言葉はわかるのに、不思議だ。日本語や英語でないのはもちろんだが、文字の形も見覚えがまったくないものだった。この国独自のものだろう。

いつか読めるようになるのだろうか。

――いや、読めるようになる前に元の場所に戻《もど》らないと。

そうだ、わたしは涅《くり》に会うんだから。

会って、抱《だ》きしめて、謝って、大好きだと言って、そして一緒《いっしょ》に帰る。

ずっとそう思って歩き続けたんだから。文字なんてどうでもいいでしょ。

しっかりしろ、わたし。

「こっち」

串《くし》を握《にぎ》りしめて気合を入れていると、グレドがわたしたちを呼んだ。

店が立ち並ぶ大通り沿いから右に曲がり、細い路地裏に入る。さっき脇道《わきみち》は危険だと言っていたけれど、おそらくここは大丈夫《だいじょうぶ》なのだろう。

雰囲気《ふんいき》も暗くなく、わたしたち以外にも行き来するひとがいる。

横は住居らしく、庭のような場所には洗濯物《せんたくもの》が干されていた。

そういえばこの国には、二階建ての建物がない。空に近くなるからという理由で、建築物も平屋のみにしているのだとしたら、随分徹底《ずいぶんてってい》している。

大通り沿いに比べて小汚《こぎたな》くこぢんまりとしているが、屋台もちらほらとあった。店主は、わたしとグレドと同じようにフードを被《かぶ》って顔を隠《かく》していた。よくよく見れば、店主に限らず、路地裏を行き来するほとんど全員が同じような格好をしている。

たぶん、この国ではひとではないと差別される対象の存在たち――〝じゃない者〟――だと思う。指が長く三本しかない者、やたらと背が高い者や、横に体が大きな者もいる。

きっと、大通り沿いの店ではこうしてなにかを売り買いすることができないのだろう。稀《まれ》にひともいるが、出会ったときのアオイと同じ布を身につけていて、奴隷《どれい》なんだとわかる。

「……ここに住んでる〝じゃない者〟もいるの？」

あまりそういう呼び方はしたくないけれど。

アオイは首を傾《かし》げて、代わりにグレドが「まさか」と答えた。

「近くに住んでいる者もいるかもしれないけど、それでも市場の外だよ。ほとんどは朝早くに住処《すみか》を出発して、ここまで何時間もかけてやってくる」

「でも、ここでは商売ができるんだな」

「なんとかね。〝じゃない者〟でないと手に入れられないものも多いから」

〝じゃない者〟、は見た目がひとと大きく異なるぶん、それぞれ得意なことがあるらしい。

土の者は体が大きく、力持ちだとか。

木の者は背が高くとても機敏《きびん》だとか。

小の者は手先が器用だとか。

その中にも細かく種族が分かれるんだけどね、と付け加えつつ、ざっくりとグレドは教えてくれた。

みんなそれぞれ、特技を活《い》かしてこの国でなんとか生きているようだ。

でもこうして、ひとの住む場所に姿を現す〝じゃない者〟はごく一部らしい。ほとんどは、まったくひとと関わることなく、身を潜《ひそ》めて生きている。好んでそうしている場合もあるが、ひとと共存したくともできないほど、この国では虐《しいた》げられているため、仕方なく同族同士でコミュニティを形成しているのだという。

その最たるものが、沈《しず》む者と、潜《もぐ》る者。

地上よりも下で生まれ育ち、生きていく者。

「グレドは、なんて呼ばれているの？」

水の者だと言っていたけれど、それは大まかな名前だ。沈《しず》むとか潜《もぐ》るとか、そういう名前もあるんじゃないだろうか。

不思議に思って訊《き》いてみると、グレドは「さあね」としか言わなかった。

これまでなんでも答えてくれたのに、この件に関しては教えるつもりがないらしい。

「水の者には、沈《しず》む者と潜《もぐ》る者、あと……噂《うわさ》では欺《だま》す者がいるって、集落の奴隷《どれい》のおっさんが言ってたな。たぶん他にもあるだろうけど、それ以上は、おれは知らないな」

「……そっか」

となりにいるアオイが、わたしに教えてくれた。聞こえているはずなのに、グレドはなにも言わずに前を歩いている。いつもならアオイの説明になにかしらを付け加えるのに。

言いたくない事情があるのだろうか。

正直、隠《かく》されると気になる。かといって、無理に聞き出そうとは思わないけれど。教えてもらっても、なにも知らないわたしは、そうなんだ、と思うだけだから。

でも。

「いつか知りたいな。グレドのことも、アオイのことも」

「おれのことも？」

「うん」

理解できなくても、そばにいてくれるふたりのことをわたしは知りたい。

誰《だれ》かに対して、こんなふうに思ったのは、はじめてかもしれない。

元の場所で暮らしていた頃、わたしは、涅《くり》のことならなんでも知っていると思っていた。だから、わたしは涅《くり》の気持ちをわかろうともしていなかったんだと、今は思う。

自分がなにも知らないことを理解していれば、もう少し涅《くり》を知ることができたかもしれないのに。

「おれのことなんて知ってどうすんの。知るほどのなにかなんてないよ。おれ自身が覚えてないんだし」

「これからのことでもいいんだよ。なにか好きなことができたり、やりたいことが見つかったりしたら、教えてほしいな。アオイがなにを思っているのか、そういうのを、知りたい」

「そういうもんか」

「そういうもんだよ」

いまいちよくわからない表情でアオイが呟《つぶや》く。それに対して頷《うなず》くと、アオイはじっとわたしを見つめてきた。

「……メイ、ちょっとは元気になったみたいだな」

かけられた言葉に、はっとする。

ずっと心配してくれていたのか。

森を抜《ぬ》けて最初に立ち寄った集落から追い出されて以来、わかりやすく落《お》ち込《こ》んでいた自覚はある。でも、アオイはわたしがなにに対して落《お》ち込《こ》んでいたかはわかっていないはずだ。わからなくても、ただ、気にかけてくれていた。

「お腹《なか》が空《す》いてたんでしょ」

前を見たまま、グレドが肩《かた》を揺《ゆ》らしてわたしに言った。

ふと、ずっと手にしていた串《くし》を見る。グレドがこれを買ってくれたのは、わたしを元気づけようとしてくれてのことだったのかもしれない、と今さら気づく。

ふたりの気持ちに、そして、言動に、胸があたたかくなる。

「——わたしも、ふたりみたいになりたいな」

これまでわたしは、落《お》ち込《こ》んでいる相手を前にしたら、「悩《なや》んでいても仕方ないでしょ」と口にしていたような気がする。「頑張《がんば》るしかないでしょ」と。自分が悲しいときや苦しいときも、同じセリフを心の中で口にして、自分を叱咤《しった》してここまできたから。

けれど、自分以外のひとにそう言われたら、どう思っただろう。

そんなことわかってるよ、と苛立《いらだ》ちを感じたかもしれない。

「おれみたいになったら、メイは今すぐクリとやらを探しにいくのをやめてると思うよ。めんどくさいし無理だと思ってるから」

そういうことじゃないんだけどなあ。

「ま、メイがどう思おうと自由だけど。どうせメイがおれみたいになるとか無理だし」

「そんなはっきり言わなくてもいいじゃん」

「メイはそのままでいてくれたほうがおれにはいいから、無理でいいんだよ。無謀《むぼう》で無茶なメイだから、おれもこうしてここまで来れたと思うし」

言い方はそっけない。でも、端々《はしばし》に優しさが滲《にじ》んでいる。それが、アオイだ。

「あまりに無謀《むぼう》で無茶をするならボクは止めるよ。それでも無理ならボクは逃《に》げる」

背を向けたまま話すグレドが、どんな表情をしているかは見えない。でも、声はとても明るかったから、きっと笑《え》みを浮《う》かべていただろう。

——やっぱり、わたしはふたりみたいになりたい。

無理だと言われてしまったけれど、それでも、少しくらいは近づけないだろうか。

涅《くり》と再会できたときの自分は、少しでも涅《くり》に寄《よ》り添《そ》える、そんなひとになっていたい。成長してこれまでとは違《ちが》う自分で、涅《くり》と向き合って、いろんな話がしたい。

「よし」

気合を入れて声を出す。

わたしには、至《いた》らないところがたくさんある。できることも少ない。だからこそ、できることがあるならそれを一生懸命《いっしょうけんめい》しよう。

自分の足りない部分に目を向けて、前に進もう。

「……あんまり元気になるとそれはそれで不安だなあ……」

グレドがぼやくが、気づかないふりをした。

それから数分歩いて辿《たど》り着《つ》いたのは、とある建物の裏手だった。

石を積み上げられた塀《へい》のそばにある小さな木の扉《とびら》の前でグレドは立ち止まり、コンコンコン、と三回叩《たた》く。すると、すぐに扉《とびら》が開いた。

顔を出したのは三十代くらいの、ふくよかな体の女性だった。眉間《みけん》に皺《しわ》を寄せていて、グレドを一瞥《いちべつ》してすぐに背を向ける。グレドはその態度を気にも留めず、「お邪魔《じゃま》します」と中に足を踏《ふ》み入《い》れた。

わたしとアオイも入っていいのだろうか。

ふたりで顔を見合わせてから、おずおずと中を覗《のぞ》く。

壁《かべ》一面が棚《たな》になっていて、そこには布らしきものが畳《たた》んで並べられている。テーブルの上にはこの国のひとたちがみんな身につけているものと似たアクセサリーもあった。

どうやら、衣料店のようだ。

表の大通り沿いに店の入り口があるのだろう。大きな両開きの扉《とびら》も見えた。裏口はカウンターの奥《おく》と繋《つな》がっていて、わたしたちのそばには木箱がいくつも積み上げられている。この中に商品が入っているのかもしれない。

この国で店らしい店を見るのははじめてだ。

足元にカバンを下ろしたグレドは、中から数枚の布と、小さな袋《ふくろ》をいくつか取り出した。「ノーパーヴァで染められたものらしいよ」と簡単な説明を加えながら女性に渡《わた》す。

「あの国の染色《せんしょく》品は綺麗《きれい》だけど、売れないんだよ」

「言わなきゃいい。もしくは装飾《そうしょく》にできる程度に端切《はぎ》れにしてしまえばいい」

「〝じゃない者〟は発想にも相変わらず品がないね」

ふん、と鼻で笑った女性からは、グレドを蔑《さげす》んでいるのがありありと伝わってきた。会話をするだけこれまで出会ったひとの中ではマシだけれど。

「これは？」

「国境付近で採れる石のカラメと、森の中でボクが採取してきたモクセキとかヒスとか。なかなかいい品質だろ」

袋《ふくろ》の中から取り出した石をひとつずつ見せながらグレドが話す。カラメという石はオレンジ色で、ほんのりと茶色が滲《にじ》んでいるような綺麗《きれい》な輝《かがや》きを放っていた。あとのふたつはどっちがどっちかわからないが、緑色と水色の石だ。透明《とうめい》感はないけれど、大きくて艶々《つやつや》している。

「この青はいいね。でもお前のことだ、ぼったくるつもりだろ」

「まさか。あんたがいくらで売っているのか知らないけど、売れなかったことはないだろ？」

グレドは女性の嫌《いや》みにもまったく怯《ひる》まずに明るい口調で返した。

女性の態度はあまりよくないけれど、グレドもそれに慣れている様子だ。それなりに長い付き合いなのかもしれない。

ふたりはその後も商品について話をした。女性はグレドが取り出したものをいくつか気に入ったらしく、卓上《たくじょう》にあった小粒《こつぶ》サイズの石を指先で動かし、グレドに確認させてから硬貨《こうか》を渡《わた》した。グレドはそれを数えて「いつもどうも」と深々と頭を下げる。

小粒《こつぶ》の石は、計算に使っているのだろうか。そろばんみたいな感じかな。

女性はそこではじめて、わたしとアオイをちらりと見る。

「とうとうあやしげな者まで仕入れたのか、お前は」

「弟子《でし》みたいなものだよ。気にしないで」

「そう言って売《う》り捌《さば》くつもりなんだろ。最近あんたたちみたいなやつのせいで前よりややこしい者が増えてきたんだから。たまったもんじゃない。〝じゃない者〟は本当に節操がないね」

グレドは「なにかあったのか？」と首を傾《かし》げた。

「工場の連中が奴隷《どれい》を欲しがってるとかで、奴隷《どれい》や〝じゃない者〟が売り買いされてんだよ。いくら、〝じゃない者〟が安く手に入るからって。売るほうも売るほうだし、買うほうも買うほうだ」

「たしかに、最近は大きな工場が増えてきたね。あまり増えると集落のひとたちは困るだろうな。ボクらの仕事にも支障が出てきそうだ」

どうやら、集落の奥地《おくち》に工場があるらしい。そこでは労働者が大量に必要なため、安く手に入れた奴隷《どれい》や〝じゃない者〟を利用しているようだ。しかも、その売りつける側のほとんどが、〝じゃない者〟なのだという。

聞いているだけで気分が悪くなる話だ。

種族の違《ちが》いはあれど、〝じゃない者〟だけは、〝じゃない者〟の味方でいるべきなのでは。

「あんたがロクでもない商品しか持ってこなくなりゃ、私も関わらなくて済むのに」

「それじゃ、この先もずっと贔屓《ひいき》にしてもらえそうだね。今後ともよろしく」

グレドが笑うと、女性は大きな舌打ちをして「さっさと出ていきな」と犬を追《お》い払《はら》うみたいに手をしっしっと振《ふ》った。

「あ、そうそう。訊《き》きたいことがあったんだ。沈《しず》む者か潜《もぐ》る者を探してるんだけど、知らない？」

「そんなもん私が知るわけないだろ。見たくもないね」

女性は深い皺《しわ》を眉間《みけん》に刻んだ。悍《おぞ》ましいとでも言いたげだ。

グレドはすでに背を向けて別の作業をはじめた女性に「じゃあいつもありがとう」と再び頭

を下げて、わたしとアオイに外に出るように促《うなが》した。

「次はこっち。少し行ったところに薬屋がある」

右を指差して、グレドは歩いていく。

「そこでもなにか売るの？」

「もちろん。それに、情報取集の本命は薬屋だよ。あそこはボクみたいな〝じゃない者〟を相手にすることが多いからね」

なるほど。

「わ」

ふむふむと頷《うなず》いていると、横から出てきた誰《だれ》かにぶつかった。フードを深く被《かぶ》っていたため、ぶつかるまでまったく気づけず、よろけた弾《はず》みでとなりにいたアオイにぶつかってしまう。

「ごめん」

くぐもった謝罪の声に「わたしのほうこそ前を見てなくてすみません」と、あわてて頭を下げて相手に視線を向ける。

声は若そうな女の子のもので、わたしと同じくらいの身長だった。頭から足の爪先《つまさき》までを覆《おお》うような長い服を着ているため、どんな姿なのかはまったくわからない。ただ、その服は数日野宿をしてきたわたしたちよりも、はるかに汚《よご》れてボロボロになっていた。ツンと鼻を刺《さ》すような異臭《いしゅう》もする。

昔、涅《くり》が怪我《けが》をしたとき、傷口からよく似た匂《にお》いを嗅《か》いだことがある。転んでできた傷を消毒もせずに放置したせいで化膿《かのう》したときの匂《にお》いだ。

目の前の子も、どこか怪我《けが》をしているのかもしれない。

「あの」

大丈夫《だいじょうぶ》かと訊《き》こうとしたところで、全身を隠《かく》した何者かは背を向けて去っていった。上半身は大きく左右に揺《ゆ》れ、足を引きずるようにして歩いていく。怪我《けが》をしているのは足かもしれない。

「メイ、関わらないほうがいい」

追いかけようと足を踏《ふ》み出《だ》そうとした瞬間《しゅんかん》、アオイに制止された。

彼《かれ》は渋《しぶ》い顔で立ち去った何者かの背中を見ている。警戒《けいかい》しているようだが、それほど危険な相手だとは思えず、わたしは「どうして」と目で訴《うった》えた。

「あれは、土の者だね。その名のとおり土に関することに詳《くわ》しいから、珍《めずら》しい食べ物を卸《おろ》しに来ることがあるんだけど……あの動きは這《は》う者だよなあ。這《は》う者がこんなところにいるなんて、珍《めずら》しいな」

はうもの。

グレドが教えてくれた名前を口の中で転がすように呟《つぶや》き、その苦さに顔をしかめる。

這《は》うって、なんだかいやな単語だ。

「あまり姿を見せる種族じゃないんだよ。あの種族は数も少ないから、森で見かけることも滅《めっ》多《た》にない。ここ数年は前以上に見かけなくなってたしね」

わたしたちが通ってきた森ではなく、この市場を挟《はさ》んで反対側にある森に住んでいるらしい。

「這《は》う者とは話したことはほとんどないけど、みんな警戒心《けいかいしん》が強くて、卑屈《ひくつ》な性格だよ。卑屈《ひくつ》すぎて他者に敵意を抱《いだ》く感じだな。だから基本はひとに関わることなく森で自生してる」

「ねえ……怪我《けが》、してたかも」

「あの歩き方は別に怪我《けが》とかじゃないよ。足がほとんどないからああいう動きになるだけ。そもそも這《は》う者はボクらのように立つよりも横になって動くのが普通《ふつう》だから」

本当に這《は》いながら動く、ということか。

そもそも足がほとんどないってどういうことなのかさっぱりわからない。想像するのは難しいが、グレドが言うならそうなのだろう。

ただ、あの匂《にお》いはやっぱり怪我《けが》をしているのではないだろうか。

大丈夫《だいじょうぶ》だといいけれど。

這《は》う者の歩く速度はそれほどはやくないので、走ればすぐに追いつきそうだ。でも、そんなことしてもまた逃《に》げられそうなのでやめておいた。アオイとグレドも困るだろうし。

気にするのをやめて、再び歩き出したグレドについていく。

いくつかの建物を通り過ぎると、珍《めずら》しく石と木の交じったような建物が見えた。

グレドはやはり、裏口っぽい扉《とびら》を叩《たた》く。が、今回は返事がある前に中に入った。

「グレドか。久しいな」

丸太の椅子《いす》に座った中年くらいの男性が、顔を上げてグレドの名前を呼んだ。

薬屋の店主なのだろう。〝じゃない者〟との関わりが多いからか、グレドを見る目に嫌悪《けんお》は感じなかった。わたしとアオイには怪訝《けげん》な表情を見せたが。

部屋の中はいろんな匂《にお》いが混じっていた。

店の棚《たな》にはずらりと陶器《とうき》の入れ物が並んでいる。おじさんの足元には、乾燥《かんそう》させた葉やキノコがどっさり詰《つ》まった箱が置かれていた。

わたしの知っている薬局とは全然違《ちが》う。当たり前だけど、目《ま》の当《あ》たりにすると圧倒《あっとう》される。

視線を動かすと、おじさんの横の壁《かべ》はくり抜《ぬ》かれていて、その奥《おく》にある部屋が見えた。まるで理科室みたいな雰囲気《ふんいき》で、材料をすりつぶすための擂粉木《すりこぎ》や、なにかを煮《に》詰《つ》めている鍋《なべ》、色とりどりの液体が詰《つ》まったガラス瓶《びん》らしきものがあった。ここで薬を作っているんだろう。

涅《くり》は、こういう実験とか、なにかを観察したり調査したりするのが好きだったな。

夏休みの自由課題はいつも、なにかしらの調査結果をまとめてレポートにしていたことを思い出す。わたしはまったく興味がなかったので、その内容は覚えていない。

昔は一緒《いっしょ》に実験をしていた。

好きなもののことを話すときだけ、涅《くり》は饒舌《じょうぜつ》だった。

でも、いつからか、涅《くり》はなにも教えてくれなくなった。思い返してみれば、わたしにたくさん友だちができて、放課後は遊びに出かけることが増えたからかもしれない。

グレドがおじさんにいくつかの薬草と、ピンク色の液体が入った小瓶《こびん》、緑色の小さな筒《つつ》、そして、わたしの目元の傷口に塗《ぬ》ってくれた葉に包まれた薬をいくつか渡《わた》す。紙のようなビニールのような、使用方法のわからないものもあった。ふたりの会話から、それらは植物を加工したもので、薬を保存するのに必要な材料だとわかる。

グレドは旅をしながらあちこちの市場でいろんなものを仕入れ、それを別の集落の誰《だれ》かに手数料を載《の》せて売る。そんな日々を送っているようだ。移動手段が限られているこの国では、グレドのように身軽な個人商人は――たとえ〝じゃない者〟だとしても――欠かせない存在なのだろう。

そういえば、グレドの家は、どこにあるんだろう。

ひとところに定住しない種族なんだろうか。でも〝水の者〟は水辺にいることが多いって言っていたし――。

「組合は融通《ゆうずう》が利《き》かねえよなあ」

おじさんの不満げな声に、はっとする。ぼんやりしている場合じゃなかった。

店主とグレドの雑談が、涅《くり》を探すヒントになるかもしれないのだから、情報を聞《き》き漏《も》らさないようにしなければ。

「表の商人はろくなもんを仕入れてこないしな。そんなやつらより、こそこそ生きてる〝じゃない者〟たちのほうがよっぽど安くて貴重なもんを持ってきてくれるんだから、ありがてえよ」

ケラケラと笑うおじさんの言葉に、グレドは「だろうね」と肩《かた》をすくめた。

「ボクらが組合のひとたちと同じ値段をつけたら、生きていけないしね」

「……そうか。そうだな。これだけいい商品を扱《あつか》ってても、〝じゃない者〟と関わろうとしないやつのほうが多いしな」

ふたりは「この薬を最近定期的に購入《こうにゅう》するやつがいるんだけど、多めにないか」「これは高いから仕入れ数をしぼっていたけど、そういうことなら今度少し多めに用意するよ」と話を続ける。あの薬を求めるなんて大変だな、とか、最近体調を崩《くず》すひとが多い、とか。

ふたりの会話に耳を傾《かたむ》けつつ店の中を見渡《みわた》していると、大通りに面した側の店の扉《とびら》が開く音がした。グレドはすぐさまわたしとアオイの手を掴《つか》んで、客から見えない場所に隠《かく》れる。

「うちの子、咳《せき》が止まらないのよ」

「ああ、じゃあこの薬がいい」

客は若い女性で、おじさんは棚《たな》に並んでいた容器を取り出した。水に溶《と》かして朝と晩に飲むといいよ、とおじさんが伝えると、女性はすぐにそれを購入《こうにゅう》して去っていく。

「あれは、〝齧《かじ》る者〟しか作れない木の根を煮出《にだ》したものだな。あの根は似たものが多いうえに、煮出《にだ》すときに火を止めるタイミングを見誤るとひどく苦くなるんだ」

グレドの説明に、わたしとアオイが「へえ」と声を揃《そろ》えた。

「あの薬に限らず、〝齧《かじ》る者〟が作った薬は効き目がいいから人気なんだよ。メイの傷口に使った薬もそのうちのひとつだね。この店に売って、ボクの手元にはもうひとつもないくらいだし」

怪我《けが》をしたとき、あの薬がグレドの手元にあったのはとても運がよかったのだろう。そして、グレドはそんな薬を躊躇《ちゅうちょ》なくわたしに使ってくれたってことだ。

「不思議だと思わない？　〝じゃない者〟が作っていることは、ひとも知っている。知っていて、効き目のいいその薬を求めるんだ。でも、ひとは〝じゃない者〟を差別するんだよ」

は、とグレドが鼻で笑う。

涅《くり》の自由研究を取り上げ、自分のものとして提出した男子のことが蘇《よみがえ》った。体の大きなクラスの中心的な存在の男子で、しょっちゅう涅《くり》を笑い物にして、汚《きたな》いとか寄るなとか言っていた。

なのにそいつは、涅《くり》の自由研究を自慢《じまん》げに先生に提出した。それを知ったわたしがそいつと大ゲンカをしたことで、男子のしたことは先生たちにバレて、涅《くり》は自分の自由研究を取《と》り戻《もど》すことができた。

　でも、よく考えたら、おかしな話だ。

　普段《ふだん》は涅《くり》をバカにするくせに、涅《くり》が仕上げたものを奪《うば》うなんて。

「薬だけじゃない。ほかにも、〝じゃない者〟が仕入れや製作に関わってるものが、ないと困るものが、この国にはたくさんあるのにね」

　グレドは苦く笑って言う。

「ボクにはひとがなにを考えてるのか、さっぱりわからないな」

「聞こえるように話すのはやめてくれ。反応に困るだろ」

　客を見送り扉《とびら》を閉めたおじさんが、頭をかきながらカウンターの中に戻《もど》ってくる。

「事実だろ。あんただってボクらと取引するのは得があるからだ。それを責めているわけじゃない。むしろ逆だよ。〝じゃない者〟相手だとロクにお金を払《はら》わないひともいる中で、あんたはまともな取引をしてくれる。ありがたいことだ。それはちゃんとわかってる」

　おじさんは片頬《かたほほ》を引き上げて笑うだけで、なにも言わなかった。

　グレドだから、こうして仕事の付き合いをするわけではない。ましてやグレドが好きだから、でもない。ただ、仕事のためだけ。

それを知っていて、それでもなお、ありがたい、と言えるグレドの気持ちは、わたしにはまったくわからなかった。でも、グレドのこれまでの日々は、わたしには想像すらできないほど過酷《かこく》だったに違《ちが》いない。それだけは、わかる。

「そういえば、カラスの話は聞いたか？」

話題をかえるつもりなのか、唐突《とうとつ》におじさんが言った。その瞬間《しゅんかん》、思わず体が小さく跳《は》ねて、おじさんがわたしに視線を向ける。

「安心しろ。すぐに処刑《しょけい》されたらしいから」

わたしの反応がカラスに対する恐怖《きょうふ》からだと思ったのか、おじさんが苦笑した。

やっぱり、カラス——わたし——は処刑《しょけい》されたことになっているようだ。

「そのおかげか、昨日くらいから妙《みょう》に市場が活発だな。長年、いつかカラスがやってきてこの国を滅《ほろ》ぼす、って言われていたが、その問題が解決して、みんな安堵《あんど》してるんだろうな」

「他の集落でも、カラスの処刑《しょけい》の話を耳にしたよ。よかったな」

「でも、本当なのかね」

おじさんはどうやら信じていないらしく、片眉《かたまゆ》を持ち上げて「なんで公開処刑《しょけい》をしなかったんだろうな」と声のトーンを落として言った。

「カラスが川辺に流れ着いたのを見たってやつはたくさんいるから、『カラスが現れた』ことは信憑性《しんぴょうせい》がある。だが、『カラスを処刑《しょけい》した』かどうかについては、俺《おれ》は懐疑的《かいぎてき》な立場だ。首が晒《さら》されたって話だが……近くで見ることは許されず、本当に黒髪《くろかみ》だったのかもわからなかったらしい。グレド、お前はどう思う？」

「どうも思わないよ。どっちでもいいし」

「ったく、グレドは商売のこと以外には興味を示さないな、相変わらず」

　はーあ、とつまらなそうにおじさんがため息をついた。そしてさっきの店でも見かけた小さな石のようなもので計算して、グレドに数枚の硬貨《こうか》を渡《わた》す。カツンカツン、と硬貨《こうか》がぶつかる音が、グレドの手のひらの中で鳴った。

「そういえば、潜《もぐ》る者か沈《しず》む者を探してるんだけど、最近店には来てないか？」

　受け取った硬貨《こうか》を数えながら、なんでもないことのようにグレドが訊《たず》ねる。

「前に沈《しず》む者が来たのは、陽《よう》の終わりらへんだったから、三季前だな。潜《もぐ》る者は一周以上見かけてない」

「結構前だな」

　グレドが小さく舌打ちをした。

「毎周この頃《ころ》に来る、ってのがないからな。そもそも水の者は、基本的には水辺で過ごしているんだろ。グレドが陸地を動きまくっているほうが珍《めずら》しいんじゃないか？」

そうだろうね、とグレドが呟《つぶや》いて硬貨《こうか》を服の中に入れる。背を向けて出ていこうとしたところで、おじさんは「あ、でも」とグレドを引き留めた。

「数日前に潜《もぐ》る者を見たって話は聞いたな。本当かどうかは知らないが、おそらく奴隷《どれい》として連れてこられたんだろうって、飲み屋で誰《だれ》かが喋《しゃべ》ってたぞ」

「潜《もぐ》る者を？」

「ここ最近、奴隷《どれい》や〝じゃない者〟を大量に仕入れてる組合があるらしくて、それ関係だろうよ。少し歩いたところに、蝋《ろう》造りの工場ができるんだと」

先ほど装飾《そうしょく》店の店主が話していた工場のことだろうか。蝋《ろう》、ということは灯《あか》りのもとになるものを作るのかな。

「潜《もぐ》る者にできる作業なんてないだろ」

「なにかしら利用価値があるんじゃないか？」

グレドは顔をしかめて露骨《ろこつ》に嫌悪《けんお》感を表した。けれどさっきとかわらない声色《こわいろ》で「情報ありがと」とお礼を言って店の外に出た。

その後もグレドの取引相手がいる店に数軒《すうけん》立ち寄り、それとなく探している者たちの情報を集めようとしたものの、結局、ほとんど収穫《しゅうかく》がないまま日が傾《かたむ》きはじめた。

今日はここまでにしよう、とグレドが言って、わたしたちは市場にある宿屋に向かった。

グレドに連れていかれたのは、二階のないだだっぴろい平屋の建物で、受付の右奥《みぎおく》にはいくつもの部屋が並んでいた。左奥《ひだりおく》には大きな食事処《どころ》もある、賑《にぎ》やかな宿屋だ。

この国は領宅のように部屋に扉《とびら》がないことが多いが、宿屋ということでひとつひとつに扉《とびら》があり、内側から鍵《かぎ》もかけられるようになっていた。閂《かんぬき》のような簡易的なものではあるけれど。

「布団《ふとん》だ」

部屋に入って、思わず呟《つぶや》く。

床《ゆか》から数センチほど嵩上《かさあ》げされた木の板の上に、マットレスが敷《し》かれている。

古民家のペンションみたいな独特な雰囲気《ふんいき》だ。外側の壁《かべ》は石を積み上げただけに見えたけれど、内部はコンクリートのように塗《ぬ》り固《かた》められていたので、寒さも感じない。

部屋は、三畳《じょう》とか四畳《じょう》くらいの広さで、わたしの部屋よりも狭《せま》い。壁際《かべぎわ》には細長い板がテーブルのように突《つ》き出《だ》している。お風呂《ふろ》はなく、トイレも通路に宿泊者《しゅくはくしゃ》共用のものがあるだけだ。

それでも、布団《ふとん》で眠《ねむ》れることの喜びが勝《まさ》る。今夜はぐっすり眠《ねむ》れそうだ。

制服の入った荷物を下ろし、ほっと一息吐《つ》く。と、こんこんと二回ドアをノックする音がした。扉《とびら》を開けると、となりの部屋に泊《と》まるアオイが立っている。

──グレドの姿は、ない。

「お腹空《なかす》いただろ。食べに行こう」

すぐにわたしを呼びに来たのは、わたしが一度布団《ふとん》にもぐれば、朝まで目覚めないと思ったからだろう。ちゃんと食べて体力をつけておくように、とグレドに言われたのもある。わたしもアオイも睡魔《すいま》に負けそうなとろりとした目をしているけれど、それでも部屋を出て食事に向かった。

今、わたしたちにできるのは、それだけだから。

この宿屋に泊《と》まることはおろか、食事をすることさえ許されなかったグレドに、これ以上迷惑《めいわく》をかけないように、動けるようになっておかねばならない。

宿には宿泊者《しゅくはくしゃ》がそれなりにいて、廊下《ろうか》を歩いていると何人かのひととすれ違《ちが》った。そのたびに怪訝《けげん》な顔をされるが、服から出ているわたしの手を見ると「なんだ、ひとか」というように目を逸《そ》らす。

わたしの格好は〝じゃない者〟と同じようなものらしい。この宿に入ったときも店主らしい女性は露骨《ろこつ》に顔をしかめた。けれど、見えている手の肌《はだ》の色と形でひとだと認識《にんしき》したとたんに営業モードの笑《え》みを顔に貼《は》り付《つ》けた。

どうやら、他は隠《かく》していても手元さえ見えれば〝ひと〟と〝じゃない者〟は確実に見極められるらしい。だからどれだけ着込《きこ》んでいても手は必ず見えるようにする、というのがこの国の暗黙《あんもく》のルールのようだ。

「なんだか……グレドばかりに負担をかけてるよね」

食堂で席について呟《つぶや》く。

「まあな。頼《たの》んでもないのにな」

そういう言い方はどうかと思うけれど、アオイの言わんとしていることもわかる。

グレドからもらったお金で注文した料理は、どれも出来立てでおいしそうな湯気が出ていた。

わたしはこの国の文字が読めないうえに料理の名前も知らないので、選んだのはアオイだ。アオイもこの国の言語を完全に読み書きできるわけではないらしいけれど。

グレドが作ってくれたものと似たスープ、豆でできた炒飯《チャーハン》、一口大の肉と野菜の炒《いた》め物《もの》、そして色とりどりのサラダ。

ひとつひとつの量が多く、テーブルに並ぶと食べ切れるか不安になる。

お金の面でも大丈夫《だいじょうぶ》だろうかと思ったけれど、アオイが言うには、宿泊費《しゅくはくひ》を払《はら》った残りのお金の三分の一にも満たないようだ。朝食分も含《ふく》まれているのだろうけれど、グレドはかなりのお金をくれたらしい。

なんでここまでしてくれるのだろう。

グレドは宿に泊《と》まれないのに。わたしたちもグレドと一緒《いっしょ》に、集落の外で野宿をしたってよかったのに。ご飯だって今までのようなもので充分《じゅうぶん》だったのに。それから――すでにグレドには、たくさんの迷惑《めいわく》をかけているというのに。

何度そう言っても、グレドは首を縦に振《ふ》らなかった。お金なら余ってるから気にしなくていいと言う。それどころか「これはひとに与《あた》えられた権利だ」とまで言うのだから意味がわからない。

堂々巡《どうどうめぐ》りの会話をしばらく続けて、結局わたしとアオイが折れた。

グレドは今頃《いまごろ》、市場から離《はな》れた場所――グレドが言うには〝じゃない者〟が利用する区画があるらしい――で、野宿しているのだろうか。

「グレドも一緒《いっしょ》がよかった」

こんなこと言っても仕方ないのはわかっている。わたしだって、本当ならこうしてご飯を食べられる存在じゃない。殺されてもおかしくなかったのだ。今だってフードを脱《ぬ》ぐことはおろか、髪《かみ》の毛《け》をさらすことも怖《こわ》くてできない。

でも、わたしはかろうじて隠《かく》せるし、手を見せればひととして対応してもらえる。

グレドはなにをしたって、ひとと同じようには接してもらえない。

「おれはずっと、〝じゃない者〟は悪だと思ってた」

まわりのひとに聞こえないくらいの声量で、アオイが言う。

「おれが暮らしていた集落の奴隷《どれい》たちはみんな、そう言っていた。今思えば、自分たちよりも下の存在がいることを心の拠《よ》り所《どころ》にしていたのかもしれない」

自分が最悪なわけじゃない。もっとひどい立場の者がいる。

そう考えることで自分を慰《なぐさ》める気持ちは、わたしにもわかる。

比べるのも失礼なほど些細《ささい》なことかもしれないけれど、自分よりも成績が悪い子がいるとか、自分よりも大変な家庭環境《かんきょう》で過ごしているとか。

「おれがメイと逃《に》げたのは成り行きで、正直なんの期待もしてなかった。けど結果的にこうしてそれなりに自由に動けて、飯が食えて、殴《なぐ》られることも怒鳴《どな》られることもなく過ごせてる」

料理に手を伸《の》ばしたアオイは、それをぱくりと口の中に放《ほう》り込《こ》む。そしてそれを味わうようによく噛《か》んでからごくりと飲《の》み込《こ》んだ。

「おかげで視界が広くなった。いろんなものが目に入るようになると、いろんな感情が湧《わ》いてくる。ひとから聞いた話を鵜呑《うの》みにして想像していた〝じゃない者〟に対する感情と、グレドに抱《いだ》く感情は全然違《ちが》う」

うん、と相槌《あいづち》を打つ。

「かわいそうだな、て。なんか、やるせないっていうか」

アオイの短い言葉に、わたしはまた、うん、とだけ言った。

「でもこれって、同情だよな」

わたしはそれに対して、なにも言えなかった。

そのとおりかもしれない。後ろめたさがどしりと背中にのしかかってきて、俯《うつむ》いた。

「だからなにってわけでもないけど」

そのセリフを最後にアオイは喋《しゃべ》るのをやめて食事を再開する。食べているあいだ、わたしもアオイも、なにも言わなかった。

あたたかいご飯を口に入れるたびに、それをおいしいと思うたびに、グレドのことを考える。

わたしにできることはないだろうか。

この気持ちは、たしかに同情から来るものだろう。なにもできないくせに、そんなことを思うのは傲慢《ごうまん》なように感じられた。でも、間違《まちが》ったものとも思えない。思いたくない。

少なくともわたしは、今こうしてアオイが一緒《いっしょ》にいてくれて、グレドが助けてくれることに感謝をしている。ふたりは同情からわたしに手を差《さ》し伸《の》べていたわけではない。ゼロではないかもしれないけれど、それだけではないはずだ。

——でももしも、単に同情だけだったら、わたしはどう感じていたんだろう。

「ほらこれ、食べな」

ぼんやり考えながら食事をしていると、突然《とつぜん》目の前に大きなお皿が出てきた。

「え？」

見上げると、口髭《くちひげ》を生やした男性がにっと白い歯を見せてわたしたちに笑顔《えがお》を見せる。お皿の上には、ドーナツ型の揚《あ》げ物《もの》が山盛りになっている。出来立てなのだろう、表面で油がパチパチと跳《は》ねて、おいしそうな香りが鼻をくすぐる。

「子どもふたりでお使いに来たんだろ。ご褒美《ほうび》だ」

「え、あ……でも」

「見かけない身なりだから、随分《ずいぶん》遠くから来たんじゃないか。たっぷり食べて体力つけな。揚《あ》げ立《た》てはもちろんだが冷めてもうまいから、残ったら帰り道に食えばいい」

どう見てもふたりで食べられる量でないのは、持ち帰るように多めに用意してくれたかららしい。

「頭を隠《かく》すのは、北の方の集落だろ」

「っあ、はい、そう、です」

とっさに話を合わせると、おじさんはうんうんと頷《うなず》いて「いっぱい食べてよく寝《ね》ろよ」と満足そうに笑った。少し離《はな》れたところから「店主はほんと子どもに甘《あま》いよなあ」とか「じゃあ俺《おれ》からもふたりにカリの果実やってくれ」とか、数人の男性が声を上げる。

「え？　え？　え？」

戸惑《とまど》っていると、今度はエプロンを身につけた若い女性が飲み物の入った器《うつわ》をふたつ運んできて「たまに来るのよ、あなたたちみたいな子どもが」と話しかけてくる。

「普通《ふつう》は子どもだけで遠くに旅をさせるようなことはしないからね。子どもふたりでこんなところまで仕事に来るなんて、そうとう貧しくて苦労してるんでしょ。それがわかるから、みんなあれこれしたくなっちゃうのよ」

優しい微笑《ほほえ》みだった。

この国で、こんなふうに他人に優しく接してもらうのははじめてだ。

――ずっと、〝じゃない者〟であるグレドがそばにいたから。

わたしたちに飲み物をくれたであろうひとたちのほうに会釈《えしゃく》をしてから口をつけると、甘味《あまみ》と酸味の混じった、フルーツジュースの味がした。店主のくれた揚《あ》げ物《もの》は、サクサクの衣《ころも》の中にほっこりと甘《あま》い穀物が練られたものが包まれている。ドーナツのような感じだ。

懐《なつ》かしい感じがする。

お母さんがたまに、ドーナツを揚《あ》げてくれたのを思い出す。

両親の顔を思《おも》い浮《う》かべると、さびしさが蘇《よみがえ》って胸が苦しくなる。

でも、同じだけ、あたたかさに包まれた。
頬《ほお》を膨《ふく》らませて食べるわたしとアオイを、店にいる大人のひとが見ている。いっぱい食べろよ、とか、今日はゆっくり休んで、とか、わたしたちを気遣《きづか》い気にかけてくれている。目を細めて、愉快《ゆかい》そうに口を大きく開けて、大きな手を振《ふ》って、話しかけてくれる。耳をすませば「うちんとこの子と同じくらいだ」とか「息子《むすこ》は甘《あま》えてばかりで」とかも聞こえてくる。

この国のひとたちにも、大人が子どもを気にかける優しい感情がある。

「なんか、懐《なつ》かしい味に似てる」

アオイがわたしも思ったことを独《ひと》り言《ご》つ。と同時にちょっと泣きそうな顔になった。

「味は少し違《ちが》う気もするけど、でも、昔、おれもここで親に食べさせてもらったことがあるのかもな。ああ、そっか、おれにも親がいるんだよな」

まるでアオイは、今はじめて親の存在に気がついたみたいに目を丸くした。

川に流されて記憶《きおく》を失って、それから奴隷《どれい》として生きてきたと言っていたけれど、もしかしたらアオイの両親は今もアオイを探しているかもしれない。

きっと、わたしの両親だって、わたしと涅《くり》を心配している。

「アオイも、わたしと一緒《いっしょ》に帰ろう」

「は？」

「アオイの家もどこかにあるよ。川のそばのどこかの集落とかに、今もいるかもしれない。こうして自由になれたんだから、一緒《いっしょ》に家族を探して、わたしもアオイも、自分の家に帰ろう」

なにもしたいことがない、とアオイは言っていた。

わたしのそばにいてくれるのも、それが理由だ。だからこそ、ずっとこのままじゃいけない。

わたしは涅《くり》を探して一緒《いっしょ》に元の場所に戻《もど》るから。

「もう死んでるかもしれないし、生きてたっておれのことなんか覚えてないよ。捨てられたのかもしれないし」

「わかんないじゃん」

これまでアオイは何度もわたしの提案に首を振《ふ》った。無機質な瞳《ひとみ》で、ただ無理だと言った。

でも、今のアオイの心は揺《ゆ》れている。そして。

「……まあ、ついでなら」

アオイらしい言い方だったけれど、それがうれしかった。

アオイがこれまで心を殺していたのは、環境《かんきょう》のせいだ。そこから逃《に》げ出《だ》したアオイなら、いつかきっと、記憶《きおく》だって戻《もど》るはずだ。

わたしたちは顔を見合わせてから、「食べるか」と目の前にあるあたたかい食事を口に再び運ぶ。食べて、眠《ねむ》って、明日からまた、わたしたちは動く。

布団《ふとん》で眠《ねむ》ったことで、体力はかなり回復できたらしい。一気に体が軽くなった。おまけに。

「お風呂《ふろ》まで入れるなんて……」

そそくさと部屋に戻《もど》って、ほうっと一息をつく。

眠《ねむ》ったのがはやかったからか、夜明け前に目が覚めて、今ならひとはいないだろうと急いでお風呂《ふろ》を済ませてきたのだ。

昨晩アオイにお風呂《ふろ》の存在を教えられたときは、宿泊者《しゅくはくしゃ》が共用で入るタイプのものだからと諦《あきら》めていたけれど。早起きは三文の徳とはこのことだ。

当然、わたしの知っているお風呂《ふろ》とはまったく違《ちが》っていた。水が張られた大きな桶《おけ》がみっつほど並んでいるだけで、シャワーもなにもない。石鹸《せっけん》らしきものもあったけれど、本当に石鹸《せっけん》なのかよくわからなかったので、手に取るのはやめておいた。

壁際《かべぎわ》に置かれた小さな手桶《ておけ》で水をすくい、体を流した。それだけで、しばらくのあいだ体にこびりついていた汚《よご》れや匂《にお》い、そして疲《つか》れを洗い流すことができた気分だ。

体はすっかり冷えてしまったし、髪《かみ》の毛《け》を乾《かわ》かす方法もないのだけれど、昼間はあたたかくなる季節なので、大丈夫《だいじょうぶ》だろう。頭には布も巻くし。

「っくち！」

くしゃみが出て若干《じゃっかん》の不安を覚えるが。

とにかく身支度《みじたく》を整えなければ。食事を済ませてからグレドと合流し、今日も情報収集をする予定だ。

時計がないので何時かわからないのだけれど、アオイからは、グレドと市場の入り口で落ち合うのは太陽の位置があそこらへんになったとき、と曖昧《あいまい》な説明を受けた。窓から太陽を確認し、おそらくまだ時間はあるだろうと予想をする。

制服を包んでいた布を解《ほど》き、グレドが念のためにと昨日くれた別の布を取り出した。それで髪《かみ》の毛《け》をごしごしと拭《ふ》いて、しばらくそのままにしておく。長い髪《かみ》の毛《け》だったら大変だっただろうな、と思いながら、数日ぶりに制服を取り出して眺《なが》めた。

真っ黒の服と、靴《くつ》。

これまで黒色なんて当たり前だった。けれど、この国では夜と影《かげ》以外の黒は存在しない。だから、日が沈《しず》むとひとはあまり出歩くことがない。闇夜《やみよ》の黒さを恐《おそ》れ、部屋に灯《あか》りを灯《とも》したまま寝《ね》るひとも多いそうだ。昨日すぐ眠《ねむ》れたのも、疲労《ひろう》のせいもあるけれど、太陽が完全に沈《しず》んでしばらく経つと屋内も屋外もしんと静まり返ってしまったからだ。

森からここに来るまでは、そもそもひとがいない場所だったため気にならなかった。けれど、昼間は賑《にぎ》やかな場所だったから、あまりの静けさに落ち着かなくなる。お風呂《ふろ》に行ったときも、屋内には誰《だれ》ひとりとしていないんじゃないかと思えるほど、静まり返っていた。

わたしからすれば異常なように思える信仰心《しんこうしん》だ。

「変なの」

ごろりと横になって天井《てんじょう》を見つめる。

なんでそんなに、黒が怖《こわ》いのだろう。

目を瞑《つぶ》って考える。この国の頑《かたく》ななまでの信仰心《しんこうしん》が、わたしには到底《とうてい》理解できない。

黒を怖《こわ》がるひとたちは、目を瞑《つぶ》って見える暗闇《くらやみ》になにを思うのだろう。

黒い髪《かみ》や瞳《ひとみ》や染色《せんしょく》されたものがない世界だけれど――黒なんてそこらじゅうにあるのに。光があれば黒い影《かげ》だって当たり前にできるものだ。なのに。なにを怖《こわ》がり、なにを蔑《さげす》んでいるんだろう。

理解できなくても、ここではこの気持ちを隠《かく》さないと生きていけない。

不満でも、悔《くや》しくても、虐《しいた》げられる恐怖《きょうふ》のほうが勝《まさ》るから。

「涅《くり》は、元気かなあ」

この国に来て、数えきれないほど想像した涅《くり》を脳内に描《えが》く。

最初はむすっとしてひとり膝《ひざ》を抱《かか》えている涅《くり》の姿が浮《う》かぶ。でも、不思議なことに穏《おだ》やかな表情でどこかを眺《なが》めている横顔も見えるようになってきた。

涅《くり》はきっとこの国にいる。

なぜかそう確信すると同時に、意識がゆっくりと遠のいていく。

——と、思った瞬間《しゅんかん》、ドアをノックする音が聞こえて瞼《まぶた》が開く。

「メイ」

「う、あ、はい！」

名前を呼ばれてがばりと起き上がる。いつの間にかほんのりと明るくなっていただけの空は、真っ青にかわっていた。

どうやら寝落《ねお》ちしてしまったらしい。

「メイ、もう出るぞ」

「ちょっと待って！　ちょっとだけ！」

慌《あわ》てて身支度《みじたく》を整える。たっぷり時間があったはずなのに。

広げたままにしていた制服を畳《たた》んで包み、寝《ね》ころんだ状態で乾《かわ》いてしまったぐしゃぐしゃの髪《かみ》の毛《け》を布で覆《おお》って隠《かく》す。巻き方をグレドに教えてもらっておいてよかった。グレドほどしっかりと巻くことはできないが、解《ほど》けるほどではない。

忘れ物はないかと最後に部屋を見回し、確認してから扉《とびら》を開ける。

「……メイ、寝《ね》てただろ」

「二度寝《にどね》しちゃった、ごめん」

呆《あき》れた顔をしているアオイに謝り、並んで歩く。

「なんかすっきりしてる？　もしかしてお風呂《ふろ》行ったのか？」

「うん。夜中、朝方？　誰《だれ》もいなかったし誰《だれ》ともすれ違《ちが》わなかったから、大丈夫《だいじょうぶ》！」

「……ならいいけど。見つかったらメイが危ないんだから気をつけろよ」

わたしのために言ってくれている。アオイのセリフには、自分にも迷惑《めいわく》がかかる、という意味が含《ふく》まれていない。それが伝わってくる。

「ありがとう」

「……なんでお礼？」

怪訝《けげん》な顔をされて、ふは、と笑ってしまった。

お礼の理由がわからないほど、ごく自然に誰《だれ》かのことを気遣《きづか》えるアオイはすごいな、と思う。

お金はすでに支払《しはら》っているので受付に声をかけてから、ご飯を食べるために再び食堂に立ち寄る。

朝は利用者が少ないようで、店内はまばらだった。昨晩見かけたおじさんがいたので、会釈《えしゃく》をする。ジュースをくれたひと、のはずだ。あのひともどこかの集落からここまで仕事をしに来ているのだろうか。もしくは近くに住んでいるのか。

アオイは、ペースト状にしたクリームが添《そ》えられている硬《かた》いパンを注文した。すぐに運ばれてきたそれを、ふたりで食べる。

パンはパサパサしているが、噛《か》めば噛《か》むほど甘味《あまみ》が感じられてどんどんおいしく感じてくる。添《そ》えられた豆のクリームはなにかの挽肉《ひきにく》も混じっているのだろう。食感もいいし、パンによく合っていた。

セットになっていたスープは薄《うす》い黄緑色をしていて、中につぶつぶのなにかが入っていた。あっさりとした味わいでこれもおいしかった。

香辛料《こうしんりょう》強めの料理も悪くないが、これまで食べた中で、わたしはこのパンとクリームが一番好きだ。

「んじゃ、行くか」

食べ終わるとすぐにアオイが腰《こし》を上げた。それに続いてわたしも立ち上がる。

会計を済ませてドアに手をかけると、

「黒い髪《かみ》の毛《け》？」

誰《だれ》かが大きな声を上げた。

「風呂《ふろ》にあったらしいぞ」

「まさか。見間違《みまちが》いじゃねえの。そんな髪《かみ》のやつ、いるわけないだろ」

「カラスは黒いんじゃないか？」

「カラスに髪《かみ》の毛《け》なんてあんのかよ。ひとじゃないのに」

おじさんたちの会話に、心臓が激しく脈打つ。

「それにカラスは処刑《しょけい》されたんだろ」

「でも、それにしてはおかしくないか？　あの領王が公開処刑《しょけい》しないなんてよ。ワサト市場にいるやつが言ってたんだけど、公開処刑《しょけい》をするって触《ふ》れ込《こ》みがあったのに、当日突然《とつぜん》なくなったんだと」

メイ、とアオイがわたしを呼ぶけれど、なんの反応もできなかった。指先が、まるで冷水に浸《つ》けられているんじゃないかと思うほど冷たく凍《こお》っている。

「そういやここに来る途中《とちゅう》、領王の兵が、集落の近くでなにかを探してるのを見かけたな」

「もしかしてカラスに逃《に》げられたのか？」

話しているうちに不安になってきたのか、おじさんたちの声色《こわいろ》が弱々しくなってくる。それを見計らったかのように、食堂の店員である女性が「なんて情けない顔してんのよ」と豪快《ごうかい》に笑った。

「逃《に》げたんだとしてもすぐ捕《つか》まるに決まってんじゃない。真っ黒の生き物なのよ。真っ黒の毛むくじゃらでしょ。そんな気味が悪い存在がいたら、すぐわかるんだから」

そろりと振《ふ》り返《かえ》り視線を向けると、女性は歪《ゆが》んだ笑《え》みを顔に貼《は》り付《つ》けていた。

「ひとっぽかったって言ってたけどな。まあ噂《うわさ》だけど」

「やだ気持ち悪い。ひとと似てるなんて図々《ずうずう》しい」

心底いやそうに顔をしかめた女性を見て、泣きそうになった。

「実際のところは知らないけど、まだ生きてるならさっさと捕《つか》まえて、殺してほしいね」

「ひとでもないカラスにこの国を滅《ほろ》ぼせるとも思えんけど、いるだけで不快だからな。どうせノーパーヴァの〝じゃない者〟たちがこっちを妬《ねた》んで言ってるだけだろ」

「だったらなおさら処刑《しょけい》して見せつけてやりたいね」

「カラスと一緒《いっしょ》に〝じゃない者〟も排除《はいじょ》したいよな。最近やたらと増えたんじゃないか？　ったくどこを見ても不快で仕方がない」

「ほんとだよな。〝じゃない者〟ってだけで目障《めざわ》りだ。おまけに役立たずだし」

「ひと以外はみんなノーパーヴァに追放したらいいのにな」

ふははは、と明るい笑い声が食堂に響《ひび》く。

目を細めて口を大きく開けて喋《しゃべ》るおじさんや女性は、昨晩、優しい目を向けてくれたひとたちとは別人のように感じた。

そのとき。

「あ、ちょっと！　なに出てきてんだよ！」

そっと物陰《ものかげ》から汚《よご》れた格好をした男性が出てきた。グレーがかった髪《かみ》の毛《け》は顔を全部覆《おお》っているのではないかと思うほど長く、ゴワゴワしているのが見てすぐにわかった。着ている服は、グレドが教えてくれた、ククラという植物のものだ。ということは、この店で働いている奴隷《どれい》なのだろう。

「……あ、あの、食材が、足りなくて……」

「お客様から見えるところに来るなって言ってるだろ！」

おいしい料理を作ってくれていたおじさんが、声を荒《あら》らげてそばにあったなにかを投げつける。男性は体をびくつかせて「申し訳ありません」と何度も頭を下げてその場から立ち去った。

「いやあ、悪いね。食事中に汚《きたな》いもの見せちゃって」

おじさんは、店内にいる客に謝る。仕方ない奴隷《どれい》は、などと言って客は苦笑する。

笑顔《えがお》と嫌悪《けんお》が同じ場所に存在していることを、脳が処理できない。

相反するものが同じひとの中にいて、目まぐるしくその姿をかえる。

わたしとアオイに、自分たちの子どもを重ねて優しく接してくれたひとたちは、〝じゃない者〟や奴隷《どれい》、カラスに対する残酷《ざんこく》な一面を隠《かく》しもせずに曝《さら》け出《だ》していた。

もしもわたしがカラスだと知ったら、同じ表情を向けるのだろうか。

きっと、そうなのだろう。

立場がかわるだけで、こんなにもひとはかわる。

たとえわたしがどれだけこの国を滅《ほろ》ぼす気なんかないと訴《うった》えたところで信じてもらえないだろう。グレドがどんなに優しくて優秀《ゆうしゅう》な商人でも、彼《かれ》らはこの宿屋にも食堂にも足を踏《ふ》み入《い》れるのを許さないだろうし、アオイが元奴隷《どれい》だと知れば、今すぐ追い出すんじゃないかと思う。

「メイ」

再び名前を呼ばれて、今度は顔を上げた。

震《ふる》える足をなんとか動かし、アオイと店の外に出る。背後からは、もしもカラスを見つけたらどうするか、と耳を塞《ふさ》ぎたくなるような暴力的な単語が飛《と》び交《か》っていた。

昨日、彼《かれ》らの優しさに胸があたたくなったからこそ余計に、今は彼《かれ》らの言葉がナイフになってわたしの心を切り刻んでくる。

歯を食いしばって歩いているわたしの手を、アオイがそっと握《にぎ》ってくれた。

涙《なみだ》が我慢《がまん》できなくなり、ぽろんと一粒《つぶ》落ちる。

それを拭《ぬぐ》い、俯《うつむ》いたまま足を動かし続ける。

大通り沿いをまっすぐ歩いていると、いくつかの屋台はすでに開店準備を済ませていて、店主がわたしとアオイに声をかけてくる。にこやかな笑《え》みで「おまけするよ」と言って、おばあさんが手を振《ふ》っていた。

優しそうなこのひとも、カラスや奴隷《どれい》や〝じゃない者〟には顔を歪《ゆが》ませるはずだ。

もしかしたら攻撃《こうげき》してくる可能性もある。

奴隷《どれい》は、ひとではないから。

〝じゃない者〟は気持ち悪いから。

カラスは、国を滅《ほろ》ぼすから。

そう考えると怖《こわ》くなって、聞こえないふりをして無言で通り過ぎる。

「あ、来た来た」

約束の場所に着くと、すでにグレドはわたしたちを待っていた。

「ゆっくり休めた？」

「……うん」

「なんだよ、元気ないじゃないか」

落《お》ち込《こ》んでいるわたしにグレドが首を傾《かし》げる。わたしの代わりにアオイが「まあいろいろとな」と曖昧《あいまい》な返事をした。それだけでなにかを察したのか、もしくは興味がないのか、グレドは「ふうん」とだけ言って「じゃあ行くか」とどこかを指差す。

「今日も仕事と情報収集をしないとね。でも、昨日の感じだとあんまり望みはないかもなあ」

大通り沿いを避《さ》けて歩き出すグレドのあとに続きながら、この先どのくらいわたしはこの国で怯《おび》えて過ごさなければならないのだろうと考える。

はやく、沈《しず》む者か潜《もぐ》る者と出会えたらいいのに。そしたらすぐに、状況《じょうきょう》がかわるはずだ。

大丈夫《だいじょうぶ》。前に進み続ければ、いつかは目的地に辿《たど》り着《つ》く。

朝食が消化されて空腹を感じはじめても、新たな情報はなにも得られなかった。グレドの仕事と、ひとが〝じゃない者〟であるグレドにどんな態度を取るものなのかがわかっただけだ。グレドの取《と》り扱《あつか》う商品は多種多様だった。衣類や宝石、薬は昨日見たけれど、他にも雑貨や保存食、染色《せんしょく》のための素材や女性のための化粧品《けしょうひん》もあった。

みんな口を揃《そろ》えて〝じゃない者〟だけれど商品がいい、と言った。そうでなければ取引なんかしない、という意味で、ほとんどのひとはグレドが店に出入りしていることを他人に知られないように人目を避《さ》けた場所で話をする。ときにはグレドに対して失礼極《きわ》まりない発言をするひともいた。

相手がひとであれば、笑顔《えがお》で対応するくせに。

「……ストレス溜《た》まりそう」

「なに、すとれすって」

店を出て舌打ち混じりに言うと、グレドが不思議そうな顔をして訊《き》いてきた。

ストレスはストレスだよ、と言いたいが、あれって英語なんだっけ。

「えーっと、不快感？　いや違《ちが》うな……なんかこう、モヤモヤするって感じ」

「へえ。変な言葉があるんだな」

「こんな地道な作業で本当に見つかるのかよ」

山の中を歩いているよりもはるかに楽なのに、ここにいるほうが疲労《ひろう》が溜《た》まる。アオイも同じ気持ちのようで、疲《つか》れた表情をして言った。

「情報収集は地道な作業だよ。今ボクらに必要なのは情報だし、これが最善の方法だ」

きっぱりとグレドが答える。

元にいた場所ならスマホで簡単に検索《けんさく》できただろうけれど、ここでは足を動かして調べるしかない。

「情報を集め終わったら、市場を出て、集落を抜《ぬ》けた先にある川に行こう」

水の者は名前のとおり水辺にいるから。とはいえ、沈《しず》む者も潜《もぐ》る者も、常に同じ場所にいるわけではないそうだ。だからこそ目撃《もくげき》情報を先に入手したかったけれど、薬屋の店主の話を聞く限り、一番近い川にはもういない可能性が高いだろうとグレドは言った。

「水の者はいくつもの集団があって、それぞれ自由に水辺を移動しているんだよ。特に沈《しず》む者は移動範囲《はんい》が広い。で、水底に沈《しず》んだまま、水辺を通りかかった通行人たちの話を盗《ぬす》み聞《ぎ》きしている。だからこの国で一番この国のことを知っている。それが噂《うわさ》好きって言われる理由だね」

「へえ。じゃあ、潜《もぐ》る者は？」

「潜《もぐ》る者は動きが遅《おそ》いぶん、沈《しず》む者より行動範囲《はんい》が狭《せま》い。でも、長生きなんだ。見つけられたところで、メイの双子《ふたご》の弟のことを知っているかはわかんないけど、元いた場所に戻《もど》る方法は昔聞いたとかで知っているかもしれない」

なるほど。そういう違《ちが》いがあるんだ。

「少なくとも、カラスの新しい話はないみたいだから、メイの弟が処刑《しょけい》されたとか捕《つか》まったとかはないだろうな。流れてきてないか、奇跡的《きせきてき》に優しい何者かに助けられたか」

アオイの言葉に「うん」と自分に言い聞かせるように力強く頷《うなず》いた。

焦《あせ》る気持ちはある。

最悪の場合、誰《だれ》にも見つからないまま命を——と考えることもできる。

でも、わたしは涅《くり》と会う。涅《くり》は絶対ここにいる。

不思議なほどそのことに関しては言い切れる。だから、諦《あきら》めない。

たとえ涅《くり》と再会できたとしても、戻《もど》る方法が見つからない可能性だってありえる。いやな考えはいくらでもできる。だから、考えない。

「とりあえず、なにか食べようか」

お腹《なか》をさすってグレドが言った。

「メイもアオイもなにを気《き》遣《づか》ってるのか知らないけど、お腹《なか》空《す》いただろ。ボクはぺこぺこだよ」

「だっておれのお金じゃないし」

アオイに合わせてわたしも頷《うなず》く。

「まだそんなこと言ってんの？　ボクが持ってたってそれほど使い道はないんだから、気にせず使いなって言ってんのに。めんどくさいなあ」

お金の使い道がないことは、昨日も言っていた。

グレドは宿屋に泊《と》まることがないし、市場で堂々となにかを購入《こうにゅう》することもなかなかできない。なので、食料品などの消耗品《しょうもうひん》は、取引相手と話すときに物々交換《ぶつぶつこうかん》をして手に入れているようだ。つまり、お金を使うのは主に仕入れをするときだけ。それも一周に一度か二度しかないので、お金は溜《た》まる一方なんだという。

……グレドは結構なお金持ちなのかもしれない。

じゃあなんで働いているんだろう、と思ったわたしに気づいたグレドが「ボクが商人をしてるのは、この国を知りたいってだけだよ」と教えてくれた。

「はじめたきっかけは、家もなければ、面倒《めんどう》を見てくれる家族もいない状態で、どうにか生きていくため、ってのがいちばんの理由だったけど。自分の食《く》い扶持《ぶち》は自分で稼《かせ》がないといけないからさ」

　家も家族もない。

「それって――」

「こっちに出てくるんじゃねえ！」

　グレドに呼びかけようとしたとき、大通りから誰《だれ》かが押《お》し出《だ》されたかのように、裏通りへと続く通路に倒《たお》れ込《こ》んできた。

「な、なに」

「くっせえんだよ！」

　野太い男性の声だ。視線を向けると背の高い二十代くらいの男のひとが三人、倒《たお》れた相手を見下ろしている。彼《かれ》らは呆然《ぼうぜん》と立っているわたしたち三人に気がつくと、身なりでひとではないと判断したのか「ほんとこの道は気持ち悪い」と舌打ちをして背を向けた。

〝じゃない者〟に対する、ひとの反応だ。

倒《たお》れているのは、全身を布でぐるぐる巻きにした格好の者だった。手を地面につけて、ぐっと力を入れるけれどなかなか立てないらしい。

「あの、大丈夫《だいじょうぶ》？」

手を差し出そうと一歩足を踏《ふ》み出《だ》す。

「メイ」

それを、アオイの声が引き止めた。

「這《は》う者だ」

次に声を発したのはグレドだった。

這《は》う者、って昨日聞いた言葉だ。そこでやっと、昨日も嗅《か》いだ独特な臭《にお》いに気づく。

「触《ふ》れると臭《にお》いがつく。臭《にお》いがつくだけで、市場では動きにくくなる」

グレドの声は冷たかった。厳しいことや核心をついた率直《そっちょく》な意見を口にすることはこれまでも何度かあったが、いつだって軽い口調だった。

でも、今は全然違《ちが》う。本気で止めている。

でも、怪我《けが》をしているかもしれない。傷を負った者の特有の匂《にお》いもあるし、今も思い切り突《つ》き飛《と》ばされたのだ。打ち所が悪ければ大きな怪我《けが》をしていておかしくない。なにより目の前の相手は、立ち上がることさえ困難な状態になっている。

――これを、見て見ぬふりしろって？

グレドに、そう言われたから？

アオイが、止めるから？

自分が、動きづらくなるから？

いじめられている子を庇《かば》ったら、次の標的は自分になると言われているような気がした。元の場所ではそれが怖《こわ》くて見て見ぬふりをするひとが、たくさんいた。

そんなの、いじめに加担したのと同じだ、と思っていた。

この状況《じょうきょう》は、どうなるのだろう。

いじめは犯罪だ。

この国の差別《いじめ》は、もっと根深いものだ。

わたしには太刀打《たちう》ちのできないくらい、日常にこびりついた価値観で、常識だ。この国でまだ数日しか過ごしていないにもかかわらず、わたしも染まりつつあるほどに強力な呪《のろ》いだ。

さっき暴言を吐《は》いたひとに対して、わたしはひどいひとだ、とは思わなかった。

だって、これが当たり前だから。相手はひとで、もう片方は〝じゃない者〟だから。

「行こう」

グレドとアオイが、倒《たお》れている者を避《さ》けるように別の道を選んで進もうとする。

そうすべきだ。わたしも。アオイとグレドに迷惑《めいわく》をかけるわけにはいかないから。

――でも。

顔を隠《かく》していた者の目が、わたしを捉《とら》えた。

赤茶色の、横に大きな、けれど細い目元が見えた。深く沈《しず》んだような光の宿っていないその瞳《ひとみ》は、澱《よど》んでいた。その澱《よど》みが洗い流されたなら、きっと綺麗《きれい》に違《ちが》いない。

「……ごめん」

ぎゅっと拳《こぶし》を作る。

「ごめんなさい」

そしてもう一度、謝罪の言葉を、口にする。それは、グレドとアオイに対してのものだった。

わたしは目の前で倒《たお》れている〝じゃない者〟に手を差《さ》し伸《の》べた。

「メイ！」

わたしを呼ぶふたりの声が重なる。

差し出したままのわたしの手に、倒《たお》れていた〝じゃない者〟はおずおずと自分の手を重ねた。

その手は――指のない、まるくてやわらかい不思議な感覚をわたしに与《あた》えた。

全身を布で覆《おお》っている這《は》う者は、名前を尋《たず》ねると「アルモニ」と言った。ちょっと鼻にかかったような声で、カタカナよりもひらがなのような印象を受ける。そんな、不思議な喋《しゃべ》り方《かた》だった。ちょっと低いけれど、なんとなく女の子、って感じの声だ。

やわらかなアルモニの手が、わたしの手の甲《こう》を包む。つなぐというか、握《にぎ》られている。

「ここ」

ずるずると、わたしの手を引いて歩くアルモニは、崩壊《ほうかい》した建物の前で立ち止まった。

市場の脇道《わきみち》をさらに脇道《わきみち》に入り、最終的にはひとひとりが歩けるほどの幅《はば》しかない道を進んでいたときはいったいどこに向かうのかと思ったが、どうやら彼女《かのじょ》の住処《すみか》のようだ。

ちらりと振《ふ》り返《かえ》ると、アオイとグレドが数メートル後ろをついてきてくれていた。顔をしかめているのはわたしの行動のせいなのか、アルモニから漂《ただよ》う臭《にお》いのせいかはわからない。

勝手なことをしたのはわたしなのに、ふたりはまだ、そばにいてくれる。

彼《かれ》らに突《つ》き放《はな》されてもおかしくなかった。

それでもいい、と思ったわけじゃない。ふたりがいなければわたしはどこにも行けないし、なにもできなくなる。

でも、アルモニを放っておけなかった。

「なか」

アルモニはボロボロの扉《とびら》を押《お》し開《あ》けて、中に入る。ついていくと、充満《じゅうまん》していた臭《にお》いに一瞬《いっしゅん》胃の中のものを出してしまいそうになった。

うっ、と声にならない声を漏《も》らすと、アルモニは振《ふ》り返《かえ》り不思議そうな顔をする。アルモニにはこの臭《にお》いがわからないようだ。もしかしたら匂《にお》いに対する感じ方が違《ちが》うのかもしれない。

服の袖《そで》で鼻と口元を押《お》さえながら中に進んでいくと、そこはひどい有様だった。天井《てんじょう》は抜《ぬ》け落《お》ちていて、床《ゆか》にはその天井《てんじょう》の一部だったであろう石がごろごろと転がっている。

「グレドは、無理だって」

中にまでついてきてくれたアオイが、こそっとわたしに耳打ちしてきた。

グレドは荷物を持っている。臭《にお》いがついては困るのだろう。

アルモニはわたしの手を放して、壁際《かべぎわ》に横になった。そしてずるりと体を動かし、まわりのものをどかしてスペースを作る。

「本当にここに住んでんのか？」

わたしと同じように鼻と口を腕《うで》で押《お》さえたアオイが、眉間《みけん》に皺《しわ》を寄せて言う。

「っていうかなんで家まで来る羽目になってんの？」

「それはよく、わかんないけど」

わたしの手を掴《つか》んだアルモニが、そのまま放さなかったのだ。こっち、と手を引かれるうちに、なんとなくそのままここまで来てしまった。

「こっち。こっちきて」

「あ、うん」

　呼ばれてアルモニに近づく。

「いたい」

「やっぱり怪我《けが》してる？　えっと、どうしようかな。なにも持ってないんだけど」

　薬があれば、と思ったけれど、グレドが持っていたものは、昨日すべて売ったと言っていた。今この状況《じょうきょう》でできることをしなければ。

　きょろきょろとまわりを見て、水の出る植物がガラスのない窓の外からにょきにょきと生えて室内に入《はい》り込《こ》んでいるのに気づいた。

「水もらっていい？　まず、傷口を洗おう」

「うん」

　こくんと頷《うなず》いたアルモニに「ありがとう」と伝えて水を取りに行く。以前アオイに教えてもらった方法で葉から茎《くき》の部分まで裂《さ》いていくと、じわりと液体が溢《あふ》れてきた。

　窓辺に放置されていた清潔には見えない器《うつわ》を手にして軽く洗い、水を溜《た》める。こんな葉っぱからコップ数杯《すうはい》分の水が出てくるのは何度見ても不思議だ。

　水を持って再びアルモニに近づき、地面に膝《ひざ》をついた。

「どこが痛い？」

そう訊《たず》ねると、アルモニはそっと裾《すそ》部分に手を伸《の》ばして服を引き上げた。

声を、失う。

アルモニは、お腹《なか》から下をわたしに曝《さら》け出《だ》していた。肌《はだ》は薄《うす》い赤褐色《せきかっしょく》で、おへそ、とはちょっと違《ちが》うが、そんな感じのなにかがあり、そこから二本の足がある。けれど、その足はおおよそ三十センチほどしかなく、靴《くつ》の履《は》いていない足先は手と同じで指がなかった。

でも、わたしが衝撃《しょうげき》を受けたのは、そんな身体的な違《ちが》いから、ではない。

――アルモニの肌《はだ》には、無数の傷があった。

切り傷に擦《す》り傷《きず》に、肌《はだ》の色が違《ちが》うので明確にはわからないが、痣《あざ》もあるように見えた。今日怪《け》我《が》をしたのは足の付け根より少し上で、じわりと赤い血が滲《にじ》んでいる。が、正直それよりも、お腹《なか》あたりに膿《う》んでいるようにしか見えないいくつもの傷のほうが気になる。

「……っ」

あまりの光景にひゅっと息を呑《の》むと、さっきよりも強烈《きょうれつ》な異《い》臭《しゅう》に襲《おそ》われた。やっぱり、この傷が臭《にお》いの元なんだ。這《は》う者から臭《にお》いがする、なんてことはない。傷のせいだ。

「どうしたの」

こてんと首を傾《かし》げるアルモニに「な、なんでもない」と言って、布を水で濡《ぬ》らし傷口にそっと押《お》し当《あ》てる。その瞬間《しゅんかん》、アルモニは体を大きく跳《は》ねさせた。

「ごめん！　痛いよね、ごめんね」

　平然としているので痛覚が鈍《にぶ》い種族なのかと思ったけれど、そんなことはなかったようだ。眉《まゆ》をひそめて「ううう」と唸《うな》るアルモニに謝《あやま》り、「もうちょっとだけ」と言ってもう一度傷口に布を当てる。布が赤黒く染まっていき、臭《にお》いが一層きつくなる。

　誰《だれ》にこんなことをされたのか。

　口にしかけて呑《の》み込《こ》んだ。

　そんなの、考えなくったってわかることだ。

　きっと、さっきの男性たちのようなひとに、されたのだろう。

　指のない手ではろくな手当てもできないので、そのまま放置して、こんなにひどい状態になってしまったのかもしれない。

　ひどい。いくらこの国では〝じゃない者〟が差別されているからといって、こんなふうに誰《だれ》かを傷つけることが当たり前になっているなんて、ひどすぎる。傷つけたのは自分たちのくせに、その傷から漂《ただよ》う異臭《いしゅう》を理由に、さらに相手を迫害《はくがい》するなんて。

　これが学校だったら、わたしは声を大にして「おかしい」と叫《さけ》んだだろう。戦うことだってしたかもしれない。傷つけられたら誰《だれ》だって痛みを感じる。それを知っているのにどうして他人を傷つけるのかと、相手に伝わるまで何度も何時間でも語っただろう。

同じひとなのだから、わからないはずがない、と。

だから、わたしは涅《くり》をいじめる男子に立ち向かったし、涅《くり》にはもっと自信を持ってと言い続けてきた。

――でも、この国でわたしは、あまりにも無力だ。

こうしてアルモニの傷の手当てを、人目につかない場所でコソコソとしてあげることしかできない。

物を投げつけられた奴隷《どれい》を庇《かば》うことも、グレドを邪険《じゃけん》に扱《あつか》うひとに文句を言うことも、わたしはカラスだと、それがなんだと、堂々と顔と髪《かみ》の毛《け》を曝《さら》すことだって――怖《こわ》くて、できない。

「ごめんね」

もどかしさと恐怖《きょうふ》に揺《ゆ》れる心が、わたしの涙腺《るいせん》を刺激《しげき》する。

アルモニに謝ったところで、なにもかわらない。わたしの自己満足でしかない。

それはわかっている。この国を滅《ほろ》ぼすと言われているカラスなのに、わたしにはそんな強い力はないから。

でも、もし本当に、そんな力があったとしたら――、わたしは、どうするのだろう。

ふと浮《う》かんだ疑問に、手が止まる。

「なんであやまるの」

「え？」

アルモニの声にはっとして顔を上げた。

「めいは、なにも、してないのに」

そう言ってくれるアルモニに、苦笑した。そうかもしれないけど、と小さな声で返事をして、床《ゆか》に落ちていた布を手にする。この布を使っていいかとアルモニに訊《き》けば、こくんと頷《うなず》いて返事をしてくれた。

奴隷《どれい》が着ると言っていた、肌触《はだざわ》りの悪い布を切《き》り裂《さ》く。すでにボロボロだったおかげで、それほど力を入れずに細い状態にすることができた。それを、アルモニの傷口に巻いていく。傷口の膿《う》んだ部分は拭《ぬぐ》い取《と》ったし、布も汚《よご》れが少ない部分をなるべく使った。これで治るのかはわからないが、なにもしないよりはマシだろう。

「はやく、よくなるといいね」

アルモニはわたしの言葉の意味がわからないかのように、じっと見つめてきた。そして、ずるりと体を起こし顔を近づけてくる。

「アルモニ？」

赤茶色の瞳《ひとみ》が、わたしを捉《とら》えた。

アルモニは、こんな目をしていただろうか。

沈《しず》んでいたはずの瞳《ひとみ》が、今は力強い輝《かがや》きを灯《とも》している。

まるで、わたしのすべてを暴《あば》こうとしているかのように感じた。

「メイに近づくな」

射《い》抜《ぬ》かれたように動けなくなってしまったわたしを心配したのだろう。アオイがわたしの腕《うで》を掴《つか》んで引き寄せ、アルモニを睨《にら》む。

アルモニが小さく震《ふる》えて、きょろきょろとあたりを見回してから、最後に「もういいだろ、出よう」とわたしの手を引くアオイに視線を向けた。

アルモニの瞳《ひとみ》から逃《のが》れられたことに内心ほっとして、アオイとともに出口のほうに向かう。

そして、少しだけ後ろを振《ふ》り返《かえ》り、「じゃあね」と声をかけた。

心配ではあるけれど、これ以上わたしにできることはない。

アルモニは目を大きく見開いたまま、アオイとわたしを見上げていた。

そして。

突然《とつぜん》、するりと蛇《へび》のように地面を這《は》って、わたしたちの行く手を遮《さえぎ》った。

這《は》う者。その呼び方は正しい。短い足でずるずると体を引きずるように歩いていたときはとてもスピードが遅《おそ》かったけれど、横になった状態でのアルモニは、驚《おどろ》くほどのはやさだった。

床《ゆか》の上の瓦礫《がれき》を物ともせず、滑《すべ》るように動く。

「……なんのつもりだ」

アオイの冷ややかな声で、空気が張《は》り詰《つ》める。

わたしはというと、ただただ戸惑《とまど》うだけだ。

どうしてアルモニがわたしたちを通せんぼしているのか、さっぱりわからない。

「ア、アルモニ？」

「ごめん」

なにが、と口を開こうとすると、

「おい！　そっちに回ったぞ！」

男性の大きな声が聞こえてきた。

「メイ！　アオイ！　逃《に》げろ！」

そして次に聞こえたのは、グレドの叫《さけ》び声《ごえ》だ。

「グレド？」

「だめ」

踏《ふ》み出《だ》そうとした足を、アルモニに掴《つか》まれる。

「……お前か！」

わたしを庇《かば》うように、アオイが一歩前に出た。アルモニは「ごめん」とさっきのセリフを繰《く》り返《かえ》す。

謝っている、けれど――。

「くっせえなあ、相変わらず」

どかどかと、扉《とびら》から五人の男性が入ってきた。最後尾《さいこうび》にいた男性は左手になにかを持って引きずっている。まるで邪魔《じゃま》な荷物のような扱《あつか》いをしているせいで、それが、グレドだと気づくまで数秒かかった。

グレドは意識がないのか、男性に引きずられるままにぐったりとしている。服の胸元《むなもと》には赤いシミがついていた。

「グレド！」

「なんだ、ひとか。珍《めずら》しいもん捕《つか》まえたな。お前にしちゃあ、やるじゃないか。あんたらには災難だろうけど。〝じゃない者〟なんかに関わるからこんなことになるんだよ。残念だったな」

ケタケタと男性たちが笑う。

「ひとは手続きがめんどくさいが、役に立つからな」

「〝じゃない者〟とつるんでるやつは、ひととして扱《あつか》う必要もないんじゃないか？」

「そろそろ引き上げようってときに、いいもん拾えたな」

唾《つば》を撒《ま》き散《ち》らかしながら大声で喋《しゃべ》る男たちは、見るからにろくなひとではないとわかる身なりだった。衣装《いしょう》もアクセサリーも高価そうなものを身につけているけれど、じゃらじゃらとこれ見よがしに着飾《きかざ》っている感じだし、みんな何本か歯が欠けていた。厚い胸元《むなもと》にはたくさんの傷跡《きずあと》があり、それを勲章《くんしょう》かのように見せびらかしている。

にやにやした顔で、男たちが近づいてくる。

それに合わせてわたしとアオイは、男と、そしてアルモニから離《はな》れるように後ずさる。

「……アルモニが、呼んだの？」

「そう」

あっさりとアルモニが認めた。そして男たちのほうに向かってするすると這《は》っていく。

「それ以上近づくなよ、くっせえな」

「おかね」

「あー……ああ、そうだな」

ふたりのやりとりに、アルモニがわたしたちを売ったのだとわかった。

どうやってこのひとたちを呼んだのかはわからない。でも、これは偶然《ぐうぜん》ではない。わたしを家に連れてきて、このひとたちが来るまで引き止めようとしていたんだ。

お金のために。

「メイ、逃《に》げるぞ」

アオイが前を向いたまま囁《ささや》く。後ずさりしているうちに、わたしたちはアルモニの部屋の窓辺まで来ていた。

「でも、グレドが……」

「一緒《いっしょ》に捕《つか》まるほうがまずい。合図をしたら、窓から外に出て市場の方角に向かって走れ」

「わ、わかった」

じりっと、窓のほうに体重をかける。すぐにでも走り出せるように準備をする。アオイはおそらく、あのひとたちの誰《だれ》かがアルモニにお金を渡《わた》す、その瞬間《しゅんかん》を狙《ねら》っているのだろう。

男のひとりが、ポケットに手を突《つ》っ込《こ》んだ。

「ほら」

と、片頬《かたほほ》を引き上げてアルモニに言う。男たちの視線が、アルモニに向けられた。

「今だ！」

アオイの合図で地面を蹴《け》り、窓から出ようとする。

けれど。

「逃《に》げられるわけないだろ」

わたしたちの動きに素早く反応したひとりの男が、飛びかかってきた。

蹴《け》られる――！

男性が足を振《ふ》り上《あ》げたのを見て、思わず体が硬直《こうちょく》してしまう。一瞬《いっしゅん》視界の端《はし》にあった男の足先が消えたと思った瞬間《しゅんかん》、全身に強い、衝撃《しょうげき》が走る。

その勢いのまま壁《かべ》にぶつかった。

一瞬《いっしゅん》息ができなくなり、ごふっと咳《せ》き込《こ》みながら目を開けると、わたしの体になにかが覆《おお》い被《かぶ》さっていた。

それは、アオイだった。

アオイは痛みに小さな声を漏《も》らし、脇腹《わきばら》を押《お》さえている。

動けないでいたわたしを、庇《かば》ってくれたんだ。

「アオイ！　アオイ！」

呼びかけるとうっすらと瞼《まぶた》を開けて、わたしの顔をその瞳《ひとみ》に映す。すると安堵《あんど》したかのように口を弓のようにしならせて微笑《ほほえ》んだ。

なんで、わたしを見てそんなふうに笑えるの。痛いはずなのに、自分のことではなくわたしのことを考えられるの。わたしなんか放って逃《に》げたってよかったのに、わたしはアオイになにもできてないどころか、迷惑《めいわく》しかかけていないのに。

「おー、すっげえ。女を守ったんだな、やるじゃん」

近づいてきた男が、わたしたちを見下ろしひゅうっと口笛を吹《ふ》いた。

「でも、残念だったな」

大きな手が、アオイの髪《かみ》の毛《け》を掴《つか》んで引き上げる。アオイが痛みに顔を歪《ゆが》ませて、「う、ぐ」とうめく。

「やめて！　やめてよ！」

立ち上がろうとしたけれど、倒《たお》れたときに足首を捻《ひね》ってしまったようで、うまく力が入らない。それでもなんとか止めようとアオイを引きずる男の足に縋《すが》り付《つ》く。

アオイにひどいことをしないで。

グレドを傷つけないで。

「お願い、やめて！」

「うるせえな」

わたしの手を振《ふ》り払《はら》おうと、男が足を振《ふ》り上《あ》げる。反動で指が外れ、どしゃっと尻餅《しりもち》をつくと、男はめんどくさそうにため息をついた。

それからぐったりとしているアオイを背後にいる別の男性に投げ捨てるように渡《わた》す。アオイの体はグレドにぶつかり、鈍《にぶ》い音がする。そのとき、ふたりが小さくうめくのが聞こえた。

ふたりとも意識はある。

でも、これからどうしたらいいのか。どこに、連れていかれるのか。

想像するのも憚《はばか》られるほどの恐怖《きょうふ》に、体が震《ふる》える。

「お願い、やめて。お願い！　なんでこんなことするの！」

足の痛みを無視して、無理やり立ち上がる。男性に体当たりをして、「ふたりを放して！」と叫《さけ》ぶ。

拳《こぶし》を振《ふ》り上《あ》げ、何度も叩《たた》きつける。

でも、まるでコンクリートを殴《なぐ》っているみたいになんの手応えもない。

「なにすんだよ」

嘲笑《ちょうしょう》しながら、男がわたしの手を掴《つか》んだ。

「いてーだろ」

ちっとも痛くないくせに、男はそう言って——逆の手を振《ふ》り上《あ》げ、下ろす。

バチン、と大きな音が耳の中で弾《はじ》ける。

気づけば、自分の身体は地面に横倒《よこだお》しになっていた。土の香りに混じって、血の匂《にお》いがする。

なにが。なにを。

くらくらする。自分がどうなったのか知りたくて、無理やり目を開けたが、霞《かす》んでよく見えない。目に映るものを、うまく認識できない。焦点《しょうてん》が合わない。

全身が痛い。どこよりも、頬《ほお》が痛い。口の中が痛い。

こんな経験ははじめてだった。

「おい、これも連れてけ」

男が頭上でそう言った。

偉《えら》そうに。ひとを物扱《ものあつか》いした言い方にムカつく。ムカつくけれど、声を出すことはおろか、指一本動かすこともできない。腰《こし》を掴《つか》まれて担《かつ》がれても、身動きできずにだらりと両手両足は伸《の》びきったままだった。

「おかね」

アルモニの声が聞こえた。もう目も開けられない。

アルモニは、殴《なぐ》られ、物のように運ばれるわたしたちに、なにを思ったのだろうか。

そんなことを考えていると、どすんと鈍《にぶ》い音がして、誰《だれ》かが「うっ」と声を発した。

「〝じゃない者〟なんかに金なんか払《はら》うわけないだろ。お前も行くんだよ」

ぶはははは、と楽しそうな笑い声が響《ひび》いた。

もういやだ、もう帰りたい。なんでわたしがこんな目に遭《あ》わないといけないの。

さっさとこの国を出ていきたい。こんな国から離《はな》れたい。

——今すぐにでも。

この考えは、涅《くり》を見捨てるのと同義だった。

そんなことしたくない。

それでもいい。

二つの相反する言葉が頭の中を飛《と》び交《か》う。

目が覚めたら元の場所であればいいのに、とも思う。

いやだ。なにもかもいやだ。この国も、この国のひとも。この国にいると、わたしはわたしのこともきらいになってしまう。

——こんな国、滅《ほろ》びるのなら滅《ほろ》びちゃえばいい。

どこかから、そんな声が聞こえてきた。

わたしの声じゃないと、そう思いたい。でもそれは、間違《まちが》いなくわたしの声だった。

つうっと、目尻《めじり》から涙《なみだ》が溢《あふ》れていくのがわかった。

4 カラスとメイと、これから

ホーホー、と梟《ふくろう》がどこかで鳴いている。

それは耳鳴りのようにも聞こえて、眉間《みけん》にぐっと皺《しわ》が寄った。その感覚に、意識が戻《もど》ってくる。瞼《まぶた》は開かないが、指先が小さく動いた。

――『冥《めい》』

誰《だれ》かがわたしを呼んでいる。

でも、外から聞こえてくるものじゃない、と思った。

どこかから響《ひび》く、涅《くり》の声だ。

記憶《きおく》の中の涅《くり》の声よりも少し低く感じるけれど、涅《くり》に間違《まちが》いない。

――『冥《めい》は今、どこにいる？』

ここにいる。この国にいる。きっと、涅《くり》と同じ場所にいる。

心の中で叫《さけ》ぶ。声にならないこの声は、涅《くり》に届いているだろうか。

待ってて、涅《くり》。必ず涅《くり》に会いに行くから。

涅《くり》もきっと、わたしと同じような目に遭《あ》っているはずだ。

一緒《いっしょ》に戻《もど》ろう。一緒《いっしょ》に元にいた場所に戻《もど》って、また一緒《いっしょ》に過ごそう。

これからは、もう、涅《くり》を責めたりしないから。

涅《くり》の気持ちをもっと考えるから。今までのことを謝るから。

だから、戻《もど》ろうよ。もういやだよ。こんな怖《こわ》くて醜《みにく》い国なんか、きらいだ。

ねえ、涅《くり》。

――『冥《めい》』

わたしの声は、涅《くり》にはまったく届いていなかった。

そして涅《くり》の声は、わたしに助けを求めているようには聞こえなかった。

次に、遠く離《はな》れた場所からわたしを呼ぶ、誰《だれ》かの声が聞こえた。

――『メイ』

真《ま》っ暗闇《くらやみ》でなにも見えないのに、アオイがわたしに手を伸《の》ばしている、と思った。

アオイはわたしにいつでも手を差《さ》し伸《の》べてくれる。でも、わたしは涅《くり》と再会したら、涅《くり》の手を取り、この国から逃《に》げ出《だ》すだろう。

そうしたら、アオイはどうするんだろう。

たくさん迷惑《めいわく》をかけたのに、わたしにはなにもしてあげられることがない。わたしがいなくなったあとも、アオイはもちろんグレドも、この残酷《ざんこく》な国で、これまでと同じような日々を送ることになる。

わたしはこのまま逃《に》げてもいいんだろうか。でも、逃《に》げなかったところでわたしにできることなんてなにもない。

わたしなんかいないほうがいい。

涅《くり》がよく言っていた。

ぼくなんかいないほうがいい。だから、存在を消して、じっと静かに過ごすんだ、と。

今はわたしも同じように思う。わたし〝なんか〟はここにいないほうがいい。

——本当に？

もうひとりのわたしがわたしに問いかけてくる。

わたしは本当に、そう思っているの？　そうしたいの？

なにもできないかもしれない。でも、したいことはあったはず。

——わたしは、なにがしたいの？


「メイ！」

はっと目を開く。

無意識に呼吸を止めてしまっていたのか、はっはっ、と息が乱れている。歯も食いしばっていたのだろうか。顎《あご》が重くだるい。

息苦しさに胸を押《お》さえながら、ゆっくり焦点《しょうてん》を合わせていく。ぼやけた景色が明確になって、アオイが心配そうにわたしを覗《のぞ》き込《こ》んでいるのに気がついた。

「アオイ」

「うなされてた。大丈夫《だいじょうぶ》か？」

わたしの意識が戻《もど》ったことに、アオイがほっとため息をつく。

「ここ……は？」

呟《つぶや》くと、口《くち》の端《はし》がちりっと痛んだ。手を当てると腫《は》れていて、そこで自分が頬《ほお》を殴《なぐ》られたことを思い出す。そして、

「アオイ！　体は？　体は大丈夫《だいじょうぶ》なの？」

がばりと起き上がり、アオイに顔を近づける。

「え？　あ、ああ。痛いけど、動かせるから……たぶん、大丈夫《だいじょうぶ》」

そう話している最中にも痛みが走ったのか、アオイは一瞬《いっしゅん》顔を歪《ゆが》ませた。アオイの服の裾《すそ》に手を伸《の》ばして捲《まく》り上《あ》げると、くっきりと足形の青痣《あおあざ》ができている。

「お、おい」

「本当に大丈夫《だいじょうぶ》なの？　すごい痣《あざ》だよ」

「動けるから大丈夫《だいじょうぶ》だよ」

アオイは恥《は》ずかしそうに手を振《ふ》り払《はら》い、衣服を整える。男の子の服を捲《めく》り上《あ》げるなんて、大《だい》胆《たん》なことをしてしまったとは思うけど、今はそんなことを言ってる場合じゃない。アオイの体のほうが大事だ。

手を動かすときに少し痛みを感じているようだけれども、ひどい怪我《けが》ではないようでほっとする。

で、ここはどこだろう。どこに連れてこられたんだろう。

そう思って見回すと、この国に来てから見慣れ過ぎた場所——つまり牢屋《ろうや》の中にいることがわかった。

昼間まで過ごしていたあの市場の地下に、こんな場所があったのだろうか。それとも、市場の外にあるのか。

見上げると、天井《てんじょう》近くに細長い空気穴がいくつかあり、地面と壁《かべ》は土がむき出しになっている。夜なのか穴から光は入ってきていない。代わりに鉄格子《てつごうし》を挟《はさ》んだ向かいに、いくつかの蝋《ろう》燭《そく》が立てられている。ランプではなく、蝋燭《ろうそく》だ。地面はぬかるんでいて、手にも服にも泥《どろ》がついている。そして、いろんな臭《にお》いが混じった異臭《いしゅう》が漂《ただよ》っていた。これまで経験した牢屋《ろうや》の中でいちばんひどい環境《かんきょう》だ。

大きな布の塊《かたまり》が目に入ったけれど、なにか確かめる気にはなれなかった。その反対側の壁際《かべぎわ》に、わたしたちに背中を向けて座っているグレドがいた。

「グレド？」

呼びかけたけれど、無反応だ。

ちろりとアオイを見ると、肩《かた》をすくめられた。

「グレド」

もう一度呼びかけるけれど、やっぱりグレドは反応しない。

怒《おこ》っているんだろう。勝手なことをして、みんなを危険な目に遭《あ》わせてしまったから当然だ。

頭に手をあてると、髪の毛は布で隠されたままだった。

あの男たちは、わたしがカラスだと気づいただろうか。大丈夫だとは思うけれど、もし、気づかれていたら、きっと領王のところに連《つ》れ戻《もど》される。そのとき、アオイとグレドはわたしを匿《かくま》ったことでなにかしらの処罰《しょばつ》を受ける可能性が高い。

カラスに関わった者に対する、この国の処罰《しょばつ》――それは、きっと死を意味する。

「ごめんなさい」

わたしのせいだ。

わたしが、ふたりが止めるのを無視してアルモニに手を差《さ》し伸《の》べたからだ。

「ごめんなさい」

なのに、わたしは謝ることしかできないなんて。

「今さら謝られても、もう遅《おそ》い」

冷たいグレドの声に、歯を食いしばる。グレドが目すら合わせてくれないことに、ショックを受けている自分に呆《あき》れてしまう。ましてや泣きたい気持ちになるなんて、身勝手にもほどがある。

だから必死に、涙《なみだ》を堪《こら》える。

今わたしがすべきことは、泣くことじゃない。この状況《じょうきょう》をどうにかすることだ。

「ここから、出ないと……」

せめてアオイとグレドだけでも。

外に出る手段はないかと、立ち上がってきょろきょろとしていると、

「むだ」

と、背後から声がした。

アオイ、ではない。別の声だ。

声の出所を探していると、布の塊《かたまり》がもぞもぞと動き出した。

それは、布ではなく、アルモニだった。

顔を現したアルモニは、傷だらけで、片目は腫《は》れて開けることもできない状態になっている。

「え、な、なに？」

「むだ。にげるなんて、むり」

戸惑《とまど》うわたしを無視して、アルモニは首を横に振《ふ》る。

逃《に》げることも大事だけれど、それよりアルモニのひどい怪我《けが》が気になって仕方がない。

「ど、どうしたの、その顔。っていうか、なんでアルモニが……」

「この状況《じょうきょう》でなんでまだそいつの心配できるんだよ。自業自得《じごうじとく》だからほっとけ」

アオイが呆《あき》れた様子で言う。

自業自得《じごうじとく》とはどういう意味かと首を傾《かし》げると「それはボクらを売って、そして結局自分も売られる立場になったんだよ」とグレドが答えた。振《ふ》り返《かえ》ると、グレドがむすっとした顔でアルモニを睨《にら》んでいる。その視線を受けてもなお、アルモニはまったく表情をかえない。

「生きてくために、お金がいる」

むくりと上半身を起こしてアルモニが言った。

「だからって、〝じゃない者〟を仕入れて売っていいわけあるか！」

グレドが珍《めずら》しく声を荒《あら》げる。いつも堂々と、飄々《ひょうひょう》としていたグレドがこんなにも感情的になるなんて。

「〝じゃない者〟は、〝じゃない者〟を、売っちゃだめなんて、知らない」

首を横に振《ふ》って、アルモニは答えた。

「お前のせいで、ボクはなにもかも奪《うば》われたんだぞ」

「それは、アルモニのせいじゃない。この子のせい」

アルモニはわたしに丸い手を向ける。

たしかにそうだけど、アルモニに言われると、納得がいかない。

「この子が、アルモニを下に見たから、悪い」

「下になんて……！」

「アルモニに同情した。同情なんかいらない。むかつく。メイが話しかけてこなければ、アルモニはメイを家に連れていかなかった。むかついたから、他の者のように、ひとに渡《わた》そうと思った。その分、もらうはずのお金がたくさんになると思った」

同情という言葉に、言葉を失う。

たしかにあのとき、わたしはアルモニをかわいそうだと思った。ひとに手を上げられて、横たわっている姿を放っておけなかった。

アルモニの言うように、同情だったかもしれない。

でも、その気持ちは、アルモニを下に見た、ということになるのだろうか。

誰《だれ》かを助けるという行為《こうい》が相手を傷つけることになるなんて、思ってもみなかった。

アルモニがわたしを見る。

その瞳《ひとみ》には、なんの感情も浮《う》かんでいなかった。

でも、なぜか涅《くり》の悔《くや》しそうな表情が重なって見える。

――涅《くり》も、同じように思っていたのかもしれない。

「自分の卑屈《ひくつ》さを、メイに押《お》し付《つ》けるなよ」

はあっとアオイのため息混じりの声が聞こえてくる。

「お前が憐《あわ》れに思われたくないだけだろ。そういうお前を、おれは心底下に見てるよ。ただ、そんなふうに考えて自分を守るしかなかったことには同情する。メイと違《ちが》って手を差《さ》し伸《の》べようとは思わないけどな」

アルモニが、むっとした顔をした。アルモニにも、ちゃんと感情がある。それは、痛みがある、ということでもある。膿《うみ》が出るほどの傷にも平然としていたけれど、まったくなにも感じないわけじゃない。

なぜか、そのことにほっとした。

アルモニはぷいっとそっぽを向いて「どうでもいい」とそっけなく言い放つ。

「もうどうでもいい。どう思われてもいい。どうせみんな、奴隷《どれい》になる」

「……噂《うわさ》の工場の奴隷《どれい》がこんなふうに集められていたなんてなあ」

舌打ち混じりにグレドが呟《つぶや》く。

昨日、グレドの取引相手がそんな話をしていたのを思い出す。〃じゃない者〃や奴隷《どれい》を、工場で働かせるために集めている組合みたいなのがある、とかなんとか。

「まさか、みんなこうやって集められてるの？」

本人の意思ではなく、気がついたらこうして売られているってこと？

想像すると、ぞっとした。

「そうだろうね」

アルモニの代わりに答えたのはグレドだった。

「ひとの奴隷《どれい》はどうか知らないけど〃じゃない者〃はそうとうな理由がなければひとの奴隷《どれい》にはならない。奴隷《どれい》になるくらいなら、いっそ死んだほうがマシだから」

グレドの発言からは、ひとに対する嫌悪《けんお》を感じた。

そうか、グレドは、ひとのことがきらいなのか。商《あきな》いをする相手になにを言われても気にする素振《そぶ》りはなく、受け入れているようだったから、驚《おどろ》く。

でも、よく考えれば、自分を差別するひとたちのことを好きになるわけがない。

「ひとなんか、きらい。〃じゃない者〃も、きらい。みんな、アルモニたちを、きらうから、アルモニも、きらい」

アルモニはじろりとわたしとアオイを睨《にら》みつけた。

「森を自由に歩くこともできないくせに。指があるからってえらそうに。指があっても森では役に立たないし、二本足で歩けたってアルモニよりも動くのが遅《おそ》いくせに。アルモニたちは、ひとよりもすごい」

はっきりと言い切るアルモニに、たじろぐ。

地面に倒《たお》されていたときの、ぼんやりとした雰囲気《ふんいき》が、今はまったくない。わたしとアオイへの憎悪《ぞうお》をその目に力強く宿している。

思わず、じりっと一歩下がる。アルモニの気迫《きはく》に押《お》されて、目を逸《そ》らしたくなる。

「相変わらず卑屈《ひくつ》で他責的な種族だな。ちょっとしたことでも自分が攻撃《こうげき》されたと思《おも》い込《こ》んで、相手を拒絶《きょぜつ》して憎《にく》む。憐《あわ》れだ」

「――う、うるさい！」

グレドの発言に、アルモニが声を荒《あら》げた。大きな声ではないが、感情が爆発《ばくはつ》したのがわかる。空気が震《ふる》えるのを感じるほどだ。

「アルモニは、悪くない！」

「あ、思い出した」

ふと、アオイが顎《あご》に手を当てて呟《つぶや》いた。

「這《は》う者は——土の主《ぬし》」

その言葉に、びくりとアルモニが反応する。

「主《ぬし》？　どういうこと？」

「集落におしゃべりな奴隷《どれい》のじいさんがいて、おれにいろいろ教えてくれたんだ。昔、別の集落の奴隷《どれい》だったらしいんだけど、あまりにひどくて森に逃《に》げてしばらく過ごしていたときがあったんだって。そこでは這《は》う者が主《ぬし》だった、って」

グレドも知らないことらしく「なにそれ」と首を傾《かし》げる。

「土の者はみんな、這《は》う者についていたんだと。這《は》う者はなんでも知っていたって。で、じいさんは這《は》う者に森を追い出されたって言ってた。ひとの来る場所じゃないって」

這《は》う者が森を支配しているだなんて、意外だ。

わたしはこの国のことも、這《は》う者の立場や振《ふ》る舞《ま》いも知らないけれど、でも、アルモニからは、そんな雰囲気《ふんいき》を感じないから。

すぐそばにいるアルモニは、傷だらけで、泥《どろ》だらけだ。そして——弱っているようにも見える。グレドに反論している姿でさえも。その瞳《ひとみ》がどれだけ力強くとも。

アルモニは小さく震《ふる》えていた。

「アルモニは、悪くない。まわりが、悪い」

「知らねえよ、そんなこと」

アオイが呆《あき》れた顔で一蹴《いっしゅう》する。

「アルモニは、なにもしてない。なのに、みんな、いなくなった。ひとのせい」

「……どういうこと？」

思わず訊《き》いてしまう。みんな、とはアルモニと同じ、這《は》う者のことだろうか。

「ひとが、アルモニの場所を、奪《うば》った。工場とか、作ったせい」

「森に工場が？　さすがにそんなことはしないだろ。いくら横暴なひとでも、森を侵《おか》すことはしないはずだ。森には、上の者がいる可能性が高いんだから」

「アルモニの場所は、森じゃない。アルモニの場所は、家族の、ところ」

グレドの言葉を否定して小さく首を振《ふ》ったアルモニの声は、微《かす》かに震《ふる》えていた。

「森の近くに、ひとがなにかを作った。ちちとははは、そこに連れていかれた。騙《だま》された。土の者に、騙《だま》された。翔《かけ》る者が、騙《だま》した」

かけるもの。

どんな見た目なのかはわからないが、森で暮らしていた種族なのだろう。そしてそれはおそらく、アルモニ——森の主《ぬし》である這《は》う者の仲間のような存在だったはずだ。

「アルモニはひとりになった。アルモニはなにもできなくなった」
翔《かけ》る者がなぜ這《は》う者を騙《だま》したのか、工場に連れていかれたアルモニの家族は今もそこで働かされているのか、他の土の者たちはどこに行ったのか。そして、ひとりになったアルモニはなぜ〝なにもできなくなった〟のか。断片的なアルモニの説明では、わからないことばかりだ。

ぴちょん、とどこかで水がしたたり落ちる音がした。

「よくわかんねえけど、つまり森にいられなくなったお前は、〝じゃない者〟を騙《だま》して奴隷《どれい》を必要としているひとに売りつけてきたってことか」

「でも、お金もらえなかった」

ち、とアルモニが舌打ちをする。

「これまでのぶん、渡《わた》すって、言ったのに」

「いったい、どれほどたくさんの〝じゃない者〟を騙《だま》してきたの」

気がつけば、訊《き》いていた。

アルモニはわたしたち以外にも、たくさんの〝じゃない者〟を集め、あの男たちに売りつけたのだろう。相手の意思などお構いなしで。

こんなにも恐《おそ》ろしいことをしていたにもかかわらず、アルモニは罪悪感を抱《いだ》いているような素振《そぶ》りはない。まるで、友だちとケンカしてふてくされているような態度のアルモニは、空恐《そらおそ》ろしい者に見えた。

「騙《だま》されて奴隷《どれい》になった〝じゃない者〟にも、アルモニのように家族がいたかもしれないのに」

わたしの言葉に、アルモニは鋭《するど》い視線を向けてきた。

「騙《だま》されるほうが悪い」

迷いのない言い方だった。

「両親も？　自分の親のことも、騙《だま》されたんだから本人たちが悪いって言うの？」

「騙《だま》されるのが、悪い。翔《かけ》る者も、ひとも、ちちとははも、そう言った。そう言って、死んだ。騙《だま》されたから、ふたりは、死んだ。騙《だま》されたせい」

死んだ。

アルモニは、ふたりの死に立ち会ったのだろう。どんな状況《じょうきょう》かはわからない。ただ、アルモニの果てしなく深く沈《しず》んだ赤褐色《せきかっしょく》の瞳《ひとみ》から、それはアルモニの心に深い傷を負わせたことは、想像できた。

「――だから、アルモニが、騙《だま》す側に、なる」

泣いているわけではない。弱っているわけでも迷っているわけでもない。

アルモニは答えを、進むべき道を自分で見つけて、すでに覚悟《かくご》を決めている。

「騙《だま》してでも、生きる」

それがあまりに痛々しく見えて、触《ふ》れるとわたしまで怪我《けが》をしてしまいそうで、わたしはなにも言えなかった。

地下の牢屋《ろうや》は静寂《せいじゃく》に包まれていた。

わたしもアオイもグレドも、騙《だま》す側になると言ったアルモニに返す言葉が出てこなかった。

その後アルモニは静かに横たわると動かなくなり、グレドもうつらうつらしはじめていた。

そばにいるアオイは、あぐらを組んだ状態でぼーっと天井《てんじょう》を眺《なが》めている。

わたしは、三人を見つめながらいろんなことを考えた。ただ、それを言語化はできない。頭の中がぐちゃぐちゃで、なにかを考えなきゃいけないことはわかるのに、考えているはずなのに、わからない。

迷路に迷《まよ》い込《こ》んだみたいに、心細くなる。

目覚めてから、どのくらいの時間が経ったのだろう。一時間も経っていないような気もするけれど、何十時間もここで蹲《うずくま》っているような感覚もある。

そのうち、わたしたちをここに連れてきたひとたちがやってくるだろう。

奴隷《どれい》として工場に連れていかれるのか、それともカラスとして領王のところに逆戻《ぎゃくもど》りか。

どちらにしても、ここにいては先がない。逃《に》げるべきなのはわかっている。なのに、なぜかただおとなしくその時が来るのを待っている。

わたしだけではない。アオイも、グレドも、アルモニも。

アルモニは、今、なにを思いなにを感じているんだろう。

ひとりきりになってから、どんなふうに過ごしてきたんだろう。

両親がいた頃のアルモニは、きっと、今とは全然違《ちが》っていたはずだ。

目の前で芋虫《いもむし》のように丸まっているアルモニの姿を見つめて、昔の姿を想像しようとするけれど、アルモニが笑っているところすらイメージできなかった。

「なんで死んだんだろうな」

わたしがじっとアルモニを見ていると、アオイが囁《ささや》くように言った。

アルモニの両親のことを言っているのだろう。騙《だま》されて、奴隷《どれい》になったアルモニの両親は死んだ。死ぬ前にアルモニと会話ができたということは、工場から逃《に》げ出《だ》すことができたのだろうか。あるいは、アルモニも同じように奴隷《どれい》になって、そこで、両親の死に目に遭《あ》ったのかもしれない。病気になった、という可能性もある。

真実はわからない。

だからってアルモニに訊《き》くわけにもいかない。

ただ、わたしたちが気になるだけのことだから。答えがわかって、わたしたちがスッキリするためだけに、アルモニの傷をえぐるような質問を投げかけたくはなかった。

アオイが、ふうと息をつき、

「おれの両親は、どうしてるんだろうな」

と呟《つぶや》く。さびしいのにあたたかな声だった。

「メイには、親がいるんだよな？　どんなひと？」

「わたしのお母さんはおしゃべりが好きだったな。こっちがテレビ見ててもお構いなしで、ずーっと喋《しゃべ》っててうるさかった。でもすごく明るくって元気で、お母さんが家にいないと静かでさびしくなる」

ちょっと物を出しっぱなしにするだけで注意されるし、遊んでばかりだと勉強しろと叱《しか》られた。でも、いい点数を取れば褒《ほ》めてくれたし、いいことがあったと報告すると、一緒《いっしょ》に喜んでくれた。

「お父さんは、ずっとソファで寝《ね》てたな」

思い出すと笑《え》みがこぼれる。

休みの日はいつもソファでゴロゴロしていた。遊びに行こうと言っても、しんどいとか疲《つか》れたとか言って寝続《ねつづ》けようとする。でも、お願いすればいつだって結局は一緒《いっしょ》に遊んでくれたし、遊びはじめればわたしや涅《くり》よりもはしゃいでいた。バテるのはわたしたちのほうがはやいくらいだった。

休みの日は、家族四人でよく出かけた。キャンプにも行ったし、遊園地にも行った。公園でお弁当を食べてからキャッチボールをしたこともある。涅《くり》がすごく下手《へた》くそだったので、ケンカしたこともあった。

そういえば。一度、ショッピングモールで迷子になったことがあった。いったいなにに気を取られたのかは覚えていない。顔を上げたとき、わたしはひとりきりだった。呆然《ぼうぜん》と立ちすくんでいると、店のひとが声をかけてきて迷子センターに連れていってくれた。

あのとき、わたしはずっと口を閉じていた。

名前と年齢《ねんれい》を訊《き》かれて答えたのは覚えているけれど、それ以外はずっと、歯を食いしばっていた。

両親と涅《くり》は、その後しばらくしてからわたしを迎《むか》えに来てくれた。おそらく、迷子の放送を聞いて飛んできたのだろう。

家族の姿を見てから、わたしは号泣《ごうきゅう》した。お母さんも泣いていた。涅《くり》はそのあとずっとわたしの手を握《にぎ》っていた。

「きっと、わたしを心配してる」

あのときとは比べ物にならないほど、お父さんもお母さんも、わたしを心配しているだろう。すでに数日が経っている。しかもわたしだけではなく涅《くり》も行方《ゆくえ》不明になっているはずだ。はやく帰らないと、お母さんの涙《なみだ》が枯《か》れてしまうかもしれない。お父さんから笑顔《えがお》が消えてしまうかもしれない。

想像するだけで胸が苦しくなる。

はやく帰らなければ。こんなところでじっとしている時間なんてない。

そうわかっているのに、ただ歯を食いしばって蹲《うずくま》ることしかできない。ショッピングモールで迷子になったときと、同じだ。

あのときのわたしは自分の足で探しに行くわけでもなく、誰《だれ》かに助けを求めるでもなく、ただ、待っていた。そして、親切なひとが手を差《さ》し伸《の》べてくれたおかげで、家族に会えた。

今も昔も、わたしはなにもかわっていない。

アオイが手を取ってくれたから、グレドがそばにいてくれたから、ここまでなんとか動けてきた。

ただ、運が良かっただけだ。

「帰りを待っててくれるひとがいるっていうのは、いいな。どんな感じなんだろうな」

涙《なみだ》が出そうになって俯《うつむ》くと、アオイが独《ひと》り言《ご》つ。

わたしに話しかけている、という感じではなかった。

「おれの家族は、待ってんのかな」

その答えは、わたしはもちろんアオイも知らない。

でも、そうであってほしい。

「いつか、会ってみたいな」

「え？」

聞き返すと同時に顔を上げると、アオイが目尻《めじり》を下げた。

「目的を作ってみるのも悪くないかなって。アルモニが騙《だま》す側になろうと決意するほど、大事に想《おも》う親。メイを心配しているであろう親。じゃあ、おれの親はどんなかなって」

「ボクの親は、子どもに愛情はなかった。ただ、自分の跡《あと》を継《つ》ぐ者、という考えだった」

いつの間にか目を覚ましていたグレドが、わたしたちの会話に入ってきた。くあ、とあくびをして腕《うで》を上にぐぐっと伸《の》ばしてから「そういう親もいる」と言葉を付け足す。

「そういう親もいるんだろうな。グレドの親は今どうしてんの？」

「さあ？　まだ生きてると思うけど、どうだろう。死んでるかも。でも、どうでもいい」

アオイの質問に、グレドは肩《かた》をすくめる。

「もしかして、グレドは家出したの？」

「まさか。外の世界で苦労するのは目に見えてるのに、たった五歳《さい》で好んで家を出るやつなんていないさ。ボクの意思とは関係なく、こうなっただけ。でも、あのままあそこにいても、いつかは出ていってたかもね」

五歳《さい》の頃《ころ》からグレドはひとりなのか。捨てられたわけではなく、自分の意思でもなく、ひとりになるなんて、なにがあったんだろう。

たしか、商人をはじめたのは八歳《さい》だと言っていた記《き》憶《おく》がある。八歳《さい》で働きはじめたことも内心驚《おどろ》いていたが、思った以上にグレドの幼少期は大変だったようだ。五歳《さい》から八歳《さい》までは、どう過ごしていたのか。

ただ、グレドは家族への想《おも》いはあまりないようだった。

自分の跡《あと》を継《つ》ぐ者、とは、どういうことだろう。

「親に会いたいとは思わないのか？」

「思うわけないだろ。会いそうになったら全力で逃《に》げる」

きっぱりとグレドは言い切る。

「正直昔はめちゃくちゃ大変だったけど、今となってはこれでよかったと思ってるよ。今のボクは自由だしね」

「いいな、そういうのも」

「アオイの親もボクの親みたいに、子どもに関心なしってこともあるよって話。記憶《きおく》がないから会いたくなるのはわかるけど、会わなきゃよかったーって思うようなひとかもしれない」

それはいやだな、とアオイが苦く笑う。けれど、

「――でも、そのときはなかったことにしたらいい」

な、とわたしに同意を求めるように視線を向けて頷《うなず》いた。

「親を知らないおれは、親になにかを期待をしてるわけじゃないから。ただ、どんなひとか確かめたい。なんの目的もなく今日まで生きてきたし、メイとこうして旅するまではそれでいいと思ってたけど」

話すアオイは、はじめて会ったときとは別人みたいだな、と思った。

それと同時に、今のこの状況《じょうきょう》がより重みを増した。

わたしたちは、また旅に出られるのだろうか。

「それならいいけど。うまくここを出られたら、の話だけど、もしロクでもない親だったときは、ボクの仕事を手伝ってよ。ひとがいると便利だし」

「それはおれとしても助かるな」

ふたりの会話を、わたしは聞くことしかできない。

「荷物もお金も取られたから、また一からだけど、その頃《ころ》には挽回《ばんかい》できてたらいいな」

「グレドならすぐなんとかできるだろ。グレドが腕利《うでき》きの商人だってことは、一緒《いっしょ》に旅しててわかったから」

「当たり前だろ。何度も言ってるけど、ボクは頭がいいんだから。これまでのボクの努力の積み重ねを、暴力で奪《うば》われたことは受け入れ難《がた》いけどね」

これまで自分の力だけで生きてきた。そのすべてを、グレドは奪《うば》われた。

グレドが怒《おこ》るのは当たり前だ。

けれど、ぶつぶつ言いながらもわたしを見るグレドの目は決して冷たくなく、むしろあたたかかった。

これまで自分の生死にすら興味を抱《いだ》いていなかったアオイが、親に会ってみたいと、そう言った。こんな状況《じょうきょう》でも、未来に目的を見出《みいだ》した。

それなのに。

わたしのせいで、ふたりのこれまでとこれからを、台無しにしてしまった。

罪悪感で全身が押《お》し潰《つぶ》されそうになる。

わたしが今日までここで過ごせたのはふたりのおかげなのに。

なにもできないわたしを導いてくれたのに。

自分はもっと行動力がある人間だと思っていた。この国に来てもなんとか歯を食いしばって生きてきたし、なんとかしようと足掻《あが》いてきた。

——でも、実際できたことなんてなにもない。あるとすれば、余計な正義感だけだ。

「ごめ、んなさ、い」

自分の耳にかろうじて届いたくらいの本当に小さな小さな声だった。

なのにまるで、その謝罪が聞こえたかのように、アオイはわたしの頭に手を乗せた。そして優しく二回、撫《な》でる。

歯を食いしばって顔を上げると、アオイは目を細める。

そんな彼《かれ》に、わたしはなにができるのだろう。

「アオイ」

名前を呼んだ瞬間《しゅんかん》、どどどと地鳴りのような音がした。それは頭上から響《ひび》いてきて、壁《かべ》や天《てん》井《じょう》から、カサカサと土がこぼれ落ちる。一瞬《いっしゅん》このまま天井《てんじょう》が崩壊《ほうかい》して生《い》き埋《う》めになるのでは、と考えてしまう。

びくびくしていると、今度は足音が聞こえてきた。土が擦《こす》れる音に、石と石がぶつかる音も微《かす》かにする。この国のひとが身につけているアクセサリーの音だろうか。

だんだん大きくなってくる足音に耳をそばだて、牢屋《ろうや》の外へと視線を向ける。アルモニだけが、蹲《うずくま》ったまま動かない。

「おい」

やってきたひとが、鉄格子《てつごうし》の向こう側にある灯《あか》りの前に立って声をかけてきた。光が遮《さえぎ》られているため顔がよく見えないが、たぶん、アオイに飛《と》び蹴《げ》りをしたやつだろう。体が大きい。

「お前ら、なにもんだ？」

「……なにもんって、見たまんまだよ」

「出稼《でかせ》ぎに来た世間知らずの貧しい子どもだと思ったけど、ちげーよな？」

質問だけれど、男はそれを確信しているのがわかる。

殴《なぐ》られた頬《ほお》が再び痛み出した。恐怖《きょうふ》で体がすくむ。無意識にアオイの服を握《にぎ》りしめていたようで、アオイが大丈夫《だいじょうぶ》だと言いたげに手を重ねて握《にぎ》りしめてくれた。

「ふたりにはボクの商売の手伝いをしてもらってるんだよ」

「お前は黙《だま》ってろ！　〝じゃない者〟なんかに訊《き》いてねえんだよ」

グレドが答えると、男は声を荒《あら》らげた。ついでに鉄格子《てつごうし》を思い切り蹴《け》り、その衝撃《しょうげき》でまた壁《かべ》や天井《てんじょう》からぼろぼろと土がこぼれ落ちてくる。

「あの黒い妙《みょう》な服は、なんだ」

その言葉に、はっとする。グレドの荷物にばかり気を取られていたが、今になって自分が背負っていた荷物もなくなっていることに気づく。

黒い服。黒い瞳《ひとみ》。黒い髪《かみ》。

カラスだと証明するものを少しでも隠《かく》したくて、とっさにフードを被《かぶ》る。

「お前か？」

わたしの行動を見咎《みとが》めるように、男が荒々《あらあら》しく尋《たず》ねる。

けれどその声には僅《わず》かに――畏怖《いふ》のような揺《ゆ》らぎがあった。

「お前は、カラスなのか？」

男はわたしを見つめている。

「カラスは処刑《しょけい》されたんだろ」

「そんな噂《うわさ》、誰《だれ》も信じちゃいねえよ。誰《だれ》もカラスが処刑《しょけい》されるところを見てねえんだから。信じてるやつは信じるふりして安心したいだけだ。これでこの国はまだ大丈夫《だいじょうぶ》だってな」

アオイの言葉に男は鼻で笑う。

「お前がカラスなら、血眼《ちまなこ》でお前を探しているだろう領王に売りつけてやる。こんなチンケな奴隷斡旋《どれいあっせん》の仕事なんかしなくても大金が手に入るからな。おい、お前、こっちに来い」

笑っているけれど、男の顔は少し歪《ゆが》んでいた。

平気な、余裕《よゆう》なふりをしているのだとわかる。こんなにも体が大きく力も強い、子どもに対して手を上げることになんの躊躇《ちゅうちょ》もしないようなひとも、カラスという存在には恐怖《きょうふ》を感じるのだろう。

　カラスのわたしを、怖《こわ》がっている。

「拾い物だよ」

「は？」

「あの服は森で拾ったんだよ。珍《めずら》しいから高く売れるんじゃないかって思っただけ」

　なあ、とアオイが振《ふ》り返《かえ》りわたしに同意を求めた。

「嘘《うそ》吐《つ》くな！」

「なんで嘘《うそ》だと思うんだよ。ボクの荷物もお金も奪《うば》ったなら、ボクが商人だってことくらいわかるだろ。商人なら金目のものはなんでも手に入れるし、肌《はだ》身《み》離《はな》さず持ち歩く。たとえ不吉《ふきつ》な色の服でもね」

　さっきはグレドの話を遮《さえぎ》った男だが、今回は黙《だま》って考《かんが》え込《こ》む。イラついているのか、こめかみをぴくぴくと震《ふる》わせていた。

　ふたりがわたしを庇《かば》って誤《ご》魔《ま》化《か》そうとしてくれている。それをわたしは黙《だま》って見ている。アオイに縋《すが》り付《つ》いて、彼《かれ》らにすべてを任せている。

　ふと、視線を感じて振《ふ》り返《かえ》ると、アルモニがじっとわたしを見ていた。

「……そうか」

男がしばらくしてからそう言うと、アオイが小さく息を吐《は》く。

「お前、こっちに来い。〃じゃない者〃のお前もだ」

ついさっきまで興奮を露《あらわ》にしていた男は、少しだけ落ち着きを取《と》り戻《もど》したらしい。アオイとグレドを指差して命じた。微《かす》かに持ち上げられた口の端《はし》に、いやな予感がした。

アオイはグレドと顔を見合わせてから、小さく頷《うなず》き合《あ》って立ち上がる。ふたりは、このあとに〃よくないことが起きる〃とわかっている。

「――だ、だめ！」

とっさに引き止める。

「大丈夫《だいじょうぶ》だから」

首を左右に振《ふ》るわたしに、アオイが微笑《ほほえ》む。

グレドは仕方ないと言いたげに頭をかきながら男に近づいていく。

男は牢《ろう》を挟《はさ》んで「後ろを向け」とふたりに命じた。鉄格《てつごう》子《し》越《ご》しに、ふたりを後ろ手に縛《しば》ってから、鍵《かぎ》を開けてひとりずつ出てくるように言った。

出ては、だめだ。

口を開き、叫《さけ》ぼうとする。けれどそれよりも早く男が動いた。

「アオイ！」

先に足を出したアオイが、壁《かべ》に投げられた。一瞬《いっしゅん》の出来事で、グレドも目を丸くしている。

「アオイ！　アオイ！」

立ち上がって駆《か》け寄《よ》ろうとするわたしを「近づくな！」と男が静止する。地響《じひび》きのように、彼《かれ》の低くて大きな声に体が震《ふる》えて動けなくなった。

「本当のこと言うまで痛めつけてやる。ついてこい」

「や、やめて！」

ぐいとアオイの服を掴《つか》んで立ち上がらせると、男は醜《みにく》く顔を歪《ゆが》ませて笑う。わたしを一瞥《いちべつ》して、まるでお前のせいだと言わんばかりににんまりと目を細めた。

「さっさと本当のことを言えば、解放してやるよ」

くつくつと笑っている男は、私がカラスでも、そうでなくても、どちらでも構わないのだろう。痛めつけるのが目的のようにしか見えなかった。

もし、ふたりがすぐにわたしのことを伝えたとして、本当に解放してくれるのだろうか。ふたりに言い返されたことの鬱憤《うっぷん》を晴らしたいだけなんじゃないだろうか。

でも、アオイもグレドも、きっとすぐにわたしがカラスだとは言わないだろう。

これまでわたしは、ふたりと一緒《いっしょ》に過ごしてきた。

だから、わかる。ふたりはわたしのことを話さない。

話してくれていい。そうわたしが言っても、きっと、ふたりはそうしない。

覚悟《かくご》を決めたようなアオイの横顔と、諦《あきら》めたようなグレドの苦笑に、体の中にあるなにかが破裂《はれつ》してしまいそうな窮屈《きゅうくつ》さに襲《おそ》われる。

叫《さけ》び出《だ》したい衝動《しょうどう》が、わたしを襲《おそ》う。

瞬《まばた》きの仕方がわからなくて、瞳《ひとみ》が乾《かわ》いていく。

痛い。どこもかしこも、痛い。

今にも皮膚《ひふ》が破けそうな、そんな感覚が全身を覆《おお》っている。

「――っ」

声を絞《しぼ》り出《だ》す。体内に蠢《うごめ》く、恐怖《きょうふ》や怒《いか》りや不満や不安、そして苛立《いらだ》ちと情けなさを、吐《は》き出《だ》すように口を大きく開ける。息を吸《す》い込《こ》む。そして、吐《は》き出《だ》す。

「わたしが、カラス！」

弾《はじ》けるような声が出た。

その瞬間《しゅんかん》、自分で思っていた以上に体が動くようになり、鉄格子《てつごうし》を両手でしっかりと掴《つか》む。

わたしの目の前にいる男が体をのけ反らせた。掴《つか》んでいたアオイの服から手を離《はな》し、わたしから一歩離《はな》れる。

「この瞳《ひとみ》が、見えるでしょう？」

「な、なにを」

「ふたりで憂《う》さ晴《ば》らししようだなんて、許さないから。わたしが、カラスのわたしが、そんなことは絶対に、許さないんだから」

フードを脱《ぬ》いで、男の目をしっかりと覗《のぞ》き込《こ》む。

この男が殴《なぐ》る相手にアオイとグレドを選んだのは、万が一わたしがカラスだった場合、触《ふ》れるのを避《さ》けるためだろう。この男のひとも、カラスを怖《こわ》がっているからだ。黒いカラスに触《ふ》れたくないと、思っているからだ。もうすでに一度、殴《なぐ》ったくせに。

すぐそばの扉《とびら》がまだ開いているのに気づき、押《お》し引《ひ》いた。

「メイ、やめろ」

「ごめんね、グレド」

まだ外に出ていなかったグレドが、わたしを止める。けれど振《ふ》り向《む》かずに外に出る。鉄格子《てつごうし》の先にいるアオイは、今にも泣きそうな顔をしてわたしを見ていた。

「ありがとう」

地面に倒《たお》れているアオイの横を通り過ぎて、男に近づく。捻《ひね》った足首が痛んだが、歩けないほどではない。

「わたしを、領王のところに連れていくんでしょう？」

「……な、ほ、ほんとに、カラスなのか」

「最初にそう言ったのは、あなたでしょ」

実際目《ま》の当《あ》たりにしたところで、はいそうですかと信じられるわけではないらしい。

引《ひ》き攣《つ》っている男の顔は、涅《くり》をいじめていた同級生と重なって見えた。

さっきまでがくがく震《ふる》えて縮こまっていた自分が信じられないくらいに、体が動く。恐怖心《きょうふしん》は一切《いっさい》ない。ヤケクソなのかもしれないけれど、それでもいい。

ふたりを、守れるなら。

「ふたりを解放して。そしたら、わたしはあんたにおとなしく従う」

「メイ！」

「わたしを領王に引《ひ》き渡《わた》せば、奴隷《どれい》商をしなくていいくらい大金を得られるんでしょう？　領王のところに連れていくなりなんなり、すればいい。代わりに、アオイたちを今すぐここから出して」

アオイの声を無視して男に話し続けた。

男は、戸惑《とまど》いながらもわたしの瞳《ひとみ》をまじまじと見つめる。わたしの黒い瞳《ひとみ》を確かめるように、気のせいではないかと念入りに、見つめてくる。わたしはその視線をただ受け止める。

「中に、戻《もど》れ」

男はさっきまでの笑《え》みを顔から消して、静かに言った。

「ふたりを解放して」

「わかった。わかってる。とりあえずそれ以上近づくな。お前は中に入れ」

「ふたりを解放して」

同じ言葉を繰《く》り返《かえ》す。

このまま牢《ろう》の中に戻《もど》って、鍵《かぎ》をかけられたら元の状態に戻《もど》ってしまう。アオイたちはわたしと関わったことで一緒《いっしょ》に処刑《しょけい》される恐《おそ》れがある。それだけは回避《かいひ》しなくてはいけない。

「先に、ふたりを解放して」

もう一度、今度はさっきよりもゆっくりと、はっきりと、男に告げた。

これまで交わっていた視線が、逸《そ》らされる。

「お前ら、出ろ」

「グレドの荷物も、返して」

「……調子に乗るなよ？」

グレドとアルモニに話しかける男に要求を追加すると、さすがに今度はすんなりと認めてはくれなかった。でも怒《おこ》られる筋合いはない。

「グレドの荷物は、カラスであるわたしも何度も触《ふ》れたけどいいの？　それを持っていたら、

「不幸が訪《おとず》れるかもしれないよ。滅《ほろ》びたいならいいけど」

　男が悔《くや》しそうに奥歯《おくば》を噛《か》んだ。

　子どものわたしに偉《えら》そうに言われて苛立《いらだ》っているらしい。もしくは一度手にしたお金になりそうなものを返すのが心底惜《お》しく悔《くや》しいのかもしれない。

　男は返事を声には出さなかったが、諦《あきら》めたように頷《うなず》いた。それを確認してから、アオイとグレドのほうに振《ふ》り返《かえ》る。

「巻《ま》き込《こ》んで、ごめんね」

　へへ、と笑って肩《かた》をすくめると、「なんで」とアオイが搾《しぼ》り出《だ》したような声を発する。

「これまでありがとう。アオイが両親と会える日が来ることを、願ってる」

「メイを犠牲《ぎせい》にしてまで、したいことじゃない」

「犠牲《ぎせい》になんかならない。大丈夫《だいじょうぶ》、なんとかなるから」

　わたしのその言葉が嘘《うそ》だと、アオイにはバレているだろう。苦痛に顔を歪《ゆが》めていて、それがわたしを想《おも》ってのものだと思うと、うれしくなる。

「クリは」

「言わないで」

　今は涅《くり》のことを思い出してはいけない。

涅《くり》のことを頭から追い出すように、左右に顔を振《ふ》る。涅《くり》のことを思《おも》い浮《う》かべたら、ぽきんと心が折れてしまう。

「グレドも、ありがとね」

「……べつにボクはなにもしてないけど」

いつもどおりの口調だけれど、それでも少しさびしげに聞こえてくる。

「なんで、こんなことすんの？　メイにとってはなにもいいことないじゃん」

「それを言うなら、これまでのグレドも一緒《いっしょ》でしょ」

「ボクは、ボクがそうしたいからしただけ。メイのためにしたわけじゃない。利用しただけ。なのになんでメイはボクらを利用しないの」

　心底不思議なのだろう。

　グレドは今まで自分が、わたしたちにどれだけのことをしてくれたのか、自覚がないのだろうか。グレドがいなければわたしは、この世界であたたかい食べ物を一度も口にすることなく、死んでいたかもしれない。森で暮らすにしろ、町にひそむにしろ、わたしとアオイだけでは知識もお金も不足していた。

　たとえグレドがわたしを助けるつもりなんてなかったんだとしても、グレドの言動はすべて、わたしを救ってくれていた。

「みんなを助けるためなら、わたしはなんだって利用する。それが、自分自身でも」

「意味わかんないなあ」

「わたしも、正直よくわかんないな」

こんな状況《じょうきょう》なのに、つい噴《ふ》き出《だ》してしまった。そんなわたしにグレドは怪訝《けげん》な顔をして「流れ者は理解できない」と呟《つぶや》く。

「おい、さっさとしろ！」

話《はな》し込《こ》んでいたわたしたちに痺《しび》れを切らしたのか、男が叫《さけ》ぶ。

「あいつはどうすんの？」

「え？」

グレドは振《ふ》り返《かえ》り、隅《すみ》で丸くなったまま動かないアルモニを見た。アルモニはじいっとわたしを見つめている。

自分も助けてほしいと、そう言っているような気がした。

――けれど。

ここを出たらアルモニは再び〝騙《だま》す側〟として生きていくのだろう。もし、また誰《だれ》かを騙《だま》して、わたしたちのように奴隷《どれい》として売られることになったら……。

今アルモニを解放することで、傷つく者が、増える可能性がある。

そうなったとき、それはアルモニだけのせいだと、言えるのだろうか。

わたしも、加害者になるんじゃないだろうか。

「あれはダメだ」

悩《なや》んでいると、男がきっぱりと拒否《きょひ》した。

「お前は〝ふたり〟を解放しろと言った。あれを解放したいなら、どっちかは残ってもらう」

この男はアルモニを手放したくないわけではない。

ただ、わたしにいやがらせをしたいだけだ。そして、わたしがこれ以上要求しないことも察している。

「おれとグレドが行く」

歯を食いしばっていると、アオイがグレドを掴《つか》んで言った。

「アルモニの代わりに死ぬ気はない。おれらは、生きる。メイがどんな決断をしても、関係ない。おれらを解放してもらう」

だから、メイは選ばなくていい。

アオイの心の声が聞こえてきた。

牢《ろう》の外に出たアオイとグレドに、男は舌打ちをして背を向ける。男のあとをついていくふたりを見つめていると、視界がじわりと滲《にじ》む。

わたしも一緒《いっしょ》に行きたいと叫《さけ》びたくなるけれど、必死に呑《の》み込《こ》む。

本当は今すぐ逃《に》げたい。アオイとグレドと一緒《いっしょ》に。いや、本心ではわたしだけでもいいから逃《に》がしてほしいと思っている。

大丈夫《だいじょうぶ》。大丈夫《だいじょうぶ》だ。

なにが、ともうひとりの自分が自分に問いかけてくるのを無視して、何度も何度も言い聞かせた。


アオイとグレドがいなくなった牢《ろう》は、やたら広く感じて、体の芯《しん》が凍《こお》りそうなほど冷たかった。天井《てんじょう》から吹《ふ》き込《こ》む風に体を震《ふる》わせる。

アオイとグレドは、無事に出られたかな。なるべく遠くへ逃《に》げのびてほしい。

わたしはいつ、領王のところに連れていかれるんだろう。

またあのひどい匂《にお》いの馬車に乗せられるんだろうか。

さすがにもう逃《に》げられないだろうな。

牢《ろう》の壁《かべ》にもたれて、天井《てんじょう》のシミを見つめる。細長い窓の先は、相変わらず暗いけれど、心なしか明るくなってきているような気がする。朝が近づいているのだろう。

「あきらめた？」

ふいにアルモニが話しかけてきた。

「わかんない」

正直に答える。

「アルモニは、諦《あきら》めたの？　ずっとあきらめてる」

意外な答えだった。でも、そうか、とすんなりと受け入れることができた。妙《みょう》に納得感さえある。そうか、アルモニは諦《あきら》めていたのか。

アルモニだけじゃない。みんな、諦《あきら》めているのかもしれない。

アオイも、最初はアルモニのような目をしていた。グレドは、ひとにひどい対応をされても怒《おこ》ったり悲しんだりしなかった。仕方ないと受け入れているのかと思っていたけれど、あれは諦《あきら》めていたからなのかもしれない。

他のひともみんな、大なり小なり諦《あきら》めているのかな。

——きっと、涅《くり》も。

今、頑張《がんば》れとか諦《あきら》めるなとか言われたら、わたしはきっと怒《おこ》るだろう。うるさいなと無視するか、放っておいてと耳を塞《ふさ》ぐ。わたしが涅《くり》に言っていたことは、そういうことだった。

わたしはいつだって、自分が同じような状況《じょうきょう》にならなければ相手の気持ちを理解できない。この国に来て、涅《くり》のことを思い出すたびに、これまで自分が涅《くり》のためを思ってしてきた的外れな言動が恥《は》ずかしくて、後悔《こうかい》の気持ちが押《お》し寄《よ》せてくる。

涅《くり》はまわりをきちんと見れていないとずっと思っていた。

わかっていなかったのは、わたしなのに。

「メイは、カラスなの？」

「そうみたい。よくわかんないけど。ここから逃《に》げることもできないわたしが、この国を滅《ほろ》ぼすとか言われてもね」

そんな力があったら、今すぐここから出ていけるはずだ。アオイとグレドを巻《ま》き込《こ》むことなく、ひとりで戦えただろう。

でも実際には滅《ほろ》ぼす力どころか、知識も知恵《ちえ》もなにもない。この国でわたしはあまりにも無知で、無力だ。

はーあ、とため息をついて、立てていた足を伸《の》ばした。

「にげないの？」

「どうやって？」

アルモニも無理って、言ってたのに？

失笑すると、アルモニは「しらない」と答えた。

「逃《に》げられるなら、逃《に》げたいよ。ここからも、この国からも」

牢屋《ろうや》の鍵《かぎ》はしっかりと閉められている。逃《に》げ出《だ》せるような窓もない。運よくここから出られたとしても、あの男の仲間が近くにいるだろう。

「今すぐ、元いた場所に戻《もど》りたい」

アルモニに言ったわけではない。これはただの、独り言だ。

ふかふかのベッドで眠《ねむ》り、お母さんが作った出来立てのご飯を食べて、お父さんと一緒《いっしょ》にテレビを観ながらゲラゲラ笑って過ごす日々に、戻《もど》りたい。

誰《だれ》かに虐《しいた》げられたくない。誰《だれ》にも殴《なぐ》られたくない。誰《だれ》かを恐《おそ》れて隠《かく》れて過ごしたくない。

今のわたしは、この国がどうなろうとどうでもいいと思っている。ただ、安心安全な場所に戻《もど》りたい。

今すぐに、ひとりででも。

涅《くり》を置き去りにすることになったとしても。

涅《くり》が、わたしと同じ気持ちで今を過ごしていたとしても。

「最低だ、わたし」

そんな自分に気づきたくなかった。

自分がこんなにもずるく、利己的で、自分勝手な人間だったなんて。

両手で顔を覆《おお》う。泣きたいのになぜか、涙《なみだ》も出てこない。

「じゃあなんで、にげなかった？」

「……え？」

「メイは、ふたりをにがした。メイは、にげようとしなかった」

「それは、わたしの、せいだから」

「にげたいのに？　なんで？」

なんで、と言われても。

だってふたりはわたしのせいで殴《なぐ》られ、わたしのせいでまた、ひどい目に遭《あ》うところだったから。これまで一緒《いっしょ》にいてくれたふたりを守りたいと思い、そしてあの瞬間《しゅんかん》、わたしにできることはああすることだけだった。わたしにしかできなかった、とも思っている。

自分の選んだ行動に後悔《こうかい》はない。恐怖《きょうふ》はあるけれど、また同じ状況《じょうきょう》になったら、わたしは同じ行動をするだろう。

「ちちとははも、アルモニをにがした。なんで？」

「……アルモニが、大事だからじゃないの？」

「アルモニのせいで、騙《だま》されたのに。アルモニが、騙《だま》されたせいなのに」

騙《だま》されたのは、両親ではなく、アルモニだったのか。

淡々《たんたん》とした話し方だったけれど、さびしさが漂《ただよ》っているのを感じた。

「アルモニを守って、ちちとははは、死んだ」

その瞬間《しゅんかん》にアルモニの両親が「騙《だま》された自分たちが悪い」と言ったのだとしたら、それはアルモニを庇《かば》うための、アルモニの後悔《こうかい》を少しでも軽くするための言葉だったんじゃないかと、思った。

アルモニは悪くない。騙《だま》されたのは自分たちだ、と。

「アルモニがいなければ、にげられた、はず」

実際のところはどうだったのかはわからない。でも、アルモニは、そう思っている。今のわたしは、アルモニには両親と同じように見えているのかもしれない。

アルモニの表情は、かわらない。

泣いているわけでもないし、悲しんでいるようにも見えない。

でも、傷ついている。

騙《だま》す側になろうと決意したのは、自らを犠牲《ぎせい》にしてまで守ってくれた両親のために生《い》き抜《ぬ》こうとしたからかもしれない。

だからって、アルモニが騙《だま》してきたことはなくならないし、アオイやグレドがあんな目に遭《あ》ったことを許せるわけでもない。

でも、この国が、もう少し優しければ。

今よりも傷つく者は少なかったんじゃないだろうか。

アルモニも、笑って過ごせたんじゃないだろうか。

「アオイとグレドも……わたしが犠牲《ぎせい》になったと、思うかなあ」

「じぶんのせいでだれかが死ぬの、気分悪い」

はっきり言われてしまった。

でも逆の立場で考えたら、とても苦しいだろう。そもそもわたしがカラスだと、わたしの代わりにふたりを解放してと言ったのは、わたしのせいでふたりが傷つくのがいやだったからだ。

――わたしは、自分がされたくないことを、ふたりにした。

あの瞬間《しゅんかん》、それをわたしは自己犠牲《ぎせい》だとは思っていなかった。自分にできることをしたつもりだった。

でも、このままではわたしは死ぬ。領王のところに連れていかれたら間違《まちが》いなく処刑《しょけい》される。

それを覚悟《かくご》した。それを、受け入れた。

「……逃《に》げたんだな、わたし」

「にげてない」

「体はここにあるけど、心は逃《に》げてたんだと思う」

わたしの言葉が理解できないのか、アルモニが首を傾《かし》げる。

わたしは、ふたりへの罪悪感から逃《に》げた。この国の理不尽《りふじん》さから逃《に》げた。涅《くり》のことも、なにもかも、考えるのがいやになった。もうこれ以上終わりの見えない旅を続けたくなかった。

だって、どうやったら元の場所に戻《もど》れるの？

涅《くり》はどこにいるのかもわからない。いつ会えるのかもわからない。

明日か明後日に会えるのなら踏《ふ》ん張《ば》れる。でも、何ヶ月何年とかかるかもしれない。もしかしたら、わたしはずっとこの国で生きていかなきゃいけないかもしれない。

必死に目を逸《そ》らして、大丈夫《だいじょうぶ》だと自分に言い聞かせたって、限界がある。

明日は今日より最悪の日になるかもしれない。

その最悪の日が、永遠に続くかもしれない。

そんなの、耐《た》えられない。

だったら死んでしまったほうが楽なんじゃないかと。死んでしまえばすべてが終わるんじゃないかと。

わたしはきっと、心のどこかでずっとそう思っていたんだ。

死にたいわけじゃない。ただ、終わらせたかった。

――終わらせることのできる理由を、アオイとグレドに押《お》しつけたんだ。

「おい、カラス」

まさに終わりを告げる声が聞こえて、顔を上げる。いつの間にか跳《と》び蹴《げ》りの男がまた鉄格子《てつごうし》の向こう側に立っていた。似たような光景を前にも見たなと思う。

「出てこい」

わたしを警戒《けいかい》しているのか、男は手に武器を持っている。木刀のようなものなので、切りつけられる可能性はなさそうだけれど、殴《なぐ》られたら当然痛いだろう。数人で来てもおかしくないのにひとりだけなのは、わたしを侮《あなど》っているからなのか、領王からの報酬《ほうしゅう》を独《ひと》り占《じ》めしようとしているのか。

のそりと立ち上がり、男に近づく。

足を一歩動かすたびに、終わりが近づいてくる。自分の気持ちに気づいた今、終わりに対する恐怖心《きょうふしん》はすっかり薄《うす》れていた。むしろ解放感すらある。

「まさかカラスがこんな子どもだとはな」

男はわたしの目をまたじっと見つめてきた。黒目であることを改めて確認《かくにん》しているのだろう。

「いまいちよくわかんねえよな、カラスってのは。三周前にとなりで見つかったって話も聞いたことがあるし。そいつは黒髪《くろかみ》じゃなかったらしいが、お前は髪《かみ》も黒いのか？」

え、と声が漏《も》れる。

三周前ということは、三年ほど前ということだ。一瞬《いっしゅん》涅《くり》のことかと思ったけれど、同じタイミングで川に落ちた涅《くり》が、三年も前にこの国にいるわけがない。それに涅《くり》はわたしと同じ、真っ黒の髪《かみ》の毛《け》で、染めたことは一度もなかった。

「となりって？」

でも、カラスと言われると、やっぱり気にはなる。もしかして、もしかする、かも。

「は？　ノーパーヴァだよ」

「ノーパーヴァにも、カラスの言い伝えがあるの？」

男は意外にもわたしの質問にすんなりと答えてくれた。面倒《めんどう》くさそうではあるが。

「さあな。ノーパーヴァのことは知らねえよ。知り合いが国境付近の集落で聞いたって言ってただけだし。すげえ冷酷《れいこく》なやつで、あの国のえらいやつらを一掃《いっそう》したとかなんとか。だからカラスって呼ばれてるだけで、ニセモノだろ。お前がカラスなら、な」

その話に、涅《くり》じゃないな、と改めて思う。涅《くり》に冷酷《れいこく》だなんて言葉は、似合わない。

ほんの数秒だけだったけれど、涅《くり》かと期待をしてしまった反動で、さっきよりも気分が沈《しず》んだ。もう希望を持つことすら億劫《おっくう》に思えてくる。

牢屋《ろうや》を出ると、男がまた鍵《かぎ》を閉める。鉄格子《てつごうし》の向こうには、アルモニだけが残される。

「……アルモニは、工場に連れていかれるの？」

「引《ひ》き渡《わた》したところでなんの役にも立たないだろうけどな。指もねえしまともに歩くこともできねえし、気持ち悪いし臭《くさ》いし。ただ〝じゃない者〟はタダ働きさせられるし、死んで悲しむ者もいない。他のもんと一緒《いっしょ》に押《お》しつけてやる。なんか使いどころはあるだろ」

わたしが抵抗《ていこう》する素振《そぶ》りを見せないからか、男はぺらぺらと喋《しゃべ》る。領王のところに連れていけばお金が手に入るから気分が高揚《こうよう》しているのかもしれない。前は鎖《くさり》で縛《しば》られたのに、この男はわたしを一切拘束《いっさいこうそく》しないくらいには、わたしを舐《な》め切《き》っている。

さっきまでカラスにビビっていたくせに。

時間が経って、わたしのことを不吉《ふきつ》な存在なだけの非力な子どもだと考え直したのだろう。

――わたしに特殊《とくしゅ》な力があれば、戦えたのに。

大きな男の背中を見ながら、そんなことを考える。

力があれば、わたしはきっと戦った。自分を、みんなを守るために、全力を尽《つ》くして抗《あらが》い続《つづ》けたはずだ。

本当は、逃《に》げたいわけじゃない。

逃《に》げるしかないから、逃《に》げる。

逃《に》げることは悪いことじゃない。いやなことがあれば逃《に》げればいい。

でも、心の底から逃《に》げたいひとなんて、いるんだろうか。

涅《くり》は前髪《まえがみ》を伸《の》ばして痣《あざ》を隠《かく》していた。からかわれるからひとと目を合わせようとしなかったし、話すことも避《さ》けていた。

でも、涅《くり》は決して、他人がきらいなわけじゃなかったと思う。

人見知りで口数も少ないけれど、誰《だれ》かが困っているとき、手を差《さ》し伸《の》べるのはわたしより涅《くり》のほうがはやかった。ひとりでいることが多かったけれど、時折、遠目に楽しそうにふざけ合うクラスメイトたちを目で追っていたし、その表情は穏《おだ》やかだった。

そんな涅《くり》が、好き好んでひとを避《さ》けるわけがない。

ひとと仲良くなれるなら、悪意のあるからかいを受けないのなら、涅《くり》はわたし以上に多くの友人に囲まれて過ごしていただろう。

涅《くり》は、逃《に》げたかったわけじゃない。それ以外に方法がないと思っていただけだ。

今の自分を守るための方法が、それしかないから、そうしていた。逃《に》げなくていいなら、逃《に》げたいと思うようなことがなければ、みんな逃《に》げたりしない。

でも、どう考えてもわたしには、なにもできない。そもそもが、わたしのせいだから。

アオイやグレドだって、わたしがいなければこんなやつらに捕《つか》まることは——。

そこではたと気づく。

さっき、この男はアルモニを他の者と一緒《いっしょ》に押《お》しつける、と言った。

それは、アオイとグレドのことじゃないだろうか。

わたしを侮《あなど》っているこの男が、本当にふたりを言われるがまま解放したんだろうか。

「おい、はやく来い」

「……アオイとグレドは、どこに行ったの？」

「は？　そんなもん知るか」

振《ふ》り返《かえ》った男の口元が、僅《わず》かに歪《ゆが》んだ。そしてすぐに、前を向く。

牢屋《ろうや》の右に進んですぐに緩《ゆる》やかな坂道があり、その先に空が見えた。まだ暗いけれどうっすらと青みを帯びているのは、日が昇《のぼ》りはじめたからに違《ちが》いない。

夜は、あまり出歩くひとがいない、と言っていた。

夜は暗いから。黒に覆《おお》われるから。

このまま時間が進めば、どんどん空は明るくなる。

――『にげないの？』

アルモニに訊《き》かれたセリフが蘇《よみがえ》る。

考える前に、体が動いた。大きく一歩踏《ふ》み出《だ》すと、足の裏から、地面の感触《かんしょく》が伝わってきた。

今、わたしはこの地に、足をつけて、立っている。足首の痛みが、むしろわたしに力を与《あた》えてくれた。

手が前に伸《の》びる。

掴《つか》んだのは、男が手にしていた木刀だった。

「――っな」

男が反応する。でも、なにもできないと思ってくれていたおかげで、彼《かれ》が木刀を持つ手に力を込《こ》めるよりも先に、引《ひ》き抜《ぬ》くことができた。

そしてすぐにそれを振《ふ》りかぶり、男の頭を狙《ねら》って振《ふ》り下《お》ろす。反射的に目を瞑《つぶ》ると、手のひらに衝撃《しょうげき》が走った。ごつんと鈍《にぶ》い音は、その後に聞こえたような、そんな気がした。

「……お、まえ」

恐《おそ》る恐《おそ》る瞼《まぶた》を開けると、こめかみを押《お》さえた男がわたしを睨《にら》んでいる。

「こ、来ないで！」

もう一度木刀を振《ふ》ると、壁《かべ》に当たってバランスを崩《くず》した。それが彼《かれ》の脇腹《わきばら》に直撃《ちょくげき》する。さっきとまた違《ちが》う感触《かんしょく》が手のひらに伝わってきて、眉間《みけん》が寄る。

気持ち悪い。

ひとを殴《なぐ》ったことなんか、これまで一度もない。

ケンカをしたことはある。でもそれは幼稚園《ようちえん》か小学校低学年の頃《ころ》で、せいぜい髪《かみ》の毛《け》を引っ張るとか服を引っ張るとか、その程度のことだった。涅《くり》とだって、取っ組み合いのケンカはしたことがない。

暴力は、きらいだ。

誰《だれ》かを傷つけるなんて、やってはいけないことだ。

やられたことをやり返すのは、無意味で、空《むな》しいことだ。

相手が誰《だれ》であろうとも。この男に殴《なぐ》られたことを恨《うら》んでいても。

それでも、わたしは木刀を放さなかった。

歯を食いしばって、手に力を込《こ》めて、相手に向ける。

頭よりも脇腹《わきばら》のほうが痛かったのか、男は蹲《うずくま》ってうめき声を上げている。男の足元に、牢屋《ろうや》の鍵《かぎ》が転がっていた。木刀を突《つ》きつけた状態で男を睨《にら》んだまま、近づいて腰《こし》を折る。鍵《かぎ》を手にすると、男が「なにを」と痛みに耐《た》えながら言った。

「お願いだから、わたしたちを見逃《みのが》して」

これ以上、暴力を振《ふ》るいたくない。

あなたは躊躇《ちゅうちょ》なくそれができるかもしれないけれど。

「ここからなにも言わず立ち去ってくれるなら……わたしもなにも、しないから」

「……っ、ふざけ、たこと、を」

「はやく！　さっさと消えて！」

わたしの声に、男は座ったままじりじりと後ろに下がっていく。それを見つめながらわたしも後ずさり、牢屋《ろうや》のほうに戻《もど》った。

男は、立ち去った。だからといって、わたしを逃《に》がすつもりなんてないだろう。仲間を集めて戻《もど》ってくる可能性が高い。その前に、逃《に》げないと。

「メイ？」

牢屋《ろうや》の前に戻《もど》ると、アルモニが心配そうにわたしの名前を呼んだ。

「アルモニ、逃《に》げよう」

鍵《かぎ》を開けようとするけれど、手が震《ふる》えて、うまく鍵穴《かぎあな》に鍵《かぎ》を差すことができない。はやくしなければと思えば思うほど、指先が思うように動かない。

「なんで」

「このままじゃ、奴隷《どれい》として過ごすことになるんだよ？　逃《に》げないと」

「なんで」

アルモニは同じ言葉を繰《く》り返《かえ》す。

やっと鍵《かぎ》を開けることができて牢《ろう》を開ける。けれど、アルモニは動くことなくわたしを見ていた。

「なにじっとしてるの。奴隷《どれい》になって、いいの？」

「アルモニは、奴隷《どれい》をあつめた」

言われるまですっかりそのことを忘れてしまっていた。

「ここを出たら、アルモニは、また騙《だま》す」

そうかもしれない。でも、なぜそれをわたしに言うのか。

アルモニも、終わりを望んでいるからか。

「本当は、そんなことしたいわけじゃないでしょ？　アルモニは、好きで騙《だま》して生きているわけじゃないでしょ？　じゃなかったらそんなこと自分で言わないよ」

本当の悪人なら、あの男みたいに平然と嘘《うそ》を吐《つ》くはずだ。

もう誰《だれ》も騙《だま》さないと嘘《うそ》の誓《ちか》いを立てて、この牢屋《ろうや》から出ていけばいいだけだ。

「アルモニなら、騙《だま》さなくても生きていけるよ」

「かんたんに、言わないで」

わたしの言葉を遮《さえぎ》るように、アルモニが拒絶《きょぜつ》を口にする。

「住んでいた森に戻《もど》ることはできないの？　それがだめなら、別の森とか……這《は》う者は他にもいるんでしょう？　だから」

「そんなの、むり！」

アルモニが、大声を出した。

「かんたんに、言わないで。自分の森を出た這《は》う者は、もう主《ぬし》になれない。主《ぬし》じゃない這《は》う者は、邪魔《じゃま》なだけ。他の森の主《ぬし》は、アルモニを認めない。主《ぬし》は、そういうもの」

「でも」

その先の言葉は出てこなかった。

でも、わからないじゃない。お願いしたら住めるかもしれない。もしくは誰《だれ》もいない森もあるかもしれない。わたしとアオイが逃《に》げた森には誰《だれ》もいなかったから、そこでならアルモニも生きていけるかもしれない。

でも、わかっている。わたしの考えは、どれも無責任だ。

なにも知らないくせに、わたしの価値観で考えて、それを押《お》しつけているだけだ。

涅《くり》に何度もそうしてきたように。

大丈夫《だいじょうぶ》だと、明日をいい日にするために頑張《がんば》ろうと。

涅《くり》の気持ちを考えず、自分の気持ちで話していた。そのことを反省したはずなのに、またわたしは同じことをしようとしていた。

でも。わかっている。でも。

「――でも」

いやなんだよ。アルモニがこの場所で、ただ終わりを待つのが。

アルモニがそれを望んでいるのだとしても、どうしても、「わかった」と言ってあげられない。アルモニの気持ちを尊重できない。

涅《くり》がこれでいいんだと痣《あざ》を隠《かく》すために前髪《まえがみ》を伸《の》ばしていたのがいやだった。

ひとと話すのを避《さ》けて息を殺して教室で過ごしているのを見るのがつらかった。

もっと笑えるはずなのに。

明日は今日よりいい日になるかもしれないのに。

どうしてなにもせずに、諦《あきら》めてしまうのか。

自分だってついさっきまで、同じだったくせに、自分が戦おうと思ったからとアルモニを巻《ま》き込《こ》もうとするなんて、つくづく自分勝手だ。

それでも。

「わたしは、アルモニに逃《に》げてほしい」

「むかつく、きらい。同情、いらない」

するりとアルモニが動いて、わたしの目の前にやってきた。アルモニは立っていると遅《おそ》いけれど、横ばいで動くと驚《おどろ》くほど、はやい。

「メイは、アルモニを、見下してる。だから、同情する」

近くにいるアルモニから、ツンと鼻を刺《さ》すような臭《にお》いがした。傷口が開いたのだろうか。けれど、アルモニの表情に痛みは浮《う》かんでいない。

「同情、きらい」

心配する気持ちの中には、たしかに同情心が含《ふく》まれている。それはアルモニの言うように、自分よりかわいそうなひとに対して抱《いだ》くものかもしれない。

わたしはアルモニに言われるまで、ひとに手を差《さ》し伸《の》べる行為《こうい》が同情から来るものかどうかなんて、相手がどう思うかなんて、考えたことがなかった。傷ついているひとがいたら助けることが当たり前だと思っていた。

でも、それを悔《くや》しく思うひともいる。恥《は》ずかしいとかムカつくとか、そんなふうに感じるひともいる。

たぶん、涅《くり》も同じような気持ちだったんじゃないかと、思う。

わたしの行為《こうい》は今振《ふ》り返《かえ》れば間違《まちが》いなく、同情だった。

かわいそうだと、わたしが涅《くり》を助けてあげないと、と思っていたから。

――でも。

そう、でも。

「同情のなにが悪いの！」

それはそんなにいけないことなの？

「目の前で、わたしの見えるところで、誰《だれ》も傷ついてほしくないだけ！　わたしがいやなの！　この国ではそれが当たり前だとしても、そんなの関係ない！　わたしがいやだから、わたしの好きなようにする！」

昨日、わたしの目の前で、アルモニが倒《たお》れた。

起き上がるのに時間がかかっていた。

アオイにもグレドにも止められた。関わらないほうがいいと言われた。

わたしはそれを無視してアルモニに手を差し出した。

「わたしは、わたしがきらうひとたちと同じようなことをしたくないの！　それが自分の立場を守るための行為《こうい》だとしても、いやなの！」

あのとき、アルモニを無視できなかったのは、そういう気持ちがあったからだ。

この国に住むひとは、自分たちの生活を守るために、カラスの死を望む。処刑《しょけい》されたと聞いて、自分たちは安全だと安堵《あんど》して、笑う。

奴隷《どれい》や〝じゃない者〟に対して平等に接することがないのは、自分たちの立場を守るためだ。

この国ではそういう考えだから、そうじゃないひとは、グレドがわたしに言うように、変わった考えだと思われるのだろう。実際、〝じゃない者〟と一緒《いっしょ》にいるわたしやアオイは変わり者扱《あつか》いをされた。

わたしはカラスだ。

だから、それを隠《かく》して、他のひとと同じようにしなければいけない。

グレドが邪険《じゃけん》に扱《あつか》われても口を出してはいけない。

奴隷《どれい》が物を投げつけられても、見て見ぬ振《ふ》りをしなければいけない。

カラスに対して残酷《ざんこく》な言葉が聞こえても、反応を見せてはいけない。

そうするたびに、苦しかった。

——あのとき、わたしは加害者だった。

「わたしは自分のために、自分を貶《おとし》めてきらいにならないために、ひとを助けるの！　そういうひとでいたいから、同情して手を貸すことが申し訳ないなんて、思わない！」

声にすると、胸につっかえていた重苦しいなにかが、消えたような——体が軽くなるのを感じた。

隠《かく》れるように過ごしながら抱《いだ》いていたなにかが、飛散していく。

アルモニは、目を大きく見開いて、数回瞬《まばた》きをした。

あまりにも自分勝手なわたしの思考に、驚《おどろ》いているのだろう。

そうだ。わたしはものすごく、自分本位なんだ。

それを正当化するわけじゃない。ただ、そのことを自覚しなければいけなかった。

わたしはずっと、涅《くり》に笑って過ごしてほしかったんだよ。

涅《くり》がなにかを諦《あきら》めているのが、悔《くや》しかったんだよ。

きっと涅《くり》は、ひとのことで勝手に悔《くや》しがるなと言うだろう。関係ないからほうっておいてと怒《おこ》るかもしれない。

でも、そんなふうに言い返してくる涅《くり》を、みんなにも見せたかったんだよ。

涅《くり》に感情があることを、みんなにも知ってほしかった。

涅《くり》自身にも、思い出してほしかった。

自分の気持ちをなかったことにして、言われるがままの涅《くり》に、同情していた。そのくせ我慢《がまん》の限界に達したら手を出す涅《くり》を、なんてバカなんだと呆《あき》れていた。なんで相手と同じようなことをするんだと、そのことにもどかしさを感じていた。

涅《くり》は、知らない。

涅《くり》がわたしに選んでくれたスカーフの色は、涅《くり》にもよく似合うってことに、気づいていない。

涅《くり》は自分で思うよりもずっと、頑固者《がんこもの》なんだよ。

「……なんで、泣く？」

「わ、わかんない」

ぽとぽととこぼれる涙《なみだ》を拭《ぬぐ》う。

わたしは自分の気持ちを、なかったことになんてしない。したいことを、諦《あきら》めたくない。

夜が、明ける。

明けない夜はない、という言葉を聞いたことがある。

でも、夜でしか、暗闇《くらやみ》でしか、見えないものも、ある。

わたしはそれを握《にぎ》りしめて、明日に向かう。

「アルモニ。アルモニに行く場所がないなら、わたしと一緒《いっしょ》に行こう」

ずずっと鼻を啜《すす》って、手を差し出した。

「アルモニが諦《あきら》めても、わたしが諦《あきら》めないから」

「なにそれ」

「わかんないけど」

へへ、と涙《なみだ》でぐしゃぐしゃになった顔で笑ったけれど、アルモニは冷めた目でわたしを見つめるだけだった。

アルモニが拒否《きょひ》したら、どうしようか。アルモニを担《かつ》ぐことはできるだろうか。

真剣《しんけん》に思案するけれど、正直まともな案は浮《う》かばない。かといっていつまでもここにいるわけにもいかない。

「アルモニ」

「しつこい」

「っわ！」

声と同時に、アルモニがわたしの足元にするりと入《はい》り込《こ》む。ぐらりと傾《かたむ》いて倒《たお》れたわたしの体が、アルモニの体の上に落ちた。アルモニに跨《また》がるような体勢になる。

「もうすぐ、ひとが来る。アルモニは、耳がいい」

アルモニの家でも、アルモニが誰《だれ》よりもはやく、ひとの気配に気づいていたことを思い出す。

ならば、アルモニの言うように、もうすぐさっきの男がここにやってくるのだろう。

「行く」

アルモニが体に力を入れたのが伝わってきた。と思った瞬間《しゅんかん》、ぐんっと体がのけ反る。遠心力を感じるほどのスピードに、声を出すこともできなかった。

まるで、坂道を下る自転車みたいなはやさだ。

本気で動いたアルモニが、こんなに俊敏《しゅんびん》に動くとは。

「あ、ある、あるもに、は、はや」

振動《しんどう》と速度のせいで声が途《と》切《ぎ》れ途《と》切《ぎ》れになる。

「それ、横にして」

アルモニの言う〝それ〟が手に持ったままだった木刀のことだとわかり、慌《あわ》てて胸元《むなもと》で横に持った。目の前にやってきた数人の男が「な、なにを！」とアルモニに乗っているわたしを見て驚《おどろ》いている。

「アルモニ！　ひと、ひとがいる！」

「わかってる。屈《かが》んで、ちゃんとそれ持ってて」

木刀を？　意味がわからないんだけど。

ただ言われたとおりに手のひらに力を入れて、ぎゅっと目を瞑《つぶ》って上半身を倒《たお》した。なんとなく、アルモニがひとのなかに突《つ》き進《すす》んでいくのを察したからだ。

「いって！」「うわ！」

ゴッゴッ、と木刀の先がなにかに当たる。それと同時に男の声が聞こえる。

アルモニは速度をいっさい落とさずに体当たりをした。名前のとおり地面を這《は》いながら。その結果、わたしの木刀はちょうど男たちの脛《すね》に直撃《ちょくげき》する。

あっという間に地下を抜《ぬ》けて、地上に出る。あたりはまだ薄暗《うすぐら》いが、近くにあるのは男たちが使っているテントらしきシルエットばかりで、大きな建物はない。どうやら、市場からかなり外れた場所のようだ。

そのまままっすぐ走《はし》り抜《ぬ》けようとするアルモニを「アオイとグレドを探さないと！」と引き

留めた。きっとふたりはまだ、解放されていない。もしかしたら殴《なぐ》られてどこかに閉《と》じ込《こ》められているかもしれない。

　ストップストップ！　と叫《さけ》ぶと、アルモニは「すとっぷ？」と不思議そうに口にする。はっとして「止まって！」と言《い》い換《か》えると、やっとアルモニはゆるゆると速度を落とした。

「逃《に》がすかよ！」

　地面に足を付けて、振《ふ》り返《かえ》る。それを待っていたかのように、男の声がした。わたしが木刀で殴《なぐ》りつけたあの男が、再び木刀を手にして仁王立《におうだ》ちしている。どうやらさっきの集団にはいなかったようだ。警戒《けいかい》して外で待っていたのだろうか。

「このまま逃《に》げたら、あいつらがどうなるかわかってんのか」

　にやりと男が笑う。

　さっきは不意を突くことで打《う》ち倒《たお》すことができたが、いちばん体が大きくて強そうなひとなので、そう簡単には倒《たお》れてくれないだろう。すでに二発も食《く》らっているのにピンピンしている。

　どうするべきか、横にチラリと視線を向ける。アルモニは静かに男を睨《にら》みつけていた。闘志《とうし》はあるようだが、おそらくアルモニはスピードに特化した種族だ。体の構造上、相手を殴《なぐ》ったりするのは難しいだろう。それに、健康状態のせいか、這《は》う者の特徴《とくちょう》かはわからないけれど、持久力もあまりないようで、アルモニはすでに息が切れている。

わたしが、戦うしかない。

アルモニの背に乗って逃《に》げても、こんな見通しのいい場所では逃《に》げられる気がしない。

それに、男の発言から、アオイとグレドは間違《まちが》いなくここにいる。ふたりを置いて立ち去るわけにはいかない。

両手で木刀を握《にぎ》りしめて、男と向き合った。

木刀で殴《なぐ》られたら、頬《ほお》を叩《たた》かれたときとは比べ物にならないほど痛いだろうな。この状況《じょうきょう》でそんなことを考えてしまうわたしは、どこかが麻痺《まひ》しているのかもしれない。

ごくりと唾《つば》を飲《の》み込《こ》む。

まるでそれが合図だったかのように、男が一歩踏《ふ》み込《こ》んできた。

次の瞬間《しゅんかん》――。

「メイ！」

アオイの声が、聞こえた。

声につられて動きを止めたわたしを見逃《みのが》すわけもなく、男の木刀の剣先《けんさき》がわたしの目の前で振《ふ》り上《あ》げられる。

――殴《なぐ》られる！

ぎゅうっと目を瞑《つぶ》ると、どすんと鈍《にぶ》い音がした。

体が反応して大きく跳《は》ねる。けれど、痛みはなにも感じない。

「……え？」

目を開いたときには、男が地面にうつ伏《ぶ》せになっていた。その男の背中にアオイとグレドがのしかかり、勢いそのままに男から木刀を奪《うば》い取《と》っていた。

「な、なん……で」

「ボクは護身術と脱出《だっしゅつ》方法をそれなりに学んでいるんだよねえ」

ふふふとグレドが体を揺《ゆ》らして笑った。アオイは「だってさ」とバカにするように男に言ってから、グレドと顔を見合わせてにんまりと口の端《はし》を引き上げる。

ふたりは牢屋《ろうや》から出されたあと、別のテントで捕《つか》まっていたのだと説明してくれた。そして隙《すき》を突《つ》いて縛《しば》られていた紐《ひも》を解《ほど》き、こうして抜《ぬ》け出《だ》したのだという。

騙《だま》しやがって、と自分たちの下で倒《たお》れている男をグレドが睨《にら》みつける。

「怪我《けが》は？　怪我《けが》はしてない？」

駆《か》け寄《よ》って顔をまじまじと確認する。目元に傷が増えているような。でも、殴《なぐ》られたというよりも地面で擦《す》ったような感じだ。

「大丈夫《だいじょうぶ》。とりあえずさっさと離《はな》れよう」

グレドはよっこいしょと荷物を下ろして、カバンの中を探った。そして緑色の小さな筒《つつ》を取り出し、それを男の顔の前に置く。手のひらにすっぽり収まるほどの大きさで、中身は見えない。だが、その筒《つつ》には見覚えがあった。

「この薬をあげるから、見逃《みのが》してくれる？　追いかけてこないなら、これからもあの薬屋にこれを卸《おろ》してあげるよ」

「……これ、は」

「あんたが定期的に買ってるっていう薬。ガラの悪い体の大きなやつが、妹のためにこの高い薬を買《か》い溜《だ》めしてるって聞いたんだよ。あんただろ。服から、ほのかにこの薬の匂《にお》いがする」

男がうつ伏《ぶ》せになった状態で、薬に手を伸《の》ばした。それを確認してグレドは男の背中から降りる。アオイもグレドに続いて立ち上がった。体が軽くなっても、男はうつ伏《ぶ》せのまま動かず、薬を握《にぎ》りしめている。

「それを買い続けようと思ったら、そりゃあ大金が必要だろうね」

「お前らはまだしも……カラスは、カラスはダメだ」

立ち上がりはしないが、男はわたしを睨《にら》んだ。

「カラスがいたら、国が滅《ほろ》ぶ」

「カラスがこの国を滅《ほろ》ぼすのと、あんたの妹が病気で死ぬの、どっちが先だろうね。その薬はボクしか用意できないよ。なんせノーパーヴァでしか採れない薬草をボクが調合しているから」

ふたりの会話から、男の妹がかなり大変な病気に冒《おか》されているんだとわかる。そしてその治《ち》療薬《りょうやく》は、グレドにしか用意ができないものらしい。

これは、脅《おど》しだ。

男の弱みにつけ込《こ》んでいる。

「〝じゃない者〟の、くせに」

「〝じゃない者〟のおかげで家族が生きながらえてるくせに。ボクはあんたの妹が死んでも構わないんだよ？　薬が切れれば二、三日で体内の血が固まって、もがき苦しんで死ぬだろうね」

ふんっとそっぽを向いたグレドを、男はぶるぶると震《ふる》えながら見つめていた。

さっきまで到底敵《とうていかな》いっこない、と思っていた屈強《くっきょう》な男のひとが小さな薬の筒《つつ》を胸に抱《だ》きながら震《ふる》える姿は、あまりにも無力で憐《あわ》れなものに見えた。

でもそれは、妹を大事に想《おも》う優《やさ》しさが、あるからだ。

――このひとも、〝ひと〟なんだ。

悪人には違《ちが》いないが、ひとの心が微塵《みじん》もない、というわけでもない。

わたしたちに優しくしてくれた市場のひとのように、誰《だれ》かに優しくできるひとだ。ただ、わたしがきらいな相手に優しくできないのと同じように、この国のひとたちはみんな、〝じゃない者〟とか奴隷《どれい》とか、カラスには優しくできないのだ。

殴《なぐ》られたことを許す気にはなれないし、ふたりを解放すると言ったのにしなかったのもムカつく。アルモニを騙《だま》して蹴《け》ったのも、わたしは知っている。

でも、このひとの妹には生きてほしいと、思う。

「だめだよ、グレド」

「なにが？」

わたしに近づいてきたグレドに、首を振《ふ》る。

「誰《だれ》かの命を、交渉《こうしょう》の材料にしたりしないで。グレドには、そんなひどいことを、考えてほしくない」

グレドが大げさに顔をしかめる。わたしの言葉が綺麗事《きれいごと》なのは重々承知だ。

わたしが真剣《しんけん》な表情を崩《くず》さなかったからか、グレドはわたしを否定することは口にしなかった。代わりに、ため息をひとつ吐《は》いてから、

「見逃《みのが》してくれたら、またここに立ち寄って、特別に薬を安く売ってもいいよ」

と男に言って、奪《うば》い取《と》った木刀を地面に突《つ》き刺《さ》した。

わたしは手にしていた木刀をその場に置いて、男に向かってぺこりと頭を下げる。

「……あの、殴《なぐ》って、すみませんでした」

後悔《こうかい》はしていない。あの状態ではああするしかなかった。でも、悪いことをした、という気

持ちは忘れないでいようと思う。殴《なぐ》っといて謝るのもおかしいけど。

「……変なやつだな、カラスのくせに」

男が苦笑する。ほんの少し、男がまとっていたピリピリした空気が柔《やわ》らかくなったように感じた。

「どうやら、カラスだから、らしいです、けど」

「お前がこの国を滅《ほろ》ぼすのか。まあ、滅《ほろ》ぼしたいだろうな。こんな扱《あつか》いされたら、そう思うのもわからないでもないか」

そんなつもりはない、と口にしようと思ったのに、うまく声にならなかった。

男はゆっくりと体を起こして地面に座《すわ》り込《こ》み「さっさと行けよ」と言った。

どこかから、梟《ふくろう》の鳴き声が聞こえた気がして顔を上げると、アオイがわたしを呼んでいた。

「なんでこいつもいるんだよ！」

歩き出してしばらくしてから、アルモニがついてきていることに我慢《がまん》できなくなったらしいグレドが叫《さけ》んだ。向かう方向がたまたま一緒《いっしょ》なだけかも、と様子を見ていたようだ。

「アルモニ、一緒《いっしょ》に行く」

「なんでだよ」

「メイが、そう言った」

「メイ！」

グレドが目を吊《つ》り上《あ》げてわたしを見る。だだっ広い草原のど真ん中に、グレドがわたしの名前を叫《さけ》ぶ声が響《ひび》き渡《わた》る。空では太陽がうっすらと姿を見せていた。

「なんか、成り行きで。あ、もう誰《だれ》かを騙《だま》したりはしないと思うから」

「しない」

アルモニの返事が軽い気がして若干《じゃっかん》の不安を覚えるけれど、今は気にしないことにして「ね」とグレドの機嫌《きげん》を窺《うかが》った。グレドはもちろんそんなことで納得してくれない。ぶつぶつとしばらく文句を言い続けていた。

帰れ、いやだ、くさい、しらない。とふたりは言い合う。でも、アルモニとの相性はそれほど悪くなさそうに見える。なんとなく楽しそうだ。

グレドが言うには、アルモニの臭《にお》いは、傷のせいもあるが、もともと独特な体臭《たいしゅう》があるらしい。言われてみれば、たしかに、ちょっと、甘《あま》ったるい臭《にお》いがするかも。

「これ」

となりに並んだアオイが、背負っていた布を解《ほど》いてわたしに差し出した。

なんだろうと受け取ってすぐに、自分の制服だと気づく。男に取られたのに。いや、制服だけじゃない。グレドも荷物を持っている。

「取り返したの？」

「お金は減ってたけど。お金なんてどうでもいいとか言ってたくせに、グレド、めちゃくちゃ怒《おこ》ってた。他人に勝手に使われるのはいやなんだってさ」

その気持ちはなんとなくわかる。

誰《だれ》かのために差し出すのと、奪《うば》い取《と》られるのではまったく意味が違《ちが》う。

ああ、でもよかった。

安堵《あんど》の息を吐《は》いて、制服を抱《だ》きしめる。

「ありがとう」

「ん」

短い返事をしたアオイの口の端《はし》は赤く腫《は》れていた。服は少し破けて汚《よご》れている。歩く速度がいつもよりゆっくりなのは、男に脇腹《わきばら》を蹴《け》られたからだろう。

「ごめんなさい。わたしのせいで、ごめん」

「うん。もう二度と、しないで。おれも自分の命と引《ひ》き換《か》えに、メイを助けたりしないから。グレドもしないだろうし。あんなふうに助けられても、うれしくない」

わたしが謝ったのは、巻《ま》き込《こ》んだことに対してだった。

でも、アオイはわたしがふたりを解放してもらうために、カラスだと名乗り出たことについての謝罪だと思ったようだ。

まるで、巻《ま》き込《こ》まれたとは微塵《みじん》も思っていないみたいに、当然のように。

「一緒《いっしょ》にここまで来たじゃん。まあ、最初は成り行きだったけど」

「うん」

「せっかく、やりたいことも見つけたっていうのに、あんな別れ方したら、すっきりしないだろ。おれは、いやだったよ」

立ち止まったアオイに続いて、わたしも足を止める。

わたしよりも少しだけ背の高いアオイが、わたしを見下ろす。

「おれはメイを助けるために一緒《いっしょ》にいるわけじゃないし、メイに助けられたくて一緒《いっしょ》にいるわけでもない」

アオイのぶっきらぼうな物言いには、優しさがたっぷりと混じっている。助けて助けられて、の関係じゃないことが、なんでこんなにうれしく思えるんだろう。

ずっと、アオイにはなんのメリットもない旅だった。

わたしと出会ってから、アオイは巻《ま》き込《こ》まれてばかりだ。

なのに、アオイはそのことをなにも気にしていない。当たり前だと受け入れているのとも、違《ちが》う。仕方ないなと諦《あきら》めているわけでもない。

じゃあなにか、と言われると言葉にするのは難しい。

でも、同じような気持ちが自分の中にもあると思った。

アオイを助けてアオイをひとりにしたくないし、アオイに助けられてわたしがひとりになるのも、いやだ。

そういうことだ。

「ああ、でも、悔《くや》しいことにおれらが助かったのは、メイのおかげだな」

「解放してもらえなかったんじゃないの？」

「してもらえなかったけど、メイが諦《あきら》めずに戦ったから、見張りがいなくなった。場所を移されていたからメイの制服やグレドの荷物も回収できた。最高の結果だな」

それはただの、偶然《ぐうぜん》だ。

わたしは相変わらずなにもできなかった。

アルモニがいなければ逃《に》げ出《だ》すことはできなかった。ふたりが諦《あきら》めないでいてくれたから、あの男のひとに木刀で殴《なぐ》られずに済んだし、グレドのおかげであの男のひとが追ってくるのを阻止《そし》することもできた。

でもそれが、一緒《いっしょ》にいるっていうことだ。

逃《に》げずに踏《ふ》ん張《ば》れるのも、アオイたちがいてくれたからだ。

今も、逃《に》げたいと思う。

この先何度も、もういやだと思うだろう。

なにもかもどうでもよくなって、逃《に》げることが唯一《ゆいいつ》の方法のように感じるときもあるはず。

自分の意思でそれを選ぶのではなく、他の選択肢《せんたくし》が見つからなくなって、足が動かなくなる状況《じょうきょう》に陥《おちい》ることも絶対ある。

先のことは、わからない。

考えると憂鬱《ゆううつ》な気分になる。

いつまでこんな日々を続けなければならないのか。

今日は最悪の日だった。明日はもっと最悪になるかもしれない。

でも。

いい日になる可能性も、同じだけある。

ひとりじゃないから、そんなふうに思うことができる。

それを繰《く》り返《かえ》していけば、きっと、わたしは目的地に辿《たど》り着《つ》くはずだ。

涅《くり》に会える。お父さんとお母さんにも。

——そのとき、わたしのそばにはアオイはいないんだろうけれど。

そう考えると小さなトゲが刺《さ》さったみたいに胸が痛くなった。

「なんか思ってたより国境に近づいてるなあ……。まあ、いいか。さすがにそこまで行けば水の者にも出会えるだろう」

グレドが地図を広げて大きな声で言った。

わたしはまだまだ、知らないことだらけだ。

この国のことも、この国のひとたちのことも。となりの国のことも。

この先出会ったすべてを、吸収しよう。今は必死で走るとか、無理でも立ち向かうくらいしかできないわたしにも、できることが増えるかもしれない。その先に、涅《くり》が待っていてくれるような、そんな気がする。

「うん、大丈夫《だいじょうぶ》」

青白い空に向かって、力強く口にした。

——カラス。今は、思うがまま、進め。

——カラス。いつか、答えを語れ。

どこで聞いたか思い出せない声が、蘇《よみがえ》った。

0

おわりはもう、はじまっている

外に出ると、青い空が広がっていた。

場所が違《ちが》っても、空の色はかわらない。太陽が空を青く照らすのは、どこの世界もどこの国も、同じらしい。風もあるし匂《にお》いもある。

でもここは、ぼくがいた場所じゃない。

でもここが、ぼくのいる場所だ。

山を背景にして建てられた、城のような塔《とう》のような建物からは、この国が一望できる。

緑とは言《い》い難《にく》いくすんだ茶色の木々が広がっていて、地面は岩や土でほとんどが埋《う》め尽《つ》くされている。何度見ても、この景色はこの国の貧しさそのものをよく表しているな、と思う。

体の芯《しん》まで凍《こご》えそうな冷たい風が吹《ふ》く。

はふっと息を吐《は》き出《だ》すと、真っ白に染まった。

さっき外に出たばかりなのに、もう耳や鼻が冷気で痛む。肩《かた》まである白い髪《かみ》の毛《け》が乱れる。

「——もう、三年か」

口にして、ここでは三周って言うんだったなと思い出す。単位の呼び方はまだ慣れない。黒《くろ》髪《かみ》から白髪《はくはつ》にかわったことには、すぐに慣れたのに。

肺を凍《こお》らせるほど深く息を吸《す》い込《こ》み、吐《は》き出《だ》す。

そうすると、気持ちが静まり、すべきことが鮮明《せんめい》になる。

景色に背を向けて部屋の中に入り、用意されている衣装《いしょう》を身につけた。体を守るための重い肌着《はだぎ》のようなものを着て、豪華《ごうか》な衣装《いしょう》をまとう。ゆったりとしたズボンに、かちゃかちゃと音の鳴る革《かわ》のブーツを履《は》く。最後に兜《かぶと》と胴当《どうあ》て。すべてを身につけると体重が倍ほど重くなった気がする。

はじめは、歩くのもやっとだった。

でももう、今ではこの格好で山道を走ることもできる。

「準備できたか?」

壁《かべ》をこんこんと叩《たた》く音に振《ふ》り返《かえ》ると、この国の若き王であるメメリが壁《かべ》にもたれかかって立っていた。ぼくと似たような格好だけれど、ぼくよりもはるかに豪華《ごうか》な身なりをしている。

ほとんどひとに近い見た目だが、肌《はだ》はほんのりと緑がかっていて、その手には水かきがあった。半透明《はんとうめい》のそれは、光が透《す》けてとても綺麗《きれい》だと、いつも思う。

「そろそろ行こう」

「ああ」

返事をしてから左手首に赤いスカーフをしっかりとくくりつけて、解《ほど》けないかを念入りに確かめてからそばにある槍《やり》を手に取った。

この国に来てからずっと肌《はだ》身《み》離《はな》さず持ち歩いているスカーフは、できるだけ汚《よご》さないように大切に扱《あつか》っているものの、随分《ずいぶん》と年季を感じる色にかわってきた。

スカーフの角にあるイニシャルの刺繍《ししゅう》をひと撫《な》でして、顔を上げる。


今のぼくを見たら、きっときみは驚《おどろ》くだろう。

そして、悲しむだろう。

ぼくにはもう、きみに褒《ほ》めてもらえる日は、きっと来ない。

いつだって誰だって、簡単にひとりになる。

櫻 いいよ／著

PHPカラフルノベル

●著／櫻いいよ（さくら　いいよ）

大阪府在住。2012年に『君が落とした青空』（スターツ出版）でデビュー、累計20万部を突破する大ヒット作となる。そのほかの主な著作に「交換ウソ日記」シリーズ、『そういふものにわたしはなりたい』（以上、スターツ出版文庫）、『図書室の神様たち』（小学館文庫キャラブン！）、『わたしは告白ができない。』（角川文庫）、『アオハルの空と、ひとりぼっちの私たち』（集英社オレンジ文庫）、『世界は「　」で満ちている』『世界は「　」で沈んでいく』『世界は「　」を秘めている』『イイズナくんは今日も、』『ウラオモテ遺伝子』（以上、PHP研究所）などがある。

●イラスト／急行２号（きゅうこうにごう）

独学で積み重ねてきた「テクニック」と「光の表現」で、一瞬の表情を切り抜く、いま若い女性たちから絶大な支持を集めるイラストレーター。

デザイン ● 根本綾子（karon）
組版 ● 株式会社 RUHIA
プロデュース ● 小野くるみ（PHP研究所）

烏《からす》羽《ば》色《いろ》のふたりシリーズ1
滅《ほろ》びのカラス

2024年7月8日　第1版第1刷発行

著　者　櫻　いいよ
イラスト　急行2号
発行者　永田貴之
発行所　株式会社ＰＨＰ研究所
東京本部　〒135-8137　江東区豊洲5-6-52
児童書出版部　☎03-3520-9635（編集）
普及部　☎03-3520-9630（販売）
京都本部　〒601-8411　京都市南区西九条北ノ内町11
PHP INTERFACE　https://www.php.co.jp/
印刷所　株式会社光邦
製本所　株式会社大進堂

ISBN978-4-569-88177-5

NDC913　333P　20cm